Janette Oke

WOHIN DAS HERZ UNS FÜHRT

Schulte & Gerth

Die amerikanische Originalausgabe erschien
im Verlag Bethany House Publishers, Minneapolis, MN 55438,
unter dem Titel „Love Takes Wing“

Aus dem Amerikanischen übersetzt von Beate Peter

Best.-Nr. 15 983
ISBN 3-89437-983-9
1. Taschenbuchauflage 1992
Umschlaggestaltung: Bethany House/Gisela Scheer
Satz: Typostudio Rücker & Schmidt
Druck und Verarbeitung: Ebner Ulm
Printed in Germany

Ein lang ersehntes Wiedersehen

Belinda schob sich eine goldbraune Haarsträhne aus der erhitzten Stirn und holte tief Luft. Es war wieder einmal ein anstrengender Tag gewesen. Die ganze Woche über hatte sich ein Notfall an den anderen gereiht.

„Warum passen die Leute auch nicht besser auf?" dachte Belinda ein wenig verärgert und warf ihre schmutzige Schürze beiseite, um den Operationstisch zu säubern.

Der letzte Patient war ein Junge gewesen, der mit der Hand in eine Sägemaschine geraten war. Larry, der Arzt, hatte sich die größte Mühe gegeben, um die Finger zu retten, aber weder er noch Belinda hatten viel Hoffnung. Nun war Belinda erschöpft, überanstrengt und obendrein sehr um die Hand des kleinen Jamie besorgt.

„Eigentlich müßte ich mich längst an solche Dinge gewöhnt haben", tadelte sie sich selbst. Schließlich assistierte sie Larry schon seit über einem Jahr in seiner Praxis. Und dennoch fiel es ihr immer noch schwer, Schmerz und Leid in den Augen eines Patienten lesen zu müssen – besonders, wenn der Patient noch ein Kind war.

Sie seufzte erneut auf und betete still für Jamie.

„Laß nur, ich kümmere mich schon darum!" hörte sie plötzlich eine Stimme hinter sich.

Sie hatte nicht einmal gehört, daß Larry den Behandlungsraum betreten hatte. Sie wandte sich um und bestand darauf, daß das Aufräumen und Putzen ihre Aufgabe sei, doch Larry widersprach: „Ich weiß doch, daß du's eilig hast. In einer Stunde kommt ja der Zug an!"

Die ganze Woche über hatte Belinda keinen anderen Gedanken fassen können. Sie hatte die Tage, die Stunden gezählt. Wie hatte sie es nur jetzt vergessen können? Es mußte an dem verletzten Jungen gelegen haben. Ihre ganze Aufmerksamkeit hatte seiner Hand gegolten. Doch nun wurde sie aufs neue von der erwartungsvollen Vorfreude ergriffen. „Melissa kommt wieder!“ jubelte sie innerlich. Melissa hatte ihre Ausbildung an der Ostküste beendet und würde für ein paar Wochen auf der Farm bleiben, bevor sie in den Westen zurückkehrte.

Belinda sah an ihrem schmutzigen Kleid hinunter. So ungern sie auch Larry das Aufräumen und Reinigen der Instrumente überließ, so brauchte sie doch dringend ein Bad, und ihre zerzauste Frisur mußte in Ordnung gebracht werden. Es wäre einfach undenkbar, wenn sie Melissas Ankunft am Bahnhof verpassen würde. Immerhin hatte sie sie ewig lange nicht gesehen.

So warf sie Larry ein warmes, dankbares Lächeln zu und schickte sich zögernd an, das Behandlungszimmer zu verlassen.

„Tut mir leid“, entschuldigte sie sich, aber er versicherte ihr: „Laß nur! Schließlich war es nicht dein Fehler, daß wir einen Unglücksraben nach dem anderen zu verarzten hatten.“

Belinda zog sich die Haarnadeln aus der Frisur und ließ ihr Haar lose über die Schultern fallen. Mit den schmalen Fingern strich sie sich die wirren Strähnen glatt.

„Hast du schon einmal so eine verrückte Woche erlebt?“ fragte sie ihren Bruder kopfschüttelnd.

„Wir haben alle Hände voll zu tun gehabt, das steht fest“, meinte auch Larry. Dann fuhr er nachdenklich fort: „Bleibt nur zu hoffen, daß der Strom bald abreißt!“

Belinda stimmte ihm zu.

„So, nun beeil dich aber“, drängte Larry sie, „damit du nicht zu spät kommst!“

Belinda machte sich hastig auf den Weg. Sie wollte um jeden Preis dabeisein, wenn der Zug an der Station am

Ort hielt. Ihre ganze Familie würde sich dort versammeln, um Melissa in Empfang zu nehmen. Ob das junge Mädchen sich sehr verändert hatte? Ob die beiden einander wie einst Geheimnisse anvertrauen und einander verstehen konnten – manchmal, ohne daß dabei auch nur ein Sterbenswörtchen gesprochen wurde? Und trauerte Melissa noch immer Jackson Brown nach, oder hatte sie inzwischen einen anderen Verehrer gefunden? Hatte ihr die Ausbildung zur Lehrerin zugesagt? Wie hatte ihr wohl das Stadtleben gefallen? Belinda schwirrte der Kopf vor lauter Fragen.

Zugegeben, die beiden jungen Mädchen hatten in der Zwischenzeit einen regen Briefwechsel geführt, aber das war doch nur ein Ersatz. Es gab Dinge, die man einfach nicht mit Tinte und Feder ausdrücken konnte. Belinda hoffte inständig, daß sie einander unbefangen begegnen könnten. In ihre Vorfreude mischte sich auch ein bißchen Beklemmung.

Sie stellte den Badezuber auf die Fußmatte in ihrem kleinen Zimmer bei Larry und Abbie. Den Zuber füllte sie eimerweise mit warmem Wasser. Während sie badete, wanderten ihre Gedanken zu der ersten Begegnung mit Melissa zurück. Damals war sie direkt von ihren Eltern im Westen hierhergekommen. Alle hatten die Überlandkutsche voller Spannung erwartet. Belinda konnte sich noch gut an die zahllosen Fragen und Sorgen von damals erinnern. Was für ein Mädchen mochte Melissa sein? Würden sie sich auch verstehen? Vielleicht würde sie in Melissa sogar eine Art gleichaltriger Schwester finden!

Und so war es auch gekommen: Melissa war für Belinda wie eine Schwester, obgleich sie in Wirklichkeit ihre Nichte war. Belinda hatte sie sehr liebgewonnen und sie schmerzlich vermißt, als sie fortgezogen war, um ihre Ausbildung zu beginnen. Und nun war Melissas Rückkehr mit jedem Tag ein wenig näher gerückt – nur, daß Melissa diesmal per Eisenbahn anreiste.

Familie Davis hatte sich noch nie an der Bahnstation

versammelt, um jemanden in Empfang zu nehmen. Die Eisenbahnlinie war erst vor kurzer Zeit durch den kleinen Ort gelegt worden. Die Bevölkerung hatte sich inzwischen schon an das schrille Pfeifen der Lokomotive und das Rattern der Eisenräder auf den Schienen gewöhnt, doch Belinda konnte es manchmal noch kaum fassen, daß ihr Heimatort wahrhaftig in den Genuß einer eigenen Bahnstation gekommen war. Oft träumte sie davon, in einen Waggon zu steigen und in ferne Großstädte zu reisen, von denen sie bisher nur in Büchern gelesen hatte. Doch das waren nur Träumereien, sagte sie sich immer wieder.

Belinda beeilte sich, ihr Bad zu beenden. Sie hatte keine Zeit zu vergeuden. Die Eisenbahn war zwar nicht immer auf die Minute genau pünktlich, aber dennoch weitaus verläßlicher als die Überlandkutsche, und wenn Belinda sich nicht sputete, würde sie Melissas lang ersehnte Ankunft womöglich noch verpassen.

Hastig kleidete sie sich an und steckte sich das Haar zu einer ordentlichen Frisur zurecht. Mit jedem Blick auf die Uhr schlug ihr Herz schneller. Trotz aller Eile würde sie zu spät kommen. Sie mußte den Zuber noch ausleeren, und danach ...

„Herein bitte!“ antwortete sie auf das Klopfen an ihrer Tür, und Abbie steckte den Kopf durch die Tür.

„Du siehst aber schick aus!“ lächelte sie und fügte dann hinzu: „Larry läßt dir ausrichten, daß du den Zuber getrost stehen lassen sollst. Das Ausleeren besorgen wir, wenn wir von der Bahnstation zurückkommen.“

Belinda warf einen kurzen Blick auf den Zuber. Sie ließ ungern etwas unerledigt stehen oder liegen, aber Larry hatte recht. Zum Ausleeren des Zubers blieb einfach keine Zeit mehr. Sie seufzte ergeben und nickte Abbie dankbar zu.

„Seid ihr alle fertig?“ erkundigte sie sich, und Abbie bejahte die Frage, während sie sich ihre Handschuhe überstreifte.

Auch Belinda griff nach ihren Handschuhen und einer

kleinen Handtasche. Dann warf sie einen letzten Blick in den Spiegel, um sich von dem richtigen Sitz ihres Hutes zu überzeugen, strich sich den Rock glatt und folgte Abbie die Treppe hinunter.

Thomas und Aaron warteten schon am Gartenzaun. Aaron, der Jüngere von beiden, betätigte sich als Antrieb für das Tor im Zaun, das sein Bruder trotz wiederholter Verbote als Schaukel benutzte. Kaum hatte Thomas seine Mutter erspäht, als er auch schon zu Boden sprang und vorgab, die Ameisen auf dem Pfad zur Haustür mit Interesse zu beobachten.

Abbie ließ sich jedoch nicht hinters Licht führen.

„Thomas", schalt sie, „wie oft haben wir dir schon verboten, auf dem Gartentor zu schaukeln!"

Thomas senkte den Kopf und blieb ihr die Antwort schuldig.

„Hinter dem Haus habt ihr eine wunderschöne Schaukel", fuhr seine Mutter fort. „Ich habe dir schon so oft gesagt, daß das Tor eines Tages noch aus den Angeln fällt, wenn ihr ständig darauf schaukelt!"

Thomas blieb noch immer stumm. Abbie lief zum Zaun und legte ihrem Sohn eine Hand auf die Schulter.

„Du bekommst heute keinen Nachtisch", sagte sie ruhig, aber bestimmt, und Belinda sah, wie der Junge seiner Mutter einen verzweifelten Blick zuwarf. Thomas liebte Süßspeisen über alles.

„So, nun aber los!" drängte Abbie dann ihre beiden Söhne. „Schließlich möchten wir nicht, daß Tante Belinda zu spät zur Bahnstation kommt!"

„Aber Papa ..." wollte Aaron widersprechen.

„Papa sagt, wir sollen uns ohne ihn auf den Weg machen. Er kommt nach, sobald er kann."

Belinda verspürte einen heftigen Gewissensbiß. Eigentlich hätte sie den Behandlungsraum aufräumen sollen, anstatt ihrem Bruder diese Arbeit zu überlassen.

Abbie schien ihr Zögern gespürt zu haben.

„Papa hat gemeint, daß es viel wichtiger ist, wenn

Tante Belinda rechtzeitig zur Bahnstation kommt. Schließlich hat sie Melissa mehr als wir alle zusammen vermißt."

Damit schlug Abbie ein forsches Marschtempo an. Belinda schluckte jegliche weiteren Proteste hinunter und beeilte sich, mit Abbie Schritt zu halten.

Clark und Marty warteten schon am Bahnsteig. Sie hatten Amy mitgebracht, die ihr kastanienbraunes Haar zu einem losen Knoten auf dem Kopf geschlungen trug. Ihr grüner Samthut saß ziemlich schräg; Amys ganze Erscheinung spiegelte eine sorglose Lebensauffassung wider. Nun lächelte sie und winkte Belinda lebhaft zu.

„Ist das nicht 'ne Wucht?" rief sie begeistert. „Stell dir bloß vor, ganz allein mit der Eisenbahn zu fahren! Du würdest vor Aufregung bestimmt in Ohnmacht fallen!"

Das bezweifelte Belinda zwar, aber sie mußte gestehen, daß sie sich sehr nach einem solchen Abenteuer sehnte. Sie begrüßte Amy und wandte sich dann zu ihren Eltern um.

„Ich hatte schon befürchtet, daß du aufgehalten würdest", sagte Marty. „Ich weiß doch, wie du dich auf diesen Moment gefreut hast!"

„Wir sind tatsächlich aufgehalten worden", antwortete Belinda. „Um ehrlich zu sein, hätte ich eigentlich das Behandlungszimmer unter Wasser und Seife setzen müssen, aber Larry hat mich einfach fortgeschickt."

„Kommt Larry denn nicht?" erkundigte Marty sich bei ihrer Schwiegertochter.

„Er hofft, daß er's noch schafft", antwortete Abbie, „aber zuerst war der Behandlungsraum an der Reihe. Er weiß nie im voraus, wann er ihn wieder braucht, und in Notfällen bleibt keine Zeit zum Aufräumen."

Marty nickte.

„Wär' ihm vielleicht geholfen, wenn ich ...", wollte Clark sich anbieten, doch Abbie ahnte sein Vorhaben und winkte rasch ab: „Kommt ja gar nicht in Frage! Das würde Larry nie erlauben. Es lohnt sich nicht, daß du Melissas Ankunft auch noch verpaßt."

„Ich hätte ihm doch helfen sollen“, sagte Belinda schuldbewußt, doch Abbie strich ihr über die Schulter und sagte mit Bestimmtheit: „Das hätte er niemals zugelassen. Das weißt du genau.“

Amy pflanzte sich neben Belinda auf.

„Du, findest du's nicht auch so ... so ...“, begann sie. Melissa wurde an vergangene Zeiten erinnert, als Amy ihre ganze Begeisterung mit dem Wort „phantastisch“ ausgedrückt hatte. Doch inzwischen war Amy auf ein neues Wort gestoßen, das jedoch nicht weniger übertrieben auf Belinda wirkte.

„ ... so erhebend!“ beendete sie ihren Satz voller Inbrunst.

Belinda mußte lächeln. Amy hatte sich kein bißchen verändert. Das Leben war ein einziges Abenteuer für sie. In ihrer Gegenwart konnte einfach keine Langeweile aufkommen, das stand fest. Belinda drückte ihr die lange, schmale Hand freundschaftlich. Amy rückte einen Schritt näher an Belinda heran. Ihre Aufregung wirkte nahezu ansteckend.

„Wie sie wohl aussehen mag?“ fragte Amy.

Belinda war um eine Antwort verlegen. Amy kannte Melissa schließlich so gut wie sie selbst.

„Sie wird sich mächtig verändert haben, weißt du“, plauderte Amy weiter. „Erwachsener wird sie sein, und so gebildet! Einfach ... einfach viel weltlicher.“

Marty wandte sich stirnrunzelnd zu den beiden Mädchen um. Das Wort „weltlich“ gefiel ihr ganz und gar nicht, was ihre geliebte Enkelin Melissa betraf. Amy erriet ihre Bedenken sofort.

„Ich ... ich wollte sagen: weltgewandter. Viel ... viel mehr an das Stadtleben gewöhnt ...“ Sie stockte und drückte Belindas Hand, bis es schmerzte.

Das entfernte Pfeifen einer Lokomotive ließ alle aufhorchen. Die Spannung stieg. Dort hinter dem Pappelhain rollte der Zug viel zu langsam auf den kleinen Ort zu, und auf einer der gepolsterten Bänke des Zuges saß, erhobenen Hauptes, eine gefaßte Melissa.

„Da kommt sie!" rief Aaron aufgeregt, und Thomas stieß einen langgezogenen, schrillen Pfiff aus.

Als die Lokomotive gerade hinter den Pappeln auftauchte, sah Belinda, wie sich Larry neben seine Frau stellte. Sie seufzte erleichtert und hatte im nächsten Moment auch schon alles um sich her vergessen. Nur noch ein Gedanke beherrschte sie: Melissa.

Ob sie sich wohl sehr verändert hatte? Belinda hoffte inständig, daß das Stadtleben und das viele Studieren ihrer Nichte nicht allzusehr geschadet hatten.

Und dann stampfte und ratterte die baumhohe Lokomotive auch schon an den Bahnsteig heran. Qualm- und Rußwolken quollen aus dem Schornstein, so daß die Leute auf dem Bahnsteig hastig ein paar Schritte zurücktraten und mit besorgten Blicken ihre Sonntagskleidung auf Rußspuren hin untersuchten.

Die Eisenräder kamen quietschend zum Stehen, und mit einem ohrenbetäubenden Zischen zerriß ein Dampfstoß die Luft. Ein letzter Ruck ließ den Zug von der Lokomotive bis zum letzten Waggon erbeben, bevor er endlich stillstand.

Der Bahnhofsvorsteher erschien auf dem Bahnsteig und machte sich geschäftig daran, hölzerne Trittbretter vor den Türen aufzustellen. Hinter den Fenstern waren Passagiere zu erkennen, die in ihre Mäntel schlüpften, ihr Handgepäck zusammensuchten und sich einen Weg zu den Ausgängen bahnten. Andere Passagiere blieben auf ihren Plätzen sitzen, um ihre Reise fortzusetzen. Teilnahmslos blickten sie auf die Menschenmenge hinunter, die sich auf dem Bahnsteig eingefunden hatte, und auf das weinrot gestrichene Bahnhofsgebäude. An diesem kleinen, verschlafenen Ort gab es nichts Bemerkenswertes. Auf der langen Reise nach Westen glich eine kleine Ortschaft der anderen.

Belinda erspähte eine ältere Dame im Inneren des Waggons, die einen gelangweilten Blick aus dem Fenster warf und dann schnell eine behandschuhte Hand zum Mund hob, um ein Gähnen dahinter zu verstecken. Belinda schaute sich unwillkürlich um. War dieser kleine Ort tatsächlich so sterbenslangweilig, wie es den Anschein hatte? Möglicherweise schon. Belinda kannte keine anderen Städte, die ihr als Vergleich dienen konnten. Einen Augenblick lang malte sie sich aus, mit Taschen und Koffern den Waggon zu betreten, um eine lange, aufregende Eisenbahnreise in ferne Städte anzutreten.

Im nächsten Moment war dieser Gedanke auch schon verflogen, denn eine erwachsene, noch hübschere Melissa, die Arme hoch mit Päckchen und Schachteln beladen, kam auf die Familie zu.

Melissa stieß einen Ausruf des Entzückens aus, und die Familie stürzte ihr entgegen. Auch Belinda eilte auf Melissa zu. Erst jetzt bemerkte sie, daß Amy ihre Hand noch immer umklammert hielt.

Melissa umarmte ein Familienmitglied nach dem anderen. Sie schämte sich nicht ihrer Tränen, die ihr dabei über die Wangen rollten.

„Oh, Belinda!“ rief sie, als ihre junge Tante an der Reihe war. „Laß dich anschauenl Du bist ja so … so erwachsen geworden! Und hübsch bist du! Ach, ich habe dich ja so vermißt!“ Damit warf sie ihre Arme um Belinda, und die beiden jungen Mädchen hielten einander lange umarmt.

Als die Begrüßungszeremonie abgeschlossen war, setzte sich die ganze Truppe in Bewegung, in Richtung auf das Gespann, das auf sie wartete. Alle redeten eifrig durcheinander.

Belinda dachte wieder an die erste Begegnung der Familie Davis mit Melissa zurück. In gewisser Hinsicht hatte dieser Empfang viel mit jenem ersten Treffen gemein und war doch irgendwie ganz anders. Heute herrschte nicht die Spur von Befangenheit, und Amy, die sich damals von dem Geschehen ausgeschlossen gefühlt hatte, trug heute munter zu der Unterhaltung bei.

Fragen und Antworten flogen hin und her. Selbst die

beiden kleinen Jungen traktierten ihre ältere Cousine mit einem Schwall von Fragen über die Eisenbahnreise. Wie schnell konnte die Lokomotive fahren? Hatte Melissa mit eigenen Augen gesehen, wie der Lokomotivführer die Kohlen nachgeschoben hatte? Und wie war der Zug ...? Melissa lachte, nahm jeden der beiden kurz in die Arme und versprach, ihnen später jede Einzelheit ihrer Bahnreise zu berichten.

„Bist du soweit, daß du gleich mit uns nach Hause fahren kannst?“ fragte Clark seine Tochter.

„Meine Tasche ist fertig gepackt. Wir brauchen sie nur noch bei Larry und Abbie abzuholen“, antwortete Belinda. Sie freute sich unbändig, eine ganze Woche mit Melissa zu Hause sein zu dürfen.

„Bist du dir auch ganz sicher, daß du mich so lange entbehren kannst?“ fragte Belinda ihren Bruder ein letztes Mal, als sie ihre Tasche neben Melissas Gepäck in die Kutsche lud.

„Also, ohne dich in der Praxis wird's nicht einfach werden“, meinte Larry. Als er jedoch die Besorgnis in Belindas Augen sah, beeilte er sich, sie zu beruhigen: „Für ein paar Tage werde ich schon allein zurechtkommen. Und wenn ich wirklich Schwierigkeiten haben sollte, lasse ich dich holen.“

„Ganz bestimmt?“ fragte Belinda.

„Ehrenwort!“ versprach ihr Bruder.

Belinda schloß die beiden kleinen Jungen zum Abschied geschwind in die Arme und kletterte dann auf ihren Sitz in der Kutsche neben Melissa und Amy.

Unterwegs zur Farm wurde die lebhafte Unterhaltung fortgesetzt. Sie wurde jedoch bei weitem nicht von Melissa allein bestritten. Belinda fand das Gespräch nahezu so anstrengend wie ihre Arbeit als Arzthelferin. Sie hoffte sehr, bald die Gelegenheit zu einem Gespräch mit Melissa unter vier Augen zu bekommen. Erst dann, wenn die beiden jungen Mädchen vertrautere Gedanken und Gefühle austauschten, würde sie sich davon überzeugen können, daß ihre Nichte und Freundin sich nicht verändert hatte.

Bis dahin würde Belinda sich wohl oder übel in Geduld fassen müssen. Der Rest der Familie wollte schließlich auch Melissa genießen. Nach ihrer Ankunft daheim würde ein Festessen zu ihren Ehren aufgetischt werden. Anschließend würde ein Berg von gebrauchtem Geschirr darauf warten, gespült und abgetrocknet zu werden. Nein, heute abend würde Belinda kaum in Ruhe mit Melissa plaudern können.

Ein leises Seufzen entfuhr Belinda. Es war nahezu unhörbar bei dem Knarren der Wagenräder und der angeregten Unterhaltung zwischen Melissa und Amy. Doch Martys Kopf fuhr herum, um ihre Jüngste mit einem prüfenden Blick zu mustern.

Ihre Frage blieb unausgesprochen, wenn Belinda sie auch ahnte. Sie warf ihrer Mutter ein beruhigendes Lächeln zu.

„Ich bin nur ein bißchen müde, weiter nichts", gestand sie. „Ich hab' einen langen Tag hinter mir. Vor Sonnenaufgang haben wir schon anfangen müssen. Baby Norris hat einen schlimmen Keuchhusten."

Marty nickte verständnisvoll.

„Eine Woche Urlaub wird dir guttun", meldete sich jetzt auch ihr Mann zu Wort. „Du hast in letzter Zeit schwer arbeiten müssen. Schaust mir ein wenig bleich aus", sagte er über die Schulter hinweg zu seiner Tochter, während seine Hände die Zügel hielten.

„Mir fehlt nichts – wirklich nicht!" beteuerte Belinda. Es war ihr außerordentlich peinlich, plötzlich im Mittelpunkt des Gesprächs zu stehen und aller Augen auf sich gerichtet zu spüren.

„Eine ungestörte Nachtruhe, und ich bin wieder ganz die alte", versprach sie und hoffte, das Thema damit abgeschlossen zu haben.

Das Kleeblatt unter sich

Als das letzte Gespann den Hof verlassen hatte und der letzte Teller wieder sauber im Regal stand, fühlte Belinda sich viel zu erschöpft, um auch nur an ein privates Plauderstündchen mit dem Neuankömmling zu denken. Auch Melissa wirkte nun abgespannt, obwohl sie noch immer begeistert von ihrem Jahr an der Ostküste berichtete und ihrer großen Wiedersehensfreude mit ihren Verwandten Ausdruck verlieh.

Widerwillig hüllte sich Amy in ihr Schultertuch, um sich auf den Weg über den Hof zu dem kleinen Holzhaus zu machen, jedoch nicht ohne zu versprechen, früh am nächsten Morgen wiederzukommen.

Belinda bemühte sich, ein Gähnen zu unterdrücken. Es fiel ihr immer schwerer, die Augen offenzuhalten.

„Mir scheint, du gehörst ins Bett!" meinte Clark schließlich, und Belinda nickte nur ergeben.

„Und du, meine Liebe, bist bestimmt auch mächtig müde", sagte Marty zu Melissa und strich ihrer Enkelin übers Haar.

Melissa lächelte.

„Da hast du recht", gab sie zu. „Schrecklich müde sogar! Aber daß ich tatsächlich einschlafen kann, bezweifle ich. Ich freu' mich halt so, endlich wieder hier bei euch zu sein!"

Marty lächelte. Melissas Worte taten ihr gut. Sie hatte insgeheim befürchtet, daß ihre Enkelin einen solchen Gefallen am Stadtleben finden könnte, daß sie ihre Verwandten auf dem Lande ganz und gar vergessen würde.

„So, jetzt ist es aber höchste Zeit, daß ihr zwei zu Bett geht!" ermahnte Marty die beiden Mädchen. „Zum Erzählen bleibt euch morgen noch genug Zeit."

Belinda und Melissa gingen die Treppe hinauf und gönnten sich nicht einmal einen kurzen Austausch vor ihren Zimmertüren. Mit dem Versprechen eines genüßlichen, langen Gesprächs am nächsten Morgen wünschten sie einander eine gute Nacht.

Belinda war so abgespannt, daß sie sich nur mit Mühe das Nachthemd über den Kopf streifen konnte. Als sie sich zum Abendgebet niederkniete, fiel ihr Gebet vor Müdigkeit kürzer als gewöhnlich aus. Sie bat Gott um Verzeihung, streckte sich unter der weichen Decke aus und war kurze Zeit später schon fest eingeschlafen.

Am nächsten Morgen wachte Belinda erst spät auf. Von dem geschäftigen Treiben im Haus und von Amys frühem Besuch hatte sie nicht das geringste gehört. Die Sonne stand schon hoch am Frühlingshimmel, als Belinda von ihrem tiefen Schlaf erwachte.

Auch Melissa hatte heute länger als gewöhnlich geschlafen, war aber schon vor Belinda aufgestanden. Nach dem herzhaften Frühstück, das Marty ihr aufgetischt hatte, war sie mit Amy weggegangen, um sich von ihr einige neue Zeichnungen zeigen zu lassen.

Es war beinahe schon zehn Uhr, als Belinda sich endlich regte. Erschrocken starrte sie die kleine Uhr auf ihrer Kommode an. So lange hatte sie noch nie geschlafen, seit sie denken konnte! Ziemlich verlegen beeilte sie sich, ihr Bett zu machen, sich anzukleiden und Ordnung in ihrem Zimmer zu schaffen. Ein verstohlener Blick in Melissas unverschlossenes Zimmer verriet ihr, daß ihre Nichte ihr mit dem Aufstehen weit zuvorgekommen sein mußte.

Auf der Treppe errötete Belinda, als sie ihre Mutter in der Küche wirtschaften hörte. Was sollten die anderen nur von ihr denken?

Marty hob den Blick von der Buttermaschine, als sie Belinda kommen hörte.

„Ich hab' dich doch hoffentlich nicht mit meiner Buttermaschine geweckt?“ fragte sie besorgt.

„Liebe Zeit, nein!“ antwortete Belinda. „Ehrlich gesagt, mich hat überhaupt nichts geweckt. Ich habe vollkommen verschlafen!"

„Du hattest eine Menge an Schlaf aufzuholen", erinnerte sie ihre Mutter. „Eine Stunde mehr hätte dir bestimmt gutgetan!"

„Aber Mama", protestierte Belinda, „sieh doch nur, wie spät es schon ist: fast zehn Uhr! Ich wette, daß du in deinem ganzen Leben noch nie so lange geschlafen hast!"

„Aber ich werde auch nicht jede Nacht wegen eines Notfalls aus dem Bett geholt", verteidigte Marty ihre Tochter. Dann machte sie sich am Herd zu schaffen, um ein Frühstück für Belinda auf den Tisch zu bringen.

„Ja, in letzter Zeit hatten wir tatsächlich viel Arbeit", gab Belinda zu, „aber das ist eine Ausnahme."

„Du brauchst dringend ein paar ungestörte Nächte", fuhr Marty fort. „Ich bin froh, daß du wenigstens schon eine davon bekommen hast."

Belinda lächelte. Es tat ihr wohl, ein wenig bemuttert zu werden.

„Bitte nicht so viel zum Frühstück!" wehrte Belinda ab, als sie ihre Mutter einen Teller füllen sah. „Ich versorge mich schon selbst. Laß dich nur nicht beim Buttermachen stören!"

„Du mußt aber ordentlich essen, Kind", beharrte Marty, „sonst wirst du mir viel zu mager!"

Belinda sah an ihrer schmalen Gestalt hinunter. Nun, vielleicht hatte sie tatsächlich ein paar Pfund abgenommen, aber von mager konnte wirklich nicht die Rede sein.

„Bis zum Mittagessen dauert es nicht mehr lange", sagte sie. „Wenn ich jetzt ein ausgiebiges Frühstück vertilge, verderbe ich mir den Appetit darauf."

Marty sah auf die Uhr und nickte.

„Also schön, nimm dir nur, was du magst", sagte sie und setzte sich, um die Buttermaschine wieder in Gang zu bringen.

„Wo ist Melissa eigentlich?" erkundigte sich Belinda,

während sie eine Scheibe von Martys selbstgebackenem Brot abschnitt.

„Ach, liebe Güte, ich hab' den Mädchen doch versprochen, ihnen auf der Stelle Bescheid zu geben, sobald du auf bist!" Marty sprang auf und lief zur Tür.

„Laß nur, Mama! Immer mit der Ruhe!" hielt Belinda sie auf. Dann lachte sie leise. „Jetzt habe ich schon so unerhört lange geschlafen, daß es auf ein paar Minuten mehr oder weniger auch nicht mehr ankommt. Außerdem konnte Amy es kaum erwarten, allein mit Melissa zu plaudern. Das kann sie ein wenig länger, wenn ich erst frühstücke, bevor ich mich dazugeselle."

Marty setzte sich wieder an ihren Platz, um ein paar ruhige Momente mit ihrer Tochter zu verbringen.

„Heute morgen siehst du schon wesentlich erholter aus", bemerkte sie, als Belinda mit ihrem Toast und einem Glas Milch an den Tisch kam.

„Ich fühle mich auch viel besser", gestand sie.

„Gestern abend hast du furchtbar abgespannt ausgesehen. Diese Arbeit ist einfach zu hart für dich, denk' ich manchmal."

„Aber nein!" protestierte Belinda. „Normalerweise bekommen wir jede Menge Schlaf – oder wenigstens genug Schlaf. In der letzten Zeit hatten wir eben eine ganze Reihe von Unfällen und Krankheiten. Für Larry ist das auch anstrengend. Er hat viel zuviel Arbeit. Wir könnten gut einen zweiten Arzt hier am Ort gebrauchen."

„Daran hab' ich noch nie gedacht", sagte Marty überrascht.

„Larry sagt das selbst", fuhr Belinda fort. „Und Abbie sagt es sogar ziemlich oft."

„Nun, vielleicht kommt Jackson eines Tages zurück, um hier eine Praxis zu eröffnen", überlegte Marty. „Seine Mutter würde sich riesig darüber freuen."

Diese Möglichkeit hatte Belinda auch schon in Betracht gezogen. Jackson hatte sich dazu entschlossen, seine Lehre im Bankgeschäft mit einem Studium der Heilkunst zu vertauschen. Inzwischen hatte er schon zwei Jahre seines Studiums absolviert. Larry hatte seinen Namen mehrmals erwähnt, als er davon gesprochen hatte, wie dringend der kleine Ort einen zweiten Arzt brauchte. Belinda wußte nicht recht, was sie davon halten sollte. Es hatte Zeiten gegeben, als sie inständig gehofft hatte, daß Jackson eine andere Laufbahn als die medizinische wählen würde, weil sie selbst ein brennendes Interesse für dieses Gebiet hatte. Nun war sie ein wenig verunsichert.

Nachdem Jackson von daheim ausgezogen war, hatte er Belinda häufig Briefe geschrieben. Anfangs hatte sie sich über seine Berichte von neuen Erlebnissen, seinen Vorlesungen und den Büchern in der Bibliothek gefreut. Bald nahmen die Briefe jedoch eine persönlichere Note an, als Belinda lieb war. Sie gewann den Eindruck, als verspüre Jackson eine gewisse Nähe zu ihr, die sie selbst nicht empfand. So schwer es ihr auch gefallen war, sie hatte allen Mut zusammengenommen und dem Jungen geschrieben, daß sie einen solchen Briefwechsel für unangebracht hielt. Jackson hatte freundlich und verständnisvoll darauf geantwortet, doch Belinda hegte nach wie vor ihre Bedenken. Irgendwie schien Jackson diese Lösung der Dinge nur für eine vorläufige zu halten.

„Wie weit ist Jackson eigentlich mit seiner Ausbildung?“ hörte sie ihre Mutter gerade fragen.

Belinda fuhr aus ihren Gedanken auf.

„Wie bitte? Wie lange ...? Oh, Larry meint, er hat noch zwei Jahre vor sich“, stotterte sie.

„Kann Larry denn so lange auf ihn warten?“

„Womöglich wird ihm nichts anderes übrigbleiben. Es gibt nicht viele Ärzte, die bereit sind, in einem kleinen Ort zu praktizieren.“

„Hat Larry schon mit Jackson darüber gesprochen?“

Belinda dachte nach. Sie war sich nicht sicher, obwohl sie vor einiger Zeit zufällig gehört hatte, wie Abbie darauf gedrängt hatte, daß Larry sich mit dem jungen Mann in Verbindung setzte, bevor er sich anderweitig umsah.

„Ganz genau weiß ich's nicht", antwortete sie, „aber ich denke schon."

„Das hoffe ich. Schon um Larrys willen. Und um Abbies und der beiden Kinder willen. Larry hat ja kaum Zeit für seine Familie."

„Genau das macht Larry so arg zu schaffen", sagte Belinda nachdenklich. „Die Arbeit strengt ihn zwar nicht so sehr an wie mich, aber er möchte nicht ständig in der Praxis eingespannt sein. Er hat seine helle Freude an seinen beiden Jungen. Sagt, sie wachsen viel zu schnell heran. Er würde gern mehr mit ihnen unternehmen – Angeln, Ballspielen und dergleichen."

Belinda erhob sich zögernd vom Tisch. So leid es ihr auch tat, die Unterhaltung mit ihrer Mutter zu beenden, so brannte sie doch darauf, zu Melissa und Amy zu gehen. Obwohl sie und Amy nahe beieinander wohnten, hatten die beiden Mädchen nicht oft die Gelegenheit, einander zu besuchen.

„So, nun wird es aber Zeit, daß ich mich auf den Weg mache", sagte sie zu ihrer Mutter, „sonst meinen die Mädchen am Ende noch, ich hätte mich über Nacht in Nebel aufgelöst."

Marty mußte schmunzeln.

„Ich komme rechtzeitig wieder, um dir beim Kochen zu helfen", versprach Belinda.

„Nicht nötig", wehrte die Mutter ab. „Das Gemüse ist schon geputzt. Ich brauche die Töpfe nur noch auf den Herd zu setzen. Geh nur und amüsier dich mit den beiden anderen. Die Zeit wird ohnehin im Nu vorüber sein."

Belinda wußte, wie recht sie damit hatte. Sie räumte ihr Geschirr in eine Ecke der Anrichte und verließ das Haus.

Die helle Morgensonne wärmte ihr das Haar. Sie streckte der Sonne das Gesicht entgegen und atmete die würzige Frühlingsluft tief ein. Über ihr zwitscherten fröhlich die Vögel in den Zweigen. Sie schienen sich ihres Lebens zu freuen. Bald würden sie ihre Nester bauen.

Belinda traf Amy und Melissa auf der großen Gartenschaukel an, wo sie mit einem Glas Limonade in der Hand in ein lebhaftes Gespräch vertieft waren. Die beiden riefen Belinda fröhlich zu und winkten sie zu sich heran.

„Endlich! Jetzt siehst du schon passabler aus", machte die offenherzige Amy ihren Gefühlen Luft. „Gestern abend hast du nämlich entsetzlich ausgesehen."

Belinda grinste nur.

„Gar nicht entsetzlich", verbesserte die taktvollere Melissa. „Nur entsetzlich müde."

„Mein' ich doch!" sagte Amy beharrlich. „Einfach entsetzlich!"

Alle lachten.

„Hast du inzwischen das Neueste aus unserer Nachbarschaft in Erfahrung gebracht?" erkundigte sich Belinda dann bei Melissa.

„Nein, längst noch nicht!" gab Melissa zurück. „Dazu hat die Zeit einfach nicht ausgereicht. Ich bezweifle sogar, daß wir das in den nächsten zwei Wochen schaffen."

Bei dem Gedanken an die kurze Zeit, die die drei Mädchen zusammensein konnten, huschte ein Schatten über Amys Gesicht.

„Red' bloß nicht davon!" sagte sie hastig. „Ich mag nicht mal daran denken, daß Melissa wieder fort muß."

„Ich schon", entgegnete Melissa beinahe streitlustig. „Schließlich habe ich meine Eltern fast drei Jahre lang nicht gesehen!"

Das wiederum stimmte Amy mitfühlend.

„Hast du sie arg vermißt?"

„Vermißt habe ich sie schon. Manchmal sogar sehr; manchmal war es auch nicht so arg. Aber vermißt habe ich sie, das steht fest. Und Nathan, Joe und Julia auch." Ein ernsthafter Ausdruck schlich sich in Melissas Züge, als ihre Gedanken zu ihrer Heimat und ihren Lieben dort vorauseilten. „Ich habe sogar Papas Cowboys und meine Pferde vermißt", gestand sie.

„Wenn ich mal von hier weggehen müßte, könnte ich's

vor Heimweh kaum aushalten, glaub' ich", sagte Amy kopfschüttelnd. „Ich würde alle so schrecklich vermissen, daß es mir das Herz brechen würde!"

Melissa nickte.

„Ich freue mich, daß ich gekommen bin", sagte sie zu den beiden Mädchen, „wirklich. Aber jetzt kann ich es kaum erwarten, meine Heimat wiederzusehen."

„Ich bin auch sehr froh, daß du gekommen bist", sagte Belinda leise. „Sonst hätten wir dich niemals kennengelernt."

„Ja, das wär' ganz entsetzlich gewesen!" jammerte Amy. „Einfach entsetzlich!"

„Noch entsetzlicher, als ich gestern ausgesehen habe?" sagte Belinda augenzwinkernd, und wieder lachten alle.

„Ich finde es wichtig, etwas von der Welt zu sehen", meinte Melissa. „Ich liebe den Westen, aber ich bin froh, daß ich den Mut aufgebracht habe, ein wenig mehr von unserem Land zu sehen. Man lebt sonst so ... so abgeschlossen, so provinzlerisch."

„Provinzlerisch", dachte Belinda. „So scheint es mir zu ergehen. Ich kenne gar nichts von der Welt außer den paar Meilen rings um meinen Geburtsort. Rein gar nichts!"

„Ja, und Jackson hättest du dann auch nicht kennengelernt", quietschte Amy vergnügt, und die drei Mädchen brachen in ein amüsiertes Gelächter aus.

„Ach, der gute Jackson!" schmunzelte Melissa. „Wißt ihr, eine Zeitlang war ich der festen Überzeugung, daß das Leben ohne Jackson einfach nicht lebenswert sei."

„Ist es etwa nicht so?" tat Amy überrascht.

Wieder lachte Melissa.

„Also", sagte sie und rollte ihr großen braunen Augen himmelwärts, „eins habe ich während meiner Ausbildung gelernt: Junge Männer gibt es wie Sand am Meer, und einige von ihnen sind mindestens genauso interessant wie Jackson."

„Unmöglich!" stöhnte Amy zum Scherz.

„Ehrenwort!“ gab Melissa zurück und hob treuherzig die Hand.

Dann sprachen die drei Mädchen über Melissas Jahr am College, über die Studentenfeste, die bunten Abende der Gemeindejugend und Melissas männliche Begleitung zu solcherlei Anlässen.

Amy schlug die Hände über dem Kopf zusammen. Schon allein der Gedanke daran, eine vielbegehrte junge Dame in solchen Kreisen zu sein! Ach, es war kaum auszudenken. Belinda dagegen hörte Melissas Berichten still zu, obwohl sie Melissa gern manche Frage gestellt hätte. Sie war nicht sicher, ob ihr an einer solchen Anzahl von Verehrern viel gelegen wäre oder nicht, aber eins wußte sie nun genau: sie brauchte sich nicht zu sorgen, daß es Melissa das Herz brechen würde, falls Jackson sich für ein anderes Mädchen entscheiden sollte.

Ein geselliger Abend

Aus Anlaß von Melissas Wiederkehr wurde ein kleines Fest geplant. Es war Amys Idee gewesen, und Marty fand, daß das eine ausgezeichnete Gelegenheit für die jungen Leute der Umgebung sei, sich zu Spiel und Geselligkeit zusammenzufinden. Selbst Belinda, die sich sonst nicht viel aus Festen machte, freute sich diesmal sehr auf das Treffen am Samstag.

Auf der Gästeliste standen viele ehemalige Schulkameraden und die jungen Leute aus der Kirchengemeinde. Martys einzige Sorge war, ob die Gäste einer solch kurzfristigen Einladung auch folgen könnten.

Am Samstag, kurz nach sieben Uhr, füllte sich der Hof aber dann mit Gespannen und Reitpferden. Die Mädchen hatten viele ihrer Schulkameraden seit längerer Zeit nicht gesehen, so daß es manche fröhliche Begrüßung gab.

Der Abend begann mit einer Runde Brennball auf einer Weide in der Nähe des Farmhauses. Die Jungen spielten, während die Mädchen sie mit Zurufen anfeuerten. Bald reihten sich auch ein paar Mädchen unter die Spieler, Amy allen voran. Sie war an ausgelassene Ballspiele mit ihren Brüdern gewöhnt und sah beim besten Willen keinen Grund, warum sie jetzt nicht auch mitspielen sollte. Sie drängte Belinda und Melissa, auch mitzumachen, doch Belinda lehnte ab. Sportliche Betätigung lag ihr nicht sehr, und sie wollte ihre Unbeholfenheit nicht zur Schau stellen.

Melissa dagegen nahm die Herausforderung an, obgleich sie nicht sportlicher als Belinda veranlagt war. Sie war entschlossen, das Beste aus ihrer Lage zu machen, und ließ sich von Joe Parker die beste Lauftechnik zeigen. Tom Rankin half ihr, die dritte Ballstation zu erreichen, obwohl er eigentlich zur anderen Mannschaft gehörte, und Sly Foster zeigte ihr, wie man mit dem Schlagstock ausholt. Wider Erwarten genoß Melissa das Spiel.

Die jungen Leute spielten fast bis zum Sonnenuntergang. Als es zu dunkel wurde, um den Ball zu erkennen, begann eine Runde Laufspiele. Belinda entschuldigte sich unter dem Vorwand, das Feuer für das Maisrösten anzünden zu müssen.

Sie war gerade damit beschäftigt, das Brennholz in die offene Feuerstelle zu schichten, die Clark eigens zu diesem Zweck gebaut hatte, als eine Stimme aus dem sanften Dämmerlicht hervorbrach: „Darf ich dir behilflich sein?"

Es war Randolph Connel, ein junger Mann, den Belinda seit ihrer Schulzeit nicht mehr gesehen hatte. Sie errötete ein wenig und trat einen Schritt beiseite, um Randolph Platz zu machen.

„Man hört, daß eine Krankenschwester aus dir geworden ist", sagte er, während er das Holz aufschichtete.

Belinda nickte.

„Ja. Ich helfe meinem Bruder Larry."

„Macht dir die Arbeit Spaß?"

„O ja! Meistens jedenfalls. Manchmal ist es auch ein bißchen zu hektisch."

„Mein Pa meint, du machst deine Sache erstklassig", fuhr Randy fort. Belinda war verwundert, bis sie sich wieder an den Tag erinnerte, an dem Herr Connel mit einer Axtwunde am Fuß zu Larry in die Praxis gekommen war.

„Wie geht's denn deinem Pa?" erkundigte sie sich.

„Viel besser. Er humpelt nicht einmal mehr."

„Das hat er Larry zu verdanken, nicht mir", stellte Belinda klar.

„Das weiß Pa. Er hat aber auch gesagt, daß du ihn von seinen Schmerzen abgelenkt und fachmännisch Erste Hilfe geleistet hast, bis Larry kommen konnte. Und dann hast du ihm beim Nähen der Wunde assistiert."

Belinda errötete über das Lob und senkte bescheiden den Blick.

„Und du? Hilfst du deinem Pa auf der Farm?“ fragte sie, um ihre Verlegenheit zu verbergen. „Ich hab’ dich seit unserer Schulzeit überhaupt nicht gesehen.“

„Ich bin erst vor kurzem wiedergekommen. Hab’ meinem Onkel unten im Süden geholfen.“

„Ach ja?“

„Er hat eine Molkerei und suchte einen Knecht.“

„Wirst du wieder zu ihm zurückgehen?“ fragte Belinda, um eine peinliche Pause zu vermeiden.

„Nein. Jedenfalls nicht zum Melken“, sagte Randy nur.

„Dann hast du bestimmt andere Pläne, nicht wahr?“ erkundigte Belinda sich.

Der junge Mann zündete ein Streichholz an und schaute zu, wie die kleine Flamme die feinen Holzspäne zu verzehren begann. Die Dunkelheit brach herein. Das Rufen und Lachen der jungen Leute erfüllte die Luft.

„Fürs erste suche ich mir irgendeine Arbeit“, antwortete Randy, während er das Feuer im Auge behielt.

„Was für eine Arbeit stellst du dir denn vor?“

„Ich kann’s mir nicht leisten, wählerisch zu sein“, gestand Randy. „Ich nehme, was ich kriegen kann. Du weißt nicht zufällig, wo jemand gesucht wird?“

„Nein ... nicht, daß ich wüßte. Aber du findest bestimmt schnell eine Arbeit. Du bist groß und kräftig. Für Männer wie dich gibt’s immer etwas zu tun ...“ Plötzlich wurde ihr bewußt, was sie soeben über ihn gesagt hatte und hielt verlegen inne. Randy schwieg. Sie überlegte, ob er ihre dumme Bemerkung überhaupt gehört hatte. Zu ihrer großen Erleichterung schien er vollauf mit dem Feuer beschäftigt zu sein.

Der Schein der Flammen ließ Schatten über seine Erscheinung tanzen. Sie hatte vergessen, wie er aussah, ja, sie hatte Randolph Connel selbst fast vergessen gehabt. Während der Schulzeit hatte sie kaum Notiz von ihm genommen. Er war ein ganz normaler Schuljunge gewesen, weder einfältig noch übergescheit, weder vorlaut noch schüchtern. Im Feuerschein musterte sie ihn nun eingehend.

Sein dunkler Schopf fiel ihm jungenhaft in die Stirn, so daß er sich die Strähnen hin und wieder ungeduldig mit der Hand aus der Stirn strich. Seine Nackenhaare legten sich in Locken über den Hemdkragen, und Belinda hätte wetten mögen, daß sein ganzer Schopf voller Locken wäre, wenn er nicht so kurz geschnitten worden wäre. Seine tiefliegenden Augen waren von dunklen Wimpern eingerahmt. Der leichte Knick auf seinem Nasenbein verriet eine Gesichtsverletzung. Seine Wangen trugen ein winziges Grübchen – doch das würde sich der junge Mann gewiß nicht gern von jemandem sagen lassen, dachte Belinda.

Er schien ihren Blick auf sich ruhen gespürt zu haben. Nun wandte er sich zu ihr um. Belinda sah schnell zu Boden und wischte ein paar Holzspäne von ihrem langen Rock.

„Und Melissa ist jetzt eine richtige Lehrerin, habe ich gehört", sagte Randy nach einem unbeholfenen Schweigen.

Belinda war dankbar für eine Gelegenheit, ihre Beklemmung zu überbrücken.

„Ja, das stimmt", beeilte sie sich zu erklären. „Am College hat's ihr prima gefallen, aber jetzt freut sie sich, wieder daheim zu sein."

„Dann bleibt sie also hier? Ich dachte, ihr Zuhause wäre ..."

„Ja, das ist es auch. Ich meine, sie ist nur für zwei Wochen hierhergekommen. Danach fährt sie wieder in ihre richtige Heimat. Manchmal denke ich halt, daß sie hier daheim ist. Ich meine ... es kommt mir wie ihre Heimat vor. Sie hat über zwei Jahre lang bei uns gewohnt, und zu Besuch war sie auch öfters hier, und ... und ... ich werde sie arg vermissen", brach sie stotternd ab.

Randy nickte nur. Er schien verstanden zu haben, was sie ausdrücken wollte.

„Freut sie sich auf ihren Beruf?“ fragte er dann.

„Aber ja! Sie wollte schon immer Lehrerin werden. Und im Westen werden jede Menge Lehrerinnen gebraucht.“

„Schön, daß sie sich freut.“

Er schien so aufrichtig Anteil an Melissas Plänen zu nehmen, daß Belinda ihn fragend anschaute. War es möglich, daß Randy sie insgeheim verehrte? Wünschte er ihr etwa viel Glück für ihren Weg, obwohl es ihm viel lieber wäre, wenn sie hier bliebe? Vielleicht hatte sie recht mit ihrer Vermutung. Plötzlich tat Randy ihr leid. Er schien ein ausgesprochen netter junger Mann zu sein. Es tat ihr leid, daß er unter Melissas Abreise leiden würde.

Doch Randy fuhr unbekümmert fort: „Gut, daß sie einen Beruf gefunden hat, der ihr gefällt. Muß ein herrliches Gefühl sein, wenn man sich für einen Beruf entschließt und ihn dann obendrein auch erlernen kann.“ Damit legte er ein größeres Holzscheit auf das Feuer.

Nun war Belinda vollends verwirrt. Vielleicht bewunderte er Melissa insgeheim tatsächlich, aber er schien sich zugleich beinahe sehnsuchtsvoll über ihre beendete Ausbildung zu freuen. Träumte Randy vielleicht von einem Beruf, zu dem ihm die Türen verschlossen waren? Belinda wußte nicht recht, was sie sagen sollte. Alles wurde immer rätselhafter.

Bevor sie ein passendes Wort gefunden hatte, sah Randy sie an und lächelte. In dem Schein des Feuers sah sie seine Augen aufleuchten.

„Also, das ist ohne Frage ein Grübchen“, fuhr es Belinda unwillkürlich durch den Sinn. Erschrocken stellte sie sich dann von einem Fuß auf den anderen, um ihre Verlegenheit über den ungebetenen Gedanken zu verbergen.

„Hm, mir scheint, daß das Kühemelken sich irgendwie nicht an der Krankenpflege oder dem Lehrerberuf messen kann“, spaßte er gutmütig.

Belinda lächelte zurück und überlegte.

„Vielleicht doch", gab sie zu bedenken. „Jedenfalls, wenn man für sein Leben gern Kühe melkt."

Er wurde ernster. Dann nickte er.

„Ja, vielleicht hast du recht", sagte er, „wenn man für sein Leben gern Kühe melkt."

Das Feuer knisterte, und aus der Ferne drangen fröhliches Rufen und Lachen zu ihnen herüber. Nachdenklich starrten sie in die hellen Flammen.

Belinda entnahm Randys Bemerkung, daß er sich nicht viel aus der Landwirtschaft machte. Sie gewann den Eindruck, daß ihn etwas daran hinderte, seinen Traumberuf zu erlernen. Ob dieses Hindernis tatsächlich so unüberbrückbar war? Oder irrte sich Randy? Belinda wußte zwar, daß sie das im Grunde nichts anging, aber sie war aufrichtig um sein Wohlergehen besorgt. Ob er es ihr verübeln würde, wenn sie eine so persönliche Frage stellen würde?

„Was würdest du denn am liebsten werden?" fragte sie leise.

Randy lachte kurz auf, als sei sein Wunsch zu unerreichbar, um überhaupt erwähnt zu werden. Dann wandte er sich zu Belinda um und sah sie forschend an. Interessierte sie sich tatsächlich für seine Wünsche und Träume? Der ehrliche Ausdruck in ihrem Gesicht deutete darauf hin.

Beinahe flüsternd antwortete er: „Ich hab' schon immer davon geträumt, schon als kleiner Knirps von fünf Jahren, daß ich eines Tages etwas mit meinen Händen schaffen würde – Häuser entwerfen und bauen, weißt du. Verrückt, so etwas, nicht wahr?" Dabei hielt er seine Hände prüfend hoch.

Belinda betrachtete sie. In den langen Fingern und den breiten Handballen sah sie Kraft und Ideenreichtum.

„Keine Spur verrückt", sagte sie geradeheraus. „Es gibt keinen Grund, warum du nicht genau das tun könntest."

Randy sah sie an.

„Nein, du verstehst nicht. Eine Ausbildung kann ich

mir nie und nimmer leisten“, sagte er steif. „Und selbst wenn ich genug Geld hätte, wüßte ich nicht, wohin ich mich wenden sollte.“

„Dann lernst du’s eben, indem du’s einfach probierst“, schlug Belinda vor. „Versuch’s doch mal! Selbst wenn du Fehler machst – aber aus Fehlern kann man doch auch lernen. Beim nächsten Mal weißt du dann, wie man’s besser machen kann. Sieh anderen bei der Arbeit zu. Ach, wenn man wirklich lernen will, dann gibt es viele Möglichkeiten. Ich konnte auch keine richtige Ausbildung an einer Krankenpflegeschule machen; deshalb lerne ich’s jetzt von Larry. Vielleicht findest du auch einen Architekten, der dich in die Lehre nehmen würde ...“ Belinda hätte voller Eifer weitergesprochen, wenn Randy sie nicht unterbrochen hätte.

„Daran habe ich noch nie gedacht“, sagte er kopfschüttelnd. „Kein einziges Mal ist mir das in den Sinn gekommen. Glaubst du wirklich, daß es jemanden gibt, der ...?“

„Aber sicher! Ganz bestimmt!“

Die Stimmen der anderen jungen Leute näherten sich. Belinda konnte Amys munteres Plaudern und Melissas damenhaftes Lachen ausmachen. Als nächstes stand das Maisrösten auf dem Programm. Bevor die anderen das knisternde Feuer erreichen konnten, drückte Randy schnell Belindas Hand.

„Danke.“ Es klang einfach und aufrichtig, und Belinda lächelte.

Sie war selbst überrascht, wieviel Anteilnahme sie für ihn empfand. Es mußte hart für einen jungen Mann sein, große Zukunftsträume und wenig Hoffnung auf deren Verwirklichung zu haben. Und wenn tatsächlich ein Baumeister aus ihm werden sollte, dann würde Melissa noch immer Hunderte von Meilen entfernt leben ...

Bevor sie es verhindern konnte, platzte sie heraus: „Und es tut mir leid“, flüsterte sie, „ich meine, daß Melissa wieder abreisen muß. Sie ist furchtbar nett und hübsch obendrein, und ich weiß, wie ...“

Randy starrte sie verwundert an.

„Melissa? Wie meinst du das? Natürlich soll sie dorthin zurückkehren, wo sie hingehört – wo sie gebraucht wird."

„Aber …", brachte Belinda hervor.

Randy begann zu begreifen.

„Du hast doch nicht etwa geglaubt, daß ich … daß ich irgendwelche Gefühle für Melissa hege?"

Belinda nickte nur.

„Warum?" fragte er.

„Du hast dich doch nach ihr erkundigt … und über sie gesprochen. Da habe ich gedacht …"

Er schüttelte den Kopf.

„Nett ist sie zwar", sagte er, „und hübsch ist sie wohl auch, obwohl ich das eigentlich noch nie bemerkt habe." Er zögerte. Die übrigen jungen Leute kamen näher. Er holte tief Luft und sagte dann hastig: „Hab' wohl heute nur Augen für ein einziges Mädchen gehabt. Schon seit langer Zeit, um ehrlich zu sein."

Damit sah er Belinda geradewegs in die Augen, so daß ihr die Wangen vor Verlegenheit heiß wurden. Sie murmelte etwas von dem Essen, das sie aus der Küche zu holen hatte, und flüchtete sich in die Küche.

Zwei viel zu kurze Wochen

Während die Mädchen das saubere Geschirr wieder in das Regal stellten, unterhielten sie sich angeregt über das Fest.

„So etwas sollten wir viel öfter machen", rief Amy. „Soviel Spaß hab' ich schon seit … ja, seit Jahren nicht mehr gehabt!"

Melissa schaute verträumt drein.

„Ich auch nicht", gestand sie. „Heute abend war's sogar lustiger als bei allen Festen in der Großstadt."

„Wirklich?" fragte Amy skeptisch. „Hat es dir wirklich heute besser gefallen?"

Melissa nickte.

„Wißt ihr, du und Belinda habt sehr dazu beigetragen", sagte sie. „Mit euch beiden macht alles viel mehr Spaß."

Amy seufzte.

„Habe ich etwas Falsches gesagt?" erkundigte sich Melissa besorgt.

„Nein, nein! Es ist nur … hm, ich … alles ist so langweilig, wenn du nicht hier bist. Belinda arbeitet, und ich helf' Mama und hab' sonst nicht viel zu tun, und …"

Doch da hatte Melissa sie schon in die Arme genommen, und Belinda verspürte plötzlich Gewissensbisse. Der Alltag auf der Farm war gewiß eine Qual für die lebenslustige Amy. Sie liebte Geselligkeit, bunte Abende und dergleichen. Belinda konnte gut und gern auf derartige gesellschaftliche Ereignisse verzichten. Es war nicht, daß sie anderen Menschen aus dem Weg gehen wollte; nein, menschenscheu war sie nicht. Sie war oft einfach zu müde, um überhaupt an Veranstaltungen und gemeinsame Unternehmungen zu denken. Ihre Tätigkeit in der

Arztpraxis nahm einen großen Teil ihrer Zeit und Kraft in Anspruch. Vielleicht – vielleicht würde manches anders werden, wenn Jackson zurückkehrte und in der Praxis half. Vielleicht würde sie dann mehr Zeit für andere Dinge finden.

Amys Augen hatten sich mit Tränen gefüllt.

„Ach, ich wünschte ... ich wünschte, daß du gar nie mehr von hier abreisen müßtest!"

Auch Melissa kamen die Tränen. Sie schüttelte langsam den Kopf.

„Oh, ich bin ja so durcheinander", gestand sie freimütig. „So furchtbar durcheinander! Einerseits kann ich es kaum erwarten, zu meinen Eltern zu fahren, und andererseits möchte ich liebend gern hierbleiben. Ach, wenn meine Eltern doch nur nicht so weit weg wohnten! Wenn wir uns doch nur öfter gegenseitig besuchen könnten – auf eine Woche oder zwei, wenn uns danach zumute ist. Ich vermisse meine Eltern – aber ich weiß genau, daß ich euch auch ganz arg vermissen werde!"

Auch Belinda kamen die Tränen. Die drei Mädchen standen beieinander und wischten sich die Augen. Verflogen war die Begeisterung über das gelungene Fest, und schwer lag ihnen der bevorstehende Abschied auf der Seele.

„Ich hätte nie herkommen sollen!" klagte Melissa schluchzend. „Wenn ich euch nicht kennengelernt hätte, dann würde ich euch auch nicht vermissen können!"

Amy begann, trotz ihrer Tränen zu kichern. Zuerst konnte Belinda absolut nichts Komisches an dieser Bemerkung finden, doch dann dachte sie daran, welch einen Anblick die drei Mädchen abgeben mußten, wie sie sich gemeinsam ihren Jammer von der Seele weinten und ihr schweres Schicksal, einander je kennengelernt zu haben, beklagten. Sie stimmte in Amys Lachen ein, und Melissa, der ebenfalls soeben der Widersinn ihrer Worte aufgegangen war, lachte lauter als die beiden anderen.

„Wir sind vielleicht ein paar alberne Frauenzimmer!" keuchte Amy schließlich. „Wir wissen allesamt ganz genau, daß wir diese Jahre um nichts in der Welt hergeben würden, und trotzdem kann ich's noch immer kaum fassen, daß die Zeit jetzt fast vorbei sein soll."

Belinda füllte drei Gläser mit Milch und stellte sie auf den Tisch. Dann nahm sie sich ein Stück von dem Sandkuchen dazu.

„Also, ich weiß nicht, wie's euch ergeht", sagte sie, „aber ich für meinen Teil bin vor lauter Servieren nicht zum Essen gekommen. Ich bin hungrig."

Die beiden anderen setzten sich zu ihr an den Tisch. Melissa nahm sich zwei Gewürzplätzchen, während Amy Zuckerbrezeln wählte.

„Aber lustig war's heute abend trotzdem", sagte Amy betont, um dem Gespräch wieder eine andere Richtung zu geben.

„Ich hatte ja ganz und gar vergessen, wie viele wackere Burschen es hier in der Umgebung gibt!" rief Melissa.

„Wackere Burschen? Meinst du nicht eher ‚Ackerburschen'?"

Melissa wollte sich vor Lachen schier ausschütten. Selbst Belinda mußte schmunzeln.

„Komm schon, Amy", kicherte Melissa, „du wirst doch zugeben müssen, daß manche von den Burschen umwerfend gut aussehen. Und so kräftig sind sie. Und sie behandeln einen so zuvorkommend!"

„Dich behandeln sie zuvorkommend, wolltest du wohl eher sagen", verbesserte Amy, obwohl auch sie beim Ballspiel gern die Hilfe der männlichen Mitspieler angenommen hatte.

Wieder kicherte Melissa vor sich hin, doch dann wurde sie ernster.

„Daheim gibt es bestimmt nicht halb so viele junge Männer wie hier", meinte sie.

„Siehst du! Jetzt hast du noch einen Grund mehr, hierzubleiben", triumphierte Amy.

Melissa schien ihre Bemerkung nicht einmal gehört zu haben.

„Wenn ich mich recht erinnere“, fuhr sie langsam fort, „kann ich mich an keinen einzigen netten jungen Burschen erinnern. Sie alle waren ja fast noch Kinder, als ich von daheim abreiste.“

„Damals vielleicht schon“, erinnerte Belinda sie. „Du darfst nicht vergessen, daß du selbst seitdem auch ein ganzes Stück erwachsener geworden bist.“

Melissa nickte.

„Trotzdem wüßte ich keinen unter ihnen, der mir zusagen würde.

„Dann bleibst du eben hier“, schlug Amy vor. „Sonst landest du womöglich noch als alte Jungfer im Schuldienst!“

Melissa verzog das Gesicht und stippte ihr Plätzchen geziert in die Milch ein. Sie nahm einen Bissen und rollte ihre braunen Augen zur Decke.

„Hier habt ihr tatsächlich eine ganz nette Auswahl an jungen Burschen, muß ich zugeben!“ meinte sie anerkennend.

„Na, siehst du! Bleib doch hier!“ drängte Amy.

„Hör mal, Amy“, schalt Melissa gutmütig, „ich bin schließlich hergekommen, um Lehrerin zu werden, und nicht, um mir einen Verehrer an Land zu ziehen!“

„Na und?“ zuckte Amy mit den Achseln. „Wer wollte sich schon über so viel Glück beklagen?“

Belinda schmunzelte, und Melissa lachte herzlich. Amy sagte ohne Umschweife klipp und klar, was sie dachte. Trotzdem war sie eine liebenswerte Kameradin.

„Wo wir gerade von jungen Burschen sprechen“, wandte Melissa sich an Belinda, nachdem sie ihr Plätzchen gegessen hatte, „was war denn das für ein gutaussehender Bursche“ – dabei warf sie Amy einen vielsagenden Blick zu –, „der dir da so überflüssige Hilfe beim Feuermachen geleistet hat?“

Wieder verdrehte Melissa ihre Augen, und Belinda spürte, wie ihre Wangen heiß wurden. Schnell stand sie auf, um sich ein zweites Glas Milch einzuschenken. Amy winkte derweil unbesorgt ab.

„Ach, das war bloß Randy!“ sagte sie leichthin.

„Bloß Randy? Was willst du denn damit sagen? Wo kommt er übrigens her?“

„Er ist ein Nachbar; jedenfalls war er das früher“, antwortete Amy an Belindas Stelle und richtete dann selbst eine Frage an sie.

„Sag mal, ich hab' ihn ja schon jahrelang nicht mehr gesehen. Wo hat er denn nur so lange gesteckt?“

„Bei einem Onkel hat er gearbeitet ... irgendwo im Süden“, sagte Belinda und bemühte sich dabei, ihrer Stimme einen gleichgültigen Klang zu verleihen.

„Bleibt er jetzt für immer hier?“

„Das hat er nicht gesagt. Er sucht eine Arbeit – irgendwo.“

„Du wirst ihn doch hoffentlich nicht einfach in die Ferne ziehen lassen“, sagte Melissa mit einem schelmischen Lächeln. „Wo hast du ihn nur kennengelernt?“

„Er ist mit uns zur Schule gegangen.“

„Ich kann mich aber gar nicht an ihn erinnern. So jemanden wie ihn hätte ich bestimmt nicht vergessen, weißt du“, begann Melissa, doch Belinda unterbrach sie: „Aber natürlich! Du kannst ihn auch gar nicht kennen. Er hatte die letzte Klasse schon hinter sich, als du kamst. Er war nämlich ein paar Klassen über mir.“

„Ach so! Na, so was Dummes!“ seufzte Melissa mit übertriebenem Bedauern.

„Er wäre dir ohnehin niemals aufgefallen. Du hattest ja nur Augen für Jackson“, erinnerte Amy sie, und Belinda war dankbar für diesen Wechsel des Gesprächsstoffs.

„Der gute Jackson!“ sagte Melissa nachdenklich. „Was mag er wohl nach seiner Ausbildung mit sich anfangen?“

Amy wußte eine Antwort.

„Vielleicht kommt er sogar wieder hierher zurück, wenn Onkel Larry ihn dazu überreden kann. Ich war dabei, als Onkel Larry mit Pa darüber gesprochen hat. Wir brauchen dringend noch einen Doktor, haben sie gemeint.“

Melissa sah Belinda fragend an, doch diese gab vor, es nicht bemerkt zu haben.

„Hierher also?“ sagte Melissa nachdenklich. Dann lächelte sie Belinda an. „Dann wirst du ihn ja am Ende doch noch für dich gewinnen.“

„Sei nicht albern!“ wehrte Belinda ab. „Ich habe ihn doch nie für mich gewollt.“

„Ja, das war ja gerade das Seltsame an der ganzen Sache“, erwiderte Melissa. „Ich habe ihn nämlich sehr gemocht, eine Zeitlang ganz arg. Aber er hat mich nicht einmal eines Blickes gewürdigt.“

Belinda spürte, wie ihre Wangen heißer wurden.

„Belinda interessiert sich überhaupt nicht für Männer“, erklärte Amy, „aber das scheint keiner von ihnen je zu bemerken. Reihenweise machen sie ihr den Hof.“

„Jetzt hör' aber auf!“ verteidigte sich Belinda.

„Aber es ist doch so“, entgegnete Amy hartnäckig. „Denk nur an Jackson – und dann Walter Lewis aus der Gemeindejugend und Tyler Moore und jetzt dieser Randy. Der wird sich bestimmt von jetzt an öfter hier bei uns blicken lassen, und ...“

„Nun sei aber nicht albern!“ konnte Belinda nur hervorbringen. Dann stand sie auf, um ihr Milchglas auszuspülen.

„‚Verrat, Verrat, will's scheinen, bringt ein allzu eifriger Widerspruch‘“, zitierte die belesene Melissa aus einem Drama von Shakespeare und legte dabei einen Arm um Belinda. Amy lachte nur über Belindas Verlegenheit. Dann wanderte ihr Blick zur Wanduhr. Erschrocken sprang sie auf.

„Seht nur!“ rief sie. „Seht doch nur, wie spät es schon ist! Höchste Zeit, daß ich nach Hause gehe, bevor mein Pa mich holen kommt. Ich schaffe es bestimmt nicht, rechtzeitig aus den Federn zu kommen, um in die Kirche zu gehen!“

Belinda schmunzelte.

„Doch, das schaffst du garantiert“, widersprach sie, „und wenn dein Pa dich tragen muß!“

„Da hast du recht“, gab Amy zu. „Er wird schon dafür sorgen, daß ich morgen in der Kirche bin.“

Sie eilte zur Tür hinaus, und Melissa und Belinda löschten das Licht, um im Mondlicht, das durch die Fenster fiel, die Treppe nach oben zu steigen.

Belinda tat alles, um jeden kostbaren Tag bis zur Neige auszuschöpfen, doch die Zeit flog rasend schnell dahin. Melissa war abwechselnd von Vorfreude und Melancholie erfüllt, während Amy nur eine einzige Stimmung kannte, nämlich tiefste Niedergeschlagenheit. Sie wußte einfach genau, daß ihr alle Lebensfreude vergehen würde, sobald Melissa in die Eisenbahn nach Westen gestiegen war.

Belinda war gerade in der Küche, als Kate zum Nachmittagstee zu Besuch kam.

„Ich mach' mir Sorgen um Amy“, begann ihre Mutter ohne Umschweife, nachdem sie und Marty sich an den Küchentisch gesetzt hatten. „Sie hängt so sehr an Melissa, daß ich gar nicht daran denken mag, was wird, wenn das Mädchen abreist.“

Auch Marty hatte sich schon Gedanken darüber gemacht.

„Luke und ich reden schon kaum noch von etwas anderem“, fuhr Kate fort. „Alles wäre viel leichter für Amy, wenn sie eine Arbeitsstelle hätte, so wie Belinda, aber für Krankenpflege interessiert sie sich nicht die Bohne. Ich hab' ihr schon zugeredet, daß sie sich eine Stelle in der Stadt suchen soll, vielleicht als Verkäuferin irgendwo, aber das sagt ihr nicht zu. Lehrerin möchte sie auch nicht werden. Nur auf das Malen und Zeichnen ist sie verrückt, sonst liegt ihr an nichts – aber für ein Mädchen hier in unserer Gegend ist das auch nicht gerade das richtige.“

Marty nickte nüchtern.

„Wir haben überlegt, daß ihr ein Tapetenwechsel guttun würde. Etwas sehen soll sie von der Welt. Sie kennt ja nur uns hier und das Leben auf der Farm. Es wird Zeit, daß sie sich einen anderen Wind um die Nase wehen läßt und – wie nennt man das? – ihren Horizont erweitert." Kate drehte die leere Kaffeetasse nervös in ihren Händen.

„Ich bin gekommen, um mit dir darüber zu sprechen. Luke und ich sind uns einfach nicht sicher, ob wir da einen gewaltigen Fehler machen oder nicht. Deshalb würden wir gern deine Meinung in dieser Sache hören. Luke will auch mit Pa darüber sprechen." Kate hielt inne und holte tief Luft. „Du weißt doch, wie oft Amy davon spricht, eine Kunstakademie zu besuchen, aber Luke und ich haben uns noch nie mit diesem Gedanken anfreunden können. Das hat sich auch bis heute nicht geändert, aber vielleicht, vielleicht ist es ja kein Fehler, wenn ein junges Mädchen auch mal lernt, auf eigenen Füßen zu stehen."

Marty wollte den Kopf schütteln. Sie wußte zwar nicht viel über Großstädte, wo es Kunstakademien gab, aber sie hegte Zweifel, ob solche Städte der richtige Ort für ein eigenwilliges, unerfahrenes junges Mädchen wie Amy waren.

„Wir möchten sie nach wie vor nicht ausgerechnet auf eine Kunstakademie schicken", fuhr Kate sehr zu Martys Erleichterung fort, „aber wir erwägen, sie eine Reise in den Westen machen zu lassen."

„In den Westen?" rief Marty überrascht. Auch Belinda fuhr von dem Geschirrschrank herum und fragte sich, ob sie Kate soeben richtig verstanden hatte.

„Nun, dort hat sie jede Menge Verwandte, und Melissa ist schon oft genug gereist, daß sie Amy unter ihre Fittiche nehmen könnte. Und im Westen könnte sie sich Zeit zum Malen nehmen und neue Landschaften zeichnen, und ..."

„Du meinst, sie soll mit Melissa reisen?"

Kate nickte.

Marty dachte nach. Schließlich leuchteten ihre Augen auf:

„Also, ich finde, das ist eine prima Idee!" sagte sie, und ein leises Lächeln spielte um ihre Mundwinkel. „Hab's ohnehin noch nie gern gesehen, daß Melissa die weite Reise ganz allein macht."

Kate atmete auf.

„Und du meinst nicht, daß Luke und ich damit einen riesigen Fehler machen würden?"

„Nein, das glaube ich nicht."

„Verwöhnen wir sie auch nicht zu sehr, nur weil sie unser einziges Mädchen ist?"

„Aber nein! Ich bin ganz deiner Meinung: Es wird ihr guttun, ein wenig von der weiten Welt zu sehen. Sie braucht ja nicht allzu lange im Westen bleiben." Marty dachte eine Weile nach, bevor sie fortfuhr: „Wir werden sie alle arg vermissen. Mit ihr ist alles irgendwie viel lebendiger."

„Uns geht's genauso", seufzte Kate. „Ich kann den Gedanken, sie gehen zu lassen, kaum ertragen – selbst wenn's nur für kurze Zeit sein soll."

Belinda ging an den Tisch. Die beiden Frauen schienen ihre Gegenwart vollkommen vergessen zu haben. Mit tränenfeuchten Augen sah Kate nun Belinda an.

„Wir haben Amy natürlich noch nichts von unserem Plan gesagt", beeilte sie sich zu erklären.

„Ich werde ihr kein Wort davon verraten", versprach Belinda. „Kein Sterbenswörtchen!"

„Dank' dir, Belinda!" murmelte Kate und erhob sich. „So, nun muß ich wieder gehen. Daheim zeichnet Amy ein letztes Bild von Melissa." Einen Moment stand sie in Gedanken versunken da. „Wenn Pa keine Einwände hat, dann ... dann werden wir sie wohl auf die Reise schikken", sagte sie. Belinda fragte sich, ob Kate wohl insgeheim dafür betete, daß Clark zwingende Gründe gegen das Vorhaben finden würde.

Doch so war es nicht. Clark war voll und ganz dafür, daß Amy den Westen sehen sollte.

„Bleibt nur noch zu wünschen, daß du dich beurlauben lassen und auch mitfahren könntest", sagte er zu Belinda.

„Aber das ist unmöglich – jedenfalls momentan", sagte

Belinda entschieden. „Larry ist viel zu beschäftigt. Er braucht mich. Wenn einmal ein zweiter Doktor da ist, wird alles anders."

Erst jetzt dachte Belinda wehmütig daran, wie gern sie ihre beiden Kameradinnen begleitet hätte. Das wäre ein Riesenspaß, gemeinsam in den Westen zu reisen und einen anderen Landesteil kennenzulernen. Ohne die beiden anderen Mädchen hier würde es sehr einsam werden. Belinda war dankbar, daß die langen Tage von Arbeit ausgefüllt sein würden. Sie wußte nicht, wie sie den Abschied von den beiden verkraften würde, wenn ihre Arbeit sie nicht so in Atem halten würde.

Als Amy von ihrem Glück erfuhr, machte sie vor Freude Luftsprünge, wie Belinda es vorausgesehen hatte. Melissa freute sich unbändig, eine Reisegefährtin zu bekommen, und weihte Amy auf der Stelle in all die Dinge ein, die sie unterwegs gemeinsam sehen und tun würden. Beide Mädchen drängten Belinda, sich einige Wochen beurlauben zu lassen und mit ihnen in den Westen zu reisen, doch Belinda erwiderte mit Bestimmtheit, daß sie hier in der Arztpraxis gebraucht würde, bis ein zweiter Doktor käme.

Ein Telegramm wurde an Missie geschickt, und in ihrer prompt darauf eintreffenden Antwort hieß sie Amy herzlich willkommen und lud sie ein, so viele Monate zu bleiben, wie ihre Eltern es nur zuließen.

In hektischem Reisefieber wurden Taschen, Kisten und Schachteln gepackt. Belinda, deren Pflicht sie wieder in die Arztpraxis gerufen hatte, bekam nur wenig von dem Trubel mit. Den Nachmittag, als die beiden mit der Eisenbahn losfuhren, hatte sie jedoch frei. Sie hatte noch nie jemanden vor Begeisterung so sprudeln sehen wie Amy.

„Ach, wenn du doch nur auch mitfahren könntest!" rief sie. „Das wär' ... also, das wär' einfach 'ne Wucht!"

Belinda nickte nur.

„Ja, das wäre wirklich wunderbar", gab sie zu.

„Ich werde dich schrecklich vermissen!" schluchzte

Melissa. „Du bist mir wie eine Schwester. Ach, wenn wir doch nur nicht so weit voneinander entfernt wohnten!"

Der Abschied war tränenreich. Selbst Clark wischte sich ein paar Tränen von der Wange. Die beiden Mädchen bekamen zahllose Grüße an die Verwandten im Westen aufgetragen; dazu wurden sie ein ums andere Mal ermahnt, sich wohlerzogen unter Fremden aufzuführen. Endlich, viel zu bald für die Familie auf dem Bahnsteig, setzte sich die Eisenbahn in Richtung Westen in Bewegung. Schrill ertönte das Pfeifen der Lokomotive. Belinda winkte mit ihrem Taschentuch, während ihr die Tränen über das Gesicht strömten, und aus dem Waggonfenster winkten zwei aufgeregte, abenteuerlustige junge Passagiere zurück.

Als der Zug ihren Blicken entschwunden war, wandte Belinda sich von ihrer Familie und dem staubigen Bahnsteig ab, um sich wieder an die Arbeit zu machen. Sie war froh darüber, daß Larry sie brauchte.

Alltag und Arbeit

Nach der Abreise ihrer beiden Nichten war Belinda Tag für Tag, manchmal sogar auch nachts, in Larrys Praxis vollauf beschäftigt. Die Wochenenden auf der Farm ihrer Eltern erschienen ihr irgendwie nicht mehr so verlockend und vergnüglich wie früher. Die Zeit daheim im Elternhaus stellte zwar eine nette Abwechslung von der Arbeit in der Praxis dar, aber Belinda vermißte den Wirbelwind Amy doch sehr. Sie konnte sich nicht einmal mehr wie einst damit trösten, daß Melissa „bestimmt bald wieder zu Besuch" kommen würde.

Die Jungen in dem Holzhaus über dem Hof vermißten ihre große Schwester auch sehr, obwohl Dan und David das niemals eingestanden hätten. Jacob dagegen machte keinen Hehl aus seiner Bedrückung und beschwerte sich vorwurfsvoll bei seinen Eltern darüber, daß sie Amy für eine so lange Zeit fortgeschickt hatten.

„In ein paar Monaten kommt sie ja wieder, und dann wirst du sie viel mehr zu schätzen wissen!" mußte er sich mehrmals von seiner Mutter sagen lassen.

Kate besuchte Marty nun häufiger. Meistens brachte sie ihre Handarbeit mit. Das „leere Nest" daheim konnte sie kaum ertragen, und sie nahm jede Gelegenheit, die sich nur bot, dazu wahr, um ihm zu entkommen. Manchmal ging sie sogar mit ihrem Mann auf die Felder und kutschierte das Fuhrwerk, während er Heu oder Steine auflud.

Auch Marty vermißte ihre muntere Enkelin. Die Tage vergingen, ohne daß Amy Jo auf einen Sprung zu Besuch kam, um einen Gefallen bettelte, frische Plätzchen probierte, Botengänge verrichtete oder das Allerneueste aus der Nachbarschaft zu berichten wußte. Marty überlegte ob auch sie sich an der Feldarbeit beteiligen sollte, doch Haushalt und Küchengarten waren ohnehin beinahe mehr, als sie bewältigen konnte.

Als der Sommer dem Herbst gewichen war, begann die Familie, die Tage bis zu Amys Heimkehr zu zählen. Einer ihrer dicken, inhaltsreichen Briefe enthielt jedoch ein unerwartetes Anliegen: „Bitte, bitte“, bettelte das Mädchen, „darf ich noch ein paar Monate länger hierbleiben? Hier gefällt es mir so gut! Die Leute sind allesamt so freundlich, und es gibt Unmengen zu malen und zu zeichnen. Ich habe ja so viel über Farben gelernt! Ihr könnt euch das lebhafte Farbenspiel in der Landschaft hier nicht vorstellen. Es ist einfach erhebend! Alles ist so anders als daheim!“

Sehr zu Jacobs Betrüben gaben Luke und Kate ihre Erlaubnis, wenn auch ein wenig widerwillig. Sie schrieben ihrer Tochter, daß sie sie zu Weihnachten wieder daheim erwarteten.

Auch Belinda war enttäuscht. Sie hatte sich sehr darauf gefreut, ihre gleichaltrige Nichte wiederzusehen und von deren Abenteuern auf der langen Reise zu hören.

Belinda nahm sich ein paar Tage frei, um ihrer Mutter beim Einkochen der Wintervorräte zu helfen. Marty freute sich, ihre Jüngste bei sich zu haben, wenn es auch nur für kurze Zeit war. Bei der Arbeit unterhielten sich Mutter und Tochter angeregt. Da Belinda in letzter Zeit mit ihrer Arbeit in Larrys Praxis vollauf beschäftigt gewesen war, hatten die beiden einander viel zu erzählen.

Der erste Schnee fiel früh in diesem Jahr, und Marty freute sich um so mehr, Belindas Hilfe beim Bestellen des Gartens gehabt zu haben. Die Männer hatten es nicht so glücklich getroffen. Ein Feld war noch nicht abgeerntet gewesen, als der Schnee fiel, so daß man es wohl oder übel bis zum Frühjahr anstehen lassen mußte. Clark und Luke überlegten gemeinsam, was zu tun war, und kamen zu dem Entschluß, das Vieh die Wintermonate über auf dem Feld weiden zu lassen. Auf diese Weise würde die Ernte nicht völlig verloren sein.

Leichte Unfälle und eine schwere Grippewelle hatten dafür gesorgt, daß der Strom von Larrys Patienten nicht abriß. Nun gingen die Masern um. Viele Kinder und auch manche Erwachsene erkrankten daran. Belinda blieb selten Zeit, um wegen Amys Abwesenheit Trübsal zu blasen. Dennoch freute sie sich auf Post von ihrer Nichte und las jede Zeile so oft, bis sie den Brief nahezu auswendig kannte.

Weihnachten rückte immer näher, und wieder begann Belinda, die Tage zu zählen. Nun würde sie nicht mehr lange auf Amy warten müssen. In jedem Brief suchte sie das Datum von Amys Rückkehr, doch vergeblich. Gewiß würden Luke und Kate es niemals zulassen, daß ihre Tocher zu Weihnachten nicht zu Hause war.

Erneut erhielt Belinda einen dicken Brief von Amy, und erneut überflogen ihre Augen die Seiten, um das Reisedatum zu erspähen, doch auch dieser Brief enthielt keine Angaben darüber.

Überrascht las Belinda die folgenden Zeilen: „Erinnerst Du Dich noch, wie Melissa gesagt hat, hier im Westen gäbe es keinen einzigen jungen Mann, der zur Auswahl stünde? Also, das war ein riesiger Irrtum, glaub mir! Einer von den Burschen besucht sie oft. Sie mag die jungen Männer hier vielleicht vergessen haben, aber die Burschen ihrerseits haben Melissa alles andere als vergessen! Sie schien sich sogar recht flink wieder an Walter zu erinnern, als er sie fragte, ob er sie besuchen dürfe. Übrigens hat er sie besucht, kaum daß sie daheim angekommen war. Er schien regelrecht auf sie gewartet zu haben."

Melissa hatte also einen Verehrer! Nun, im Grunde war das keine große Überraschung. „Missie war bestimmt froh, daß du damit gewartet hast, bis du wieder zu Hause warst", murmelte Belinda ihrer fernen Nichte zu und las weiter:

„Und nun kommt das Allerbeste. Also, halte Dich gut

fest: Walter hat einen jüngeren Bruder namens Ryan. Ryan ist einfach phantastisch! Am liebsten würde ich Dir seitenweise von ihm erzählen. Die beiden sind die Söhne eines Nachbarn, eines Viehzüchters, der Großvater dabei geholfen hat, die kleine Kirche hier am Ort zu bauen. Und Ryan besucht mich! Ist das nicht phantastisch? Meistens kommen die beiden zusammen zu uns. Walter und Ryan wollen beide Viehzüchter wie ihr Pa werden. Melissa meint, die Ranch sei groß genug für drei Familien. Walter und Ryan haben auch eine Schwester, aber die hat ein körperliches Gebrechen. Als Kind ist sie vom Pferd gestürzt, und seitdem ist sie gelähmt. Das ist eine traurige Geschichte, aber sie ist ein sehr nettes Mädchen und läßt sich von ihrem Schicksal nicht unterkriegen. Sie interessiert sich für Kunst, und ich gebe ihr Unterricht im Zeichnen. Sie kann es noch nicht besonders gut, aber sie tut ihr Bestes."

Belinda lächelte. Amy drückte sich so unverblümt aus wie eh und je! Belinda dachte über das gelähmte Mädchen nach. Ob sie wohl von dem Sturz genesen wäre, wenn ein tüchtiger Arzt zur Stelle gewesen wäre?

„Ich muß schließen", hieß es am Ende des Briefes. „Wally und Ryan werden bald kommen, und ich muß mich schnell umziehen. In meinem nächsten Brief berichte ich dir mehr über Ryan. Ich kann es kaum erwarten, ihn Dir vorzustellen, aber einstweilen möchte ich Dir einen kleinen Eindruck von ihm vermitteln, indem ich Dir eine Zeichnung schicke.

Und da ist noch etwas. Bitte, bitte verrate meinen Eltern noch nichts. Ich möchte keinen großen Wirbel daheim verursachen, weißt Du. Ryan hat mir seine Liebe noch nicht gestanden, und bis er es tut, ist es zu früh, um meine Eltern in helle Aufregung zu versetzen. Du verstehst schon!

Eigentlich hätte ich Dir schreiben sollen, daß ich Dich zu gern hier bei uns hätte. Und ich vermisse Dich auch – ganz schrecklich sogar! Aber ehrlich gesagt, ist es mir lieber, daß Du nicht hier bist. Wenn Du nämlich hier wärst, dann hätte Ryan bestimmt nur Augen für Dich, und das wäre für mich der Weltuntergang."

Die liebe Amy! Belinda stand mit dem Brief in der Hand da. Ihre kleine Nichte hatte also einen Verehrer, und das sollte noch niemand erfahren. In Belindas Kopf überschlugen sich die Gedanken. Ob es unaufrichtig von ihr war, Kate und Luke das Geheimnis vorzuenthalten? Aber selbst wenn sie es ihnen mitteilen dürfte, was konnte sie schon sagen? „Amy mag einen gewissen jungen Mann, aber sie hat keine Ahnung, was er für sie empfindet?" Damit wäre niemandem gedient. Nein, am besten würde sie alles für sich behalten, wenigstens bis man Genaueres wußte. Es wäre einfach verfrüht, wenn sie die Katze aus dem Sack ließe.

Ihr Blick fiel wieder auf den Brief. Auf der letzten Seite war Amys Zeichnung von ihrem „phantastischen" Ryan.

Belinda betrachtete das nicht außergewöhnlich geschnittene, doch freundliche Gesicht. Mit ihrem Zeichenstift hatte Amy ein fröhliches Zwinkern in seinen Augen eingefangen, und ein verhaltenes Lächeln spielte um seinen halb geöffneten Mund. Er wirkte sehr jungenhaft, doch Belinda machte sich klar, daß Amy selbst noch sehr jung war. Ob jung oder nicht, irgendwie fand Belinda, daß die beiden gut zueinander zu passen schienen, dieser junge Mann und Amy. Es war nicht verwunderlich, daß sich die beiden zueinander hingezogen fühlten, fand sie.

Behutsam faltete Belinda die Zeichnung wieder zusammen und steckte sie gemeinsam mit dem Brief in ihre Kommodenschublade. Tief in ihrem Herzen verspürte sie plötzlich eine nie gekannte Einsamkeit.

Amys große Neuigkeit blieb nicht lange ein Geheimnis. In ihrem nächsten Brief an ihre Eltern berichtete sie ihnen von Ryan Taylor. Außerdem bettelte sie, ihren Besuch im Westen noch eine Weile ausdehnen zu dürfen. Sie wollte Weihnachten um jeden Preis mit Ryan und dessen Familie verbringen. Im nächsten Jahr, spätestens zu Ostern, würde sie dann zurückkommen. Ehrenwort! Sie ließ einen jeden auf das herzlichste grüßen und dankte allen für ihre Geduld und ihr Verständnis.

Luke und Kate waren wie vom Donner gerührt. Daß ihr kleines Mädchen ihr Herz im Westen verlieren würde, damit hatten sie nicht im geringsten gerechnet. Belinda ahnte, daß sie sie niemals so weit von zu Hause fortgelassen hätten, wenn sie an diese Möglichkeit gedacht hätten. Doch nun war es zu spät. Amy war Hunderte von Meilen entfernt und hatte sich in einen jungen Mann verliebt, den ihre Eltern nicht einmal kannten.

Ein ausführlicher Brief von Missie, der bald darauf eintraf, beseitigte manche Unklarheit. Sie schrieb an Luke und Kate und berichtete ihnen alles Wissenswerte über Ryan und dessen Familie. Ryan schien ein gewissenhafter, netter junger Mann zu sein, was ihn jedoch keine einzige Meile näher an Amys Heimat heranrücken ließ. Dennoch fühlten Kate und Luke sich durch Missies Zeilen etwas ermutigt. Nur der kleine Jacob war entrüstet. Er weinte und beklagte sich, daß Weihnachten ohne seine große Schwester einfach kein richtiges Weihnachten wäre.

Belinda teilte seine Meinung, wollte aber die Bestürzung innerhalb der Familie nicht noch größer machen und zog es daher vor, ihre Gedanken für sich zu behalten.

Drei Tage vor Weihnachten brachte Larrys Frau ein kleines Mädchen zur Welt. Durch das kostbare winzige Bündel würde das Fest um so schöner werden. Die Kleine war zwei Wochen zu früh geboren, doch obwohl sie so winzig war, machte sie einen kerngesunden, kräftigen Eindruck. Belinda hatte noch nie ein so zartes, goldiges Wesen gesehen.

So kam es, daß auch Larrys Familie in diesem Jahr in der Runde fehlte, doch alle übrigen versammelten sich bei Clark und Marty, um gemeinsam die Geburt Jesu zu feiern. Belinda blieb nicht lange. Falls Larry zu einem

Kranken gerufen werden sollte, würden seine Frau und Kinder Hilfe brauchen. Belinda aß so hastig, wie sie es nur wagen konnte, nahm an dem Öffnen der Weihnachtsgeschenke teil und sattelte dann Copper, um in die Stadt zu reiten. Marty ließ sie nur ungern gehen, doch sie wußte, daß Belinda ihrer Pflicht nachzukommen hatte.

„Dein allererstes Weihnachtsfest!“ flüsterte Belinda der neugeborenen Ruth Ann zu, als sie sie später am Weihnachtsabend in ihren Armen hielt. „Wie hat es dir denn gefallen? Du mußt wissen, daß diesmal alles ein bißchen anders war als gewöhnlich. Kein großes Festmahl mit allen Basen, Vettern, Onkeln und Tanten. Geschenke hast du auch nicht bekommen, weil wir ja nicht ahnen konnten, daß du so zeitig ankommen würdest. Aber das erste, das richtige Weihnachten – da war es genauso. Heute feiern wir den Geburtstag von unserem Herrn Jesus. Beinahe hättest du am selben Tag wie er Geburtstag gehabt – beinahe! Ob er auch so winzig war wie du?“ Belinda strich ihr über die zarte Wange. „Seine Mama hat auch kein großartiges Fest gehabt, damals am allerersten Weihnachtstag. Keine Geschenke, bis die drei Weisen aus dem Morgenland kamen; kein gemütliches, warmes Wohnzimmer und auch kein feines Essen. Aber Gäste hat sie gehabt. Fremde Gäste waren's, keine Verwandten. Es waren Hirten aus der Umgebung. Keine allzu gelehrten Leute; ziemlich einfache Männer, vermute ich.

Aber glücklich war Maria bestimmt trotz allem. Sie hatte ja ihren kleinen Sohn! Sie wußte, daß es ein ganz besonderes Kind war, aber wie außergewöhnlich es war, das erfuhr sie erst später. Und sie wußte auch noch nichts von dem großen Kummer, den sie seinetwegen einmal erleiden sollte, weil Menschen ihm Qualen zufügen würden. Sie hat ihn einfach nur liebgehabt und ihre Freude an ihm gehabt, damals am allerersten Weihnachten.

Wir wissen zwar nicht, wie dein Leben einmal aussehen wird, aber eines wissen wir: Gott hat dich lieb – und wir alle auch, und ich hoffe von ganzem Herzen, daß dein Leben dir viel Gutes und Schönes bringen möge."

Damit küßte Belinda das weiche Köpfchen und legte das Baby in sein Bettchen, wo es bis zum nächsten Gefüttertwerden schlafen sollte. Eigentlich war dieses Weihnachten doch ein wunderschönes Fest gewesen, sagte sie sich.

Randolph

Belinda wickelte gerade die kleine Ruth zum Schlafengehen, als sie ein Klopfen an der Haustür hörte. Larry ging, um die Tür zu öffnen.

„Schon wieder ein Notfall?" stöhnte Belinda. Sie hatte sich auf einen freien Abend gefreut. Doch anstelle eines aufgeregten Patienten hörte sie eine ruhige männliche Stimme sagen: „Guten Abend. Ist Fräulein Davis zu sprechen?"

Larry bejahte die Frage.

„Mein Name ist Randolph Connel", stellte sich der Besucher vor. „Ich möchte gern Fräulein Davis besuchen."

„Bitte, kommen Sie doch herein!" lud Larry ihn ein. Belindas Herz klopfte zum Zerspringen.

„Liebe Güte, ich sehe bestimmt vollkommen zerzaust aus", dachte sie erschrocken und warf einen kurzen Blick in den Spiegel. Sie hörte, wie Larry dem Besucher einen Platz anbot; dann kam er zu ihr in die Küche, um ihr den Besucher anzukündigen.

„Ich bring Ruthchen schon selbst zu Bett", bot er sich an. „Geh nur in die Stube!"

„Ich bin ohnehin gleich fertig", antwortete Belinda. In ihrem Kopf überstürzten sich die Gedanken. „Ich wollte sie gerade zum Stillen zu ihrer Mama bringen."

Larry nahm den Säugling behutsam aus ihren Armen und ging in das Schlafzimmer. Dabei flüsterte er dem Kindchen liebevolle Koseworte zu. Belinda sah von der Küche aus entgeistert hinter ihm her und fragte sich verzweifelt, was in aller Welt als nächstes zu tun war.

Dann besann sie sich darauf, daß jemand in der Stube auf sie wartete, und sie löste sich aus der Erstarrung.

Hastig lief sie nach oben in ihr Zimmer; unterwegs löste sie die Bänder ihrer verschmutzten Schürze.

Für ein Bad blieb jetzt keine Zeit. Rasch zog sie ihr zerknittertes Kleid aus und schlüpfte in ein frisches. Dann fuhr sie sich mit einer Bürste über die Haare. Die widerspenstigen Locken wollten ihr nicht gehorchen, doch endlich hatte sie sie mit Haarspangen gebändigt. Ein letzter Blick in den Spiegel, ein tiefes Luftschöpfen, und sie betrat die Wohnstube.

Randy saß auf dem Sofa und drehte seinen Hut befangen in den Händen hin und her. Als Belinda das Zimmer betrat, stand er schnell auf und begrüßte sie mit einem Lächeln, das die Grübchen in seinen Wangen hervorlockte. Belinda erwiderte sein Lächeln, wenn auch vor Aufregung ein wenig beklommen.

„Guten Abend“, sagte sie höflich.

Randy nickte kaum merklich und antwortete: „Guten Abend.“

Belinda wußte nicht, was sie als nächstes sagen sollte. Sie zerbrach sich den Kopf, um schließlich hervorzubringen: „Ach ... bitte, setz dich doch wieder!“ Sie deutete auf das Sofa und setzte sich auf einen der Sessel.

„Eigentlich wollte ich dich zu einem Spaziergang einladen“, antwortete Randy. „Es ist ein herrlicher Abend, und ich ... ich dachte, vielleicht würdest du gern ein wenig an die frische Luft gehen.“

„Ja, das ... das ist eine gute Idee“, sagte Belinda erleichtert. Beim Spazierengehen plauderte es sich unbefangener als in der guten Stube. „Ich hole mir schnell ein Schultertuch.“

Im Vorübergehen gab sie Larry und seiner Frau über ihr Vorhaben kurz Bescheid.

„Ich bin bald wieder zurück“, versprach sie.

Gerade wollte sie sich zum Gehen wenden, als Abbie ihr zurief: „Ach, Belinda, du kannst ruhig in die Küche gehen, falls du eine kleine Erfrischung für dich und deinen jungen Mann zubereiten möchtest.“

Es war aufrichtig gemeint, und Belinda dankte es ihr, doch die Worte „dein junger Mann“ trieben ihr die Röte in die Wangen. Randy war nicht „ihr junger Mann“. Sie kannte ihn ja kaum! Sie waren gemeinsam zur Schule gegangen, weiter nichts.

Sie murmelte ein „Dankeschön“, nahm sich vor, das Mißverständnis am nächsten Morgen aufzuklären, und ging dann zurück zu Randy, der sie stehend erwartete. Sobald Belinda erschien, ging er auf sie zu, um ihr mit ihrem Schultertuch behilflich zu sein und ihr die Haustür zu öffnen, damit sie in die Abenddämmerung hinaustreten konnte.

Randy hatte recht gehabt: der Abend war tatsächlich wunderschön. Eine Vorahnung des Frühlings lag in der Luft, und irgendwo in der Ferne sang ein Vogel.

Schweigend gingen Randy und Belinda ein paar Schritte nebeneinander her. Tief sog Belinda die Abendluft ein und sah zu dem Himmel auf, an dem die ersten Sterne aufflimmerten. Ein Seufzer entwich ihr.

„Hattest wohl einen schweren Tag heute?“ wollte Randy wissen.

Belinda schüttelte den Kopf und lachte leise.

„Nein, eigentlich gar nicht. Es gab keine besonderen Vorkommnisse. Am Abend ist mir halt immer nach Seufzen zumute. Ich glaube, der Abend ist mir die kostbarste Zeit des ganzen Tages – obwohl ich in letzter Zeit nicht viel von meinen Abenden gehabt habe. Die kleine Ruth muß abends gebadet werden, und danach bringe ich die beiden Jungen zu Bett.“

„Ich dachte doch, du wärst eine Krankenpflegerin, keine Kinderpflegerin“, entgegnete Randy lachend.

„Oh, ich bin auch in erster Linie Krankenpflegerin“, beeilte sich Belinda zu erklären. „Es ist nur, daß meine Schwägerin seit Ruths Geburt einfach noch nicht wieder zu Kräften gekommen ist. Ihr Mann schickt sie abends zeitig zu Bett – und ich helfe ihm liebend gern mit den Kleinen. Die Kleine ist ein goldiges Baby, und die beiden

Jungen machen mir beim Zubettgehen zur Schlafenszeit auch keine Schwierigkeiten – jedenfalls keine großen." Belinda lachte auf. „Manchmal stellen sie meine Geuld allerdings auch hart auf die Probe", gestand sie.

Randy hatte sie unverwandt angeschaut. Nun nickte er und lächelte schüchtern.

„Ich habe in letzter Zeit ja kaum etwas von dir gesehen", sagte sie, um das Gespräch von sich abzuwenden. Im nächsten Moment biß sie sich auch schon auf die Lippen. Welch eine dumme Bemerkung sie da gemacht hatte!

Randy dagegen antwortete unbekümmert: „Bin eine Weile fort gewesen." Leise fügte er hinzu: „Hab' mir deinen Ratschlag zu Herzen genommen."

„Meinen Ratschlag?"

„Ich hab' mir das, was du gesagt hast, in Ruhe durch den Kopf gehen lassen, bis mir ein Mann unten im Süden eingefallen ist, ein Hausbauer, der nicht weit von meinem Onkel entfernt wohnt. Ich habe mit ihm gesprochen. Hat mich gleich in die Lehre genommen – genau, wie du gesagt hattest! In den letzten Monaten habe ich eine Menge gelernt."

Belinda strahlte vor Freude.

„Ach, wirklich? Das ist ja wunderbar!" rief sie begeistert, und Randy konnte ihr ansehen, daß sie sich tatsächlich von Herzen freute.

Er lächelte, doch an seinem Gesicht war abzulesen, daß er statt dessen am liebsten seinen Hut mit einem lauten „Hurra!" in die Luft geworfen hätte, als könnte er sein Glück noch immer kaum fassen.

„Das ist einfach wunderbar", wiederholte Belinda.

„Das alles verdanke ich dir, weißt du."

„Unsinn!" widersprach Belinda. „Du bist doch selbst derjenige, der die Angelegenheit ins Rollen gebracht hat. Ich hatte gar nichts damit zu tun."

„Nein, das stimmt nicht", wehrte Randy ab. „Wenn du nicht gewesen wärst, dann hätte ich's nie versucht. Als wir damals darüber sprachen, wurde mir klar, daß alles davon abhängt, wieviel ich zu tun bereit bin. Träume sind zwar ganz nett – aber nur, wenn es nicht für immer Träume bleiben. Sie werden niemals wahr, solange man keinen Handschlag dafür tun will."

Gedankenversunken gingen die beiden weiter. Belinda freute sich aufrichtig darüber, daß Randy die ersten Schritte auf dem Weg zur Verwirklichung seines Traumes gewagt hatte. Er schien ein netter junger Mann zu sein.

„Und was nun?" fragte sie leise und hoffte, daß er ihrem Interesse an seiner Laufbahn keine größere Bedeutung zumaß, als sie beabsichtigte. „Was werdet ihr als nächstes gemeinsam bauen, der Mann im Süden und du?"

„Ich werde nicht mehr mit ihm zusammen arbeiten. Er hat mir alles gezeigt, was er selbst weiß – dann hat er mir seinen Segen gegeben und mich fortgeschickt, damit ich selbstständig anfange zu arbeiten."

„Hier?" fragte Belinda erstaunt.

„Ja, hier", lachte er. „Deshalb bin ich auch zuallererst zu dir gekommen. Ich wollte mich gebührend bei dir bedanken."

Belinda errötete leicht.

„Aber das ist doch nicht …"

Er hob die Hand, um sie zu unterbrechen.

„Ich weiß doch genau, was in mir vorgegangen ist", sagte er. „Ich hatte meinen Traum schon längst begraben, bis du mir neuen Mut gemacht und mich zu einem Versuch gedrängt hast. Ich schulde dir ein riesiges Dankeschön."

Belinda lächelte und nickte zum Spaß.

„Also schön", sagte sie schelmisch, „dann nehme ich deinen Dank hiermit an. Ich bin froh, eine Rolle in deiner Entscheidung gespielt zu haben. Ich finde, du hast sie goldrichtig getroffen."

Auch Randy schmunzelte.

„Und als Zeichen meiner Dankbarkeit möchte ich dich gern zum Essen einladen", fuhr er fort.

„Zum Essen?"

„Ja, drüben in der Hotelgaststube."

„Aber das ist doch ganz und gar nicht nötig!" widersprach Belinda hastig.

Randy blieb stehen und legte eine Hand auf Belindas Arm. Er sah sie in der sanften Dämmerung forschend an.

„Ich möchte aber gern", sagte er eindringlich. „Bitte!"

Belinda wußte nicht recht, was sie antworten sollte. Nun, schaden konnte es schießlich nicht, wenn sie sich von einem jungen Mann in die Gaststube des Hotels am Ort einladen ließ. Besonders, wenn die Ehre dieses jungen Mannes es verlangte, seinem Dank auf diese Weise Ausdruck zu verleihen. Sie schluckte und nickte ihre Einwilligung.

„Also schön", brachte sie hervor. „Also schön, wenn du möchtest. Ja, das wäre sehr nett."

Randy ließ ihren Arm los.

„Dank' dir", sagte er. „Morgen?"

Wieder nickte Belinda und überlegte zugleich, ob der morgige Abend frei von anderweitigen Verpflichtungen war. Soweit sie sich entsinnen konnte, stand Randys Einladung nichts im Wege.

„Morgen also", sagte sie.

In dem immer schwächer werdenden Dämmerlicht konnte sie Randys Gesicht kaum erkennen, doch sein Lächeln war deutlich auszumachen.

„Ich ... ich muß jetzt wieder zurück", sagte Belinda, und gemeinsam machten sie sich auf den Heimweg.

Nun fielen nicht mehr viele Worte zwischen den beiden jungen Leuten. Randy stützte Belinda hier und da den Ellbogen, wenn die Holzplanken des Bürgersteigs allzu uneben wurden. Belinda kannte den Bürgersteig genau genug, doch sie wehrte Randys Hilfe nicht ab. Er war ein höflicher junger Mann, der Damen stets zuvorkommend behandelte, sagte sie sich.

„Was willst du denn zuerst bauen?" fragte sie in der Dunkelheit.

„Morgen früh fange ich mit einem Haus an. Der Mann,

dem der Werkzeughandel gehört, möchte nicht mehr über dem Laden wohnen. Seine Frau wünscht sich ein eigenes Haus – mit einem eigenen Garten dazu. Er hat mir den Auftrag gegeben, das Haus zu bauen."

„Na, wunderbar! Was für ein Haus soll es denn werden?"

Randy lachte leise.

„Das wüßte ich auch zu gern. Das ist sozusagen das einzige Haar in der Suppe. Seine Frau kann sich einfach nicht entschließen, was das Haus betrifft. Deshalb werden wir die nächsten paar Tage wohl damit verbringen, ihre unklaren Vorstellungen genauer zu umreißen."

„Na, dann wünsch' ich dir viel Erfolg dabei!" lachte Belinda.

Inzwischen hatten sie das Haus des Arztes erreicht, und Randy öffnete Belinda die Tür. Plötzlich fiel ihr Abbies Angebot ein.

„Möchtest du eine Tasse Kaffee – oder ein Glas Limonade vielleicht? Meine Schwägerin hat erlaubt, daß wir die Küche benutzen."

„Nein, heute nicht, vielen Dank. Ich habe noch eine ganze Menge Arbeit vor mir, wenn ich Frau Kirby morgen eine Reihe von Bauplänen vorlegen will."

Belindas Blick fiel auf die Wanduhr.

„Liebe Güte!" rief sie überrascht. „Sieh nur, wie spät es schon ist! Es tut mir leid, daß ich dich so lange aufgehalten habe."

„Nicht doch!" wehrte Randy ab. „Heute nacht werde ich ohnehin nicht schlafen können." Dabei lachte er verhalten.

„Ja, du wirst ziemlich aufgeregt sein, kann ich mir denken", meinte Belinda. „Das wäre ich auch, wenn ich kurz davor stünde, mein erstes Haus zu bauen."

„Das Haus hat wenig damit zu tun", entgegnete Randy verschmitzt. Belinda begriff nicht.

„Bis morgen abend also!" fuhr Randy fort. „Wieviel Uhr?"

„Nun, vielleicht ... vielleicht so gegen halb sieben", schlug Belinda vor, „natürlich nur, wenn dir das recht ist.

„Halb sieben", nickte Randy. „Ich werde pünktlich sein."

Vor der Tür wandte Randy sich noch einmal um.

„Danke", sagte er aufrichtig, „für den Spaziergang. Ich weiß, es war ziemlich kühn von mir, einfach unangekündigt aufzutauchen, aber ich wußte nicht, wie ich dich sonst erreichen sollte."

„Es war nett, dich wiederzusehen", hörte Belinda sich sagen. Ihre Offenheit überraschte sie selbst. Mit einem Lächeln lüftete Randy den Hut und zog dieTür hinter sich zu.

Im Hotel

Am nächsten Abend beeilte sich Belinda mit dem Aufräumen des Behandlungszimmers, um genügend Zeit zum Umziehen zu haben. Noch nie war sie von einem jungen Mann zum Essen ausgeführt worden. Sie spürte einen dikken Kloß in der Magengegend und fragte sich, ob sie vor lauter Aufregung überhaupt einen Bissen hinunterbringen würde.

Immer wieder sagte sie sich, daß Randy sich mit dieser Einladung nur erkenntlich zeigen wollte, weil er ihr die Verwirklichung seines Traums zu verdanken glaubte. Es gelang Belinda, sich einzureden, die Einladung sei lediglich eine unverbindliche Höflichkeit, obwohl sie nach wie vor überzeugt war, daß er ihr im Grunde keinerlei Dankbarkeit schuldete.

Larry und Abby schauten dagegen weniger überzeugt drein, als Belinda ihnen beim Abendbrot den Grund ihrer Abwesenheit erklärte. Sie sagten zwar kein Wort darüber, aber Belinda bemerkte ein leises Zwinkern in Abbys Augen, als diese ihrem Mann einen wissenden Blick zuwarf.

Auch Aaron und Thomas, deren Vetter John heute zu Besuch gekommen war, schienen von der Beiläufigkeit des Geschehens nicht so sehr überzeugt zu sein.

„Wieso gehst du denn mit einem Mann zum Essen aus?“ wollte Thomas wissen.

„Weil ... weil er mich eingeladen hat“, antwortete Belinda. „Er möchte sich damit für etwas bedanken, und darum lädt er mich zum Essen ein.“

„Kann er denn nicht sprechen?“ erkundigte Aaron sich.

„Aber natürlich!“ sagte Belinda. Ihre Wangen röteten sich zusehends.

„Warum sagt er's dir dann nicht einfach?" schlug Aaron vor.

„Nun, er hat's ja schon gesagt."

„Warum mußt du denn dann im Hotel zu Abend essen? Iß doch lieber hier mit uns!"

„Hm, er ... er ... er möchte es halt noch einmal sagen, nur auf andere Weise." Belinda geriet ins Stottern. Wie erklärte man Kindern nur so etwas?

„Also, ich find das doof", stellte Thomas fest.

„Ich find's auch doof", schloß Aaron sich an.

„Nein, das ist gar nicht doof. Es ist eine ... eine ... nun, eine Geste der Höflichkeit", widersprach Belinda. „Nett ist es. Herr Connel ist ein netter, höflicher junger Mann."

Das gab den Lausbuben zu denken. Belinda hoffte, daß es ihr gelungen war, die beiden neugierigen Buben zufriedenzustellen, und wollte sie aus dem Zimmer schicken, damit sie sich ungestört frisieren konnte.

„Darf ich auch mitkommen?" fragte Aaron.

Belinda fuhr mit einer Haarspange in der Hand herum und starrte den Jungen fragend an. Ein ernstes, flehendes Augenpaar war auf sie gerichtet.

„Nein, diesmal nicht", antwortete sie und bemühte sich, nicht abweisend zu wirken.

„Warum nicht?" fragte er beharrlich.

„Nun, weil ... weil du nicht eingeladen bist", antwortete Belinda.

Thomas streckte den Arm aus, um seinen jüngeren Bruder an den Hosenträgern einen Schritt rückwärts zu ziehen.

„Mensch, Junge, dir hat er doch auch nichts zu verdanken!" erklärte Thomas ihm altklug.

Aaron langte mit der Hand in eine Hosentasche und zog eine Faust voller Kostbarkeiten hervor.

„Hier, die blaue Murmel kann er haben", bot er an.

„Ihr kapiert aber auch rein gar nichts", meldete sich der ältere John zu Wort, der dem Gespräch unbeteiligt zugehört hatte. „Tante Belinda geht mit ihm essen, weil sie das gerne möchte. Das Ganze nennt man ‚einer Frau den Hof machen'. Papa hat's mir erklärt. Connel bedankt sich für irgendwas und führt sie zum Essen aus. Dann bedankt sie sich für das Essen, indem sie ihn zum Tee einlädt, und dann bedankt er sich für den Tee, indem er sie zu einer Spazierfahrt im Einspänner einlädt. So geht das hin und her, wenn man 'ner Frau den Hof macht."

Belinda hatte Johns nüchterner Lektion mit offenem Mund zugehört. Sie wollte widersprechen, doch da hatte John seine beiden jüngeren Vettern schon zur Tür hinausgeschoben.

„Ich will aber trotzdem mitgehen", maulte Aaron.

„Leute, die sich gegenseitig den Hof machen, nehmen nie jemanden mit", erklärte John geduldig.

„Warum denn nicht?" wollte Aaron wissen.

„Weiß nicht. Sie tun's halt nicht. Wenn sie irgendwo unterwegs sind, dann ..."

Die Stimmen verloren sich im Treppenhaus. Belinda wandte sich wieder ihrem Spiegel zu und wußte nicht, ob sie lachen oder weinen sollte. Die Bürste hielt sie noch immer in der Hand. Schließlich frisierte sie sich mit bebenden Händen. Im Spiegel sah sie, daß ihre Wangen hochrot waren. Hoffentlich hatte sie ihre Fassung wiedergewonnen, bis Randy kam!

Pünktlich um halb sieben klopfte es an der Tür. Belinda hörte, wie Thomas öffnete, und eilte von ihrem Schlafzimmer zur Diele, um den Lausbuben jede Gelegenheit zu unangemessenen Bemerkungen oder Fragen zu nehmen.

Bis zu dem Hotel waren es nur ein paar Schritte zu gehen. Da Randy schon mit dem Ober gesprochen hatte, bekamen sie gleich einen Tisch zugewiesen. Nun war es an Belinda, sich ein Essen aus der Speisekarte auszusuchen. In ihrem Kopf herrschte noch immer ein heilloses Durcheinander. Die Worte ihrer Neffen hallten noch in ihr nach.

„Darf ich dir einen Vorschlag machen?" erbot sich Randy. „Die frische Bachforelle ist ausgezeichnet." Belinda nickte erleichtert. Fisch war eine willkommene Abwechslung, und obendrein war ihr damit die schwierige Entscheidung abgenommen.

Nachdem sie ihre Bestellung aufgegeben hatten, folgte ein Schweigen, das Belinda beklommen machte. Randy dagegen schien das nichts auszumachen. Sie konnte sich nicht erklären, woher er nur diese Gelassenheit nahm.

Ihr wollte einfach keine angebrachte Bemerkung einfallen. Verlegen spielte sie mit ihren Händen auf dem Schoß.

„Hast du einen geschäftigen Tag hinter dir?“ erkundigte sich Randy. Dankbar für den Gesprächsstoff, der sich ihr nun bot, amtete sie auf.

Sie beschrieb in kurzen Zügen, was sich im Lauf des Tages zugetragen hatte, und fragte ihn dann nach seinen Erlebnissen. Schmunzelnd erzählte Randy ihr, wie er mehrere Stunden mit Frau Kirby und den Bauplänen zugebracht hatte.

„Wir sind noch weit von einem endgültigen Plan entfernt“, erklärte er ihr. „Sie kann sich einfach nicht entschließen, was sie wirklich möchte.

„Dann ist es bestimmt am besten, wenn du sie nicht zur Eile drängst“, meinte Belinda. „Ein neues Haus ist ein weltbewegendes Ereignis für eine Frau. Sie will ganz sicher sein, daß dieses Haus auch alles enthält, was sie sich je erträumt hat. Wenn irgendwas vergessen wird, ärgert sie sich jeden Tag neu darüber, sobald sie eingezogen ist. Du willst doch gewiß nicht, daß dein erster Kunde für den Rest seines Lebens unzufrieden ist, oder?“

„Woher hast du nur soviel Lebensweisheit?“ stichelte Randy, bevor er fortfuhr: „Daran habe ich auch schon gedacht, ehrlich gesagt. Ich habe sogar mit Herrn Kirby darüber gesprochen. Hab’ ihm vorgeschlagen, seiner Frau noch ein paar Wochen Zeit zum Planen zu geben. Bei den Wilsons soll ich ein Warenlager bauen, und der Mietstall braucht eine neue Scheune. Vielleicht fange ich am besten damit an; das Haus kommt dann später an die Reihe.“

„Und was hat Herr Kirby dazu gemeint?“ fragte Belinda.

„Er hat eingewilligt, ziemlich widerstrebend allerdings. Mir scheint, er möchte den Hausbau so schnell wie möglich hinter sich bringen. Hat bestimmt schon seit Monaten nichts anderes zu hören gekriegt als das.“

Nun verlief das Gespräch gelöster. Randy hatte manches Interessante zu berichten, und bald hatte Belinda ihre Befangenheit verloren. Die beiden unterhielten sich über ihren Heimatort, tauschten allerhand Neuigkeiten aus der Umgebung aus, stellten Überlegungen über die Zukunft des Ortes an, erwähnten die Notwendigkeit eines zweiten Arztes und lachten über manche lustige Begebenheit aus ihrer gemeinsamen Schulzeit.

Bald wurde das Essen serviert – beinahe wie im Handumdrehen, fand Belinda. Während sie sich die Mahlzeit schmecken ließen, setzten die beiden ihre Unterhaltung fort. In kurzer Zeit waren die Teller geleert, und es war Zeit aufzubrechen.

„Ich danke dir“, sagte Belinda aufrichtig, als Randy sie aus der Gaststube wieder ins Freie führte. „Das Essen war wirklich lecker. Und damit hast du dein ‚Dankeschön‘ mehr als abgeleistet.“

Johns Worte fuhren ihr wieder durch den Kopf. Ihr einfacher Dank erschien ihr plötzlich dürftig. Sie schuldete Randy mehr. Ob sie ihn tatsächlich zum Tee einladen sollte? Nein, ausgeschlossen! Schließlich machte er ihr ja nicht den Hof. Randy war einfach ein ehemaliger Schulkamerad, der sich mit der Einladung ins Hotel bei ihr für einen Gefallen bedankt hatte. Damit war die Sache erledigt.

Langsam schlenderten sie wieder heim und setzten ihr Gespräch in der lauen Frühlingsluft fort.

„Wo stecken eigentlich deine beiden Nichten?“ erkundigte sich Randy. „Ist nicht eine von ihnen in den Westen gereist?“

„Ja, Melissa ist in ihre Heimat zurückgekehrt, und

Amy ist mit ihr gefahren. Eigentlich sollte sie nur ein paar Monate bleiben, aber sie hat die Heimfahrt ein ums andere Mal hinausgezögert. Sie ist immer noch im Westen."

„Du vermißt sie bestimmt."

„Ja,das tue ich."

„Kommt Amy bald wieder?"

„Das hoffe ich sehr. Die Zeit ohne sie ist mir lang geworden, aber ich fürchte ... ich fürchte, daß sie vielleicht gar nicht mehr wiederkommt."

„So gut gefällt ihr der Westen?"

„Nicht nur der Westen. Sie hat einen jungen Mann dort kennengelernt", erklärte Belinda schlicht.

„Denkt sie an Heiraten?" fragte Randy überrascht.

„Davon hat sie nichts geschrieben, aber ich vermute, daß sie's tut."

„Sag mal, ist sie nicht jünger als du?"

„Ja, ein wenig."

„Halten ihre Eltern sie denn für erwachsen genug zum Heiraten?"

„Hast du schon je einmal Eltern gesehen, die ihre Tochter erwachsen genug zum Heiraten finden?" fragte sie schmunzelnd.

Auch Randy lächelte und überraschte sie dann, indem er fragte: „Hältst du sie denn für erwachsen genug?"

„Ich weiß nicht", sagte Belinda nachdenklich. „Sie war immer so unbekümmert und kindlich, aber jetzt ... jetzt scheint sie ernster geworden zu sein. Ja, vielleicht ist sie doch erwachsen genug."

Schweigend gingen sie weiter.

„Und du?" fragte Randy ruhig.

„Ich? Wie meinst du das?" Belinda hatte den Faden der Unterhaltung längst verloren.

„Bist du erwachsen genug zum Heiraten?" fragte er schlicht.

„Aber nein, noch lange nicht!" wehrte Belinda ab. Eine heiße Röte stieg ihr in die Wangen. Sie verlor zusehends die Fassung. „An so etwas habe ich überhaupt noch nie gedacht – nicht im entferntesten. Ich … ich …“

Randy bedrängte sie nicht mit weiteren Fragen. Er bemerkte ihre Verwirrung und wechselte schnell das Thema.

„Larry hat ein stattliches Haus, bautechnisch recht interessant. Solche oder ähnliche Häuser möchte ich auch mal bauen an Stelle der einfachen, kastenförmigen Dinger. Ob er mich wohl irgendwann mal einen Blick oben in den Dachboden werfen läßt, damit ich mir die Giebelstruktur genau anschauen kann?“

Belinda war von der plötzlichen Wende des Gesprächs überrascht und murmelte, daß Larry gewiß keine Einwände haben würde. Das Haus hatte er zusammen mit der Praxis von dem inzwischen verstorbenen Doktor Watkin übernommen. Belinda erholte sich bald von ihrer Verlegenheit und gewann ihre Fassung wieder.

Sie bedankte sich bei Randy für die Mahlzeit und den netten Abend, ohne ihn jedoch ihrerseits zum Tee einzuladen.

„Darf ich dich am Wochenende wieder besuchen?“ fragte Randy, doch Belinda beeilte sich zu erklären: „Das Wochenende verbringe ich immer bei meinen Eltern auf der Farm. Das ist die einzige Zeit, die mir für sie bleibt.“

„Hm, das ist verständlich“, sagte er nachsichtig. „Dann sehe ich dich vielleicht am Sonntag in der Kirche.“

Belinda nickte.

Nachdem er sich verabschiedet hatte, machte Belinda sich Vorwürfe, ihn nicht gastfreundlicher behandelt zu haben. Schließlich war er ein netter junger Mann, und ein wenig Kameradschaft würde ihr guttun. Aber warum, warum hatte sie nur das unbestimmte Gefühl, daß er anders darüber dachte als sie selbst? Sie legte sich die kühlen Handflächen auf die erhitzten Wangen. Hatte er mit seiner Frage, ob sie erwachsen genug zum Heiraten sei, etwa mehr beabsichtigt, als er gesagt hatte? Nein, das bildete sie sich gewiß nur ein. Sie nahm sich fest vor, einfach nicht mehr daran zu denken.

Am Sonntag setzt sich Randy zu einer Reihe junger Burschen aus der Nachbarschaft. Er begrüßte Belinda nur mit einem Hutlüften und wünschte ihr einen guten Morgen.

Nach dem Gottesdienst sah Belinda, wie er sich eine Weile mit ihrem Vater unterhielt. Sie selbst vertiefte sich derweil in Gespräche mit ihren Freundinnen.

Auf dem Heimweg berichtete Clark seiner Frau von dem Gespräch mit Randy, und Belinda hatte keine andere Wahl, als alles mit anzuhören.

„Dieser junge Connel ist wieder da. Hat das Häuserbauen gelernt und will sich hier selbständig machen."

„Wie schön!" fand Marty. „Glaubt er, daß er hier genug Arbeit finden wird?"

„Hat schon mehrere Aufträge an Land gezogen. Fleißig genug scheint er ja zu sein."

„Alle Achtung!" staunte Marty.

„Er hat angefragt, ob ein paar von unseren Jungs wohl bei ihm arbeiten würden", fuhr Clark fort.

„Ein paar von unseren Jungs?" Marty wurde nachdenklich.

„Ja, Lukes und Arnies Söhne. Hab' ihm versprochen, sie zu fragen."

„Aber sind die nicht noch reichlich jung für so etwas?" gab Marty zu bedenken.

„Zum Arbeiten sind sie alt genug. Als ich in ihrem Alter war, mußte ich schon wie ein gestandener Mann zupakken."

Marty nickte. Clark hatte recht. Man vergaß ja zu leicht, wie schnell die Zeit verging und wie schnell aus Kindern Leute wurden!

„Ob sie wohl an so etwas interessiert wären?" überlegte sie.

„Ich weiß nicht genau", sagte Clark, „aber fragen werde ich sie, wie ich versprochen habe. Lukes Dan würde vielleicht darauf eingehen. Er scheint sich nicht sonderlich für die Landwirtschaft zu begeistern."

Das stimmte. Sie alle hatten diesen Eindruck gewonnen.

„Was wird Luke wohl dazu sagen?“ fragte Marty.

„Der wird bestimmt wollen, daß Dan das tut, was ihm am besten gefällt“, meinte Clark und trieb das Gespann zur Eile an.

Belinda hielt das Thema schon für abgeschlossen, doch dann fuhr Clark fort: „Eine Freude, den jungen Burschen wiederzusehen. Hätte wirklich nichts dagegen, wenn Dan bei jemandem wie ihm in die Lehre ginge.“ Dann fügte er, beinahe wie im Nachhinein, noch hinzu: „Sag mal, warum mußte Amy ausgerechnet im fernen Westen auf Freiersuche gehen, anstatt sich hier mit dem jungen Connel anzufreunden?“

„Wer kann schon die Liebe ergründen?“ antwortete Marty ihm mit einer Frage ihrerseits, und damit war die Unterhaltung zu Belindas Erleichterung abgeschlossen.

Amy

Ein Telegramm von Amy traf ein. Darin hieß es lediglich, daß sie, wie abgemacht, zu Ostern wieder daheim sein würde. Sie würde am Karfreitag mit dem Nachmittagszug eintreffen. Von ihrem jungen Mann erwähnte sie kein Wort, so daß die Familie überlegte, ob die kleine Liebelei womöglich ein klägliches Ende gefunden hatte. Insgeheim hoffte Kate, daß das der Fall war, obgleich sie ihrer stürmischen Tochter niemals eine arge Enttäuschung wünschte.

Das Telegramm traf zwei Tage vor Karfreitag ein, und mit einem Schlag breiteten sich Vorfreude und Aufregung in der Familie aus.

Belinda war dankbar dafür, daß ein Strom von Patienten sie den ganzen Tag über vollauf beschäftigt hielt, doch gegen Feierabend, als der Andrang nachließ, wuchs ihre Ungeduld. Um sich die langen Abendstunden zu verkürzen, machte sie sich in Abbys Küche zu schaffen und rührte einen Gebäckteig an. Aaron und Thomas zogen sich einen Stuhl an die Anrichte heran, um zuzuschauen, wie der Teig in der blauen Rührschüssel Gestalt annahm.

„Was machst du'n da?“ wollte Aaron wissen.

„Plätzchen natürlich. Sieht man doch!“ stellte Thomas fest. „Guck mal, da hat sie Zucker und Eier und Butter verrührt.“

„Könnte aber auch 'n Kuchen werden“, verteidigte sich Aaron. „Mama nimmt so was alles immer, wenn sie Kuchen backt.“

„Aber diesmal sollen es tatsächlich Plätzchen werden“, erklärte Belinda.

„Was für welche denn?“ fragte Aaron.

„Apfelplätzchen“, gab Belinda Auskunft.
„Mmmm, lecker! Das sind meine Lieblingsplätzchen!“ freute sich Aaron.
„Das sagst du bei allen Plätzchen!“ schalt Thomas.
„Ja, weil ich alle schrecklich gern mag“, behauptete Aaron hartnäckig.
„Dann sind sie auch nicht deine Lieblingsplätzchen, wenn du alle gleich gern magst“, wies Thomas ihn zurecht.
Belinda war nicht nach Streiterei zumute.
„Es sind Amys Lieblingsplätzchen. Ihre echten, richtigen Lieblingsplätzchen“, erklärte sie den Kindern.
„Backst du sie etwa nur für sie?“ fragte Aaron bekümmert.
„Ja – nein, nicht nur für sie. Wir werden ihr welche geben, aber ihr dürft auch ein paar davon probieren.“
Aaron schien erleichtert zu sein.
„Wann kommt sie denn?“
Belinda sah auf die Uhr.
„In ungefähr ... zweiundvierzig Stunden“, antwortete sie.
„Zweiundvierzig? Das ist aber noch lange!“
„Hättest du lieber, wenn ich 'zwei Tage' gesagt hätte?“
„Zwei hört sich viel besser an als zweiund ... zweiund ... wieviel auch wieder?“
„Zweiundvierzig.“
„Ach ja, zweiundvierzig. Da ist zwei viel besser.“
„Du Dummkopf!“ schalt Thomas. „Wenn sie kommt, kommt sie, egal, wie du's auch nennst.“ Er dachte eine Weile über seine eigenen Worte nach und erkundigte sich dann bei Belinda: „Sind zwei Tage und zweiundvierzig Stunden dasselbe?“
Belinda lächelte.
„Zwei ganze Tage sind achtundvierzig Stunden lang, aber von jetzt aus sind es etwas weniger als zwei Tage bis zu ihrer Ankunft. Anstatt achtundvierzig sind es nur noch zweiundvierzig Stunden“, erklärte sie dem Jungen.

„Trotzdem ist das noch mächtig lang“, meinte Aaron.

„Wir haben’s ja erst heute morgen erfahren“, erinnerte Belinda ihn.

„Zweiundvierzig ist trotzdem eine schrecklich lange Zeit“, mußte Thomas seinem jüngeren Bruder rechtgeben.

„Bis dahin sind die Plätzchen bestimmt längst alle!“ seufzte Aaron und sah zu, wie Belinda den Teig auf dem Backblech verteilte.

„Dann verstecken wir halt ein paar“, schlug Belinda vor.

Aaron grinste. Er liebte kleine Geheimnisse über alles. Doch dann verfinsterte sich seine Miene wieder

„Aber nur ein ganz paar“, bat er sich aus.

Als die ersten Plätzchen fertig waren, schenkte Belinda zwei Gläser Milch ein und legte für jeden Jungen drei Plätzchen dazu auf den Tisch. Zufrieden plauderten sie, während sie genüßlich an ihren Plätzchen knabberten, und Belinda war dankbar für den Zeitvertreib.

„Versteckst du auch ein paar für den Connel?“ wollte Aaron plötzlich wissen.

„Für was?“ fragte Belinda.

„Nicht ‚was‘“, berichtigte Thomas. „Leute heißen nicht ‚was‘, hat Papa gesagt.“

Er tauchte sein Plätzchen in seine Milch und sog es dann mit den Lippen aus.

„Connel“, wiederholte Aaron.

„Du meinst wohl Herrn Connel.“

„Sag’ ich doch!“ verteidigte sich Aaron und folgte dann dem Beispiel seines älteren Bruders, indem auch er sein Plätzchen in die Milch tunkte. Da ihm darin jedoch die Übung fehlte, brach ein Stück des Plätzchens ab und versank in dem Milchglas, weshalb er sich geschwind aus der Schublade einen Löffel angelte.

„Und? Tust du’s oder tust du’s nicht?“ fragte er, als er wieder am Tisch saß.

„Aber nein! Er wohnt doch bei Frau Lacey zur Miete. Sie kocht für ihn.“

„Aber solche Plätzchen wie diese hier kriegt er da bestimmt nicht."

„Aaron", ermahnte Thomas voller Ungeduld, „Jesus hat schließlich nicht gesagt, daß wir allen Menschen auf der Welt was abgeben müssen."

„Darum geht's mir doch auch gar nicht", beeilte Belinda sich zu erklären. „Natürlich möchte Gott, daß wir das, was wir haben, auch mit anderen teilen. Es ist nur so, daß man manchmal ..." Nun hatte sie sich selbst in die Enge getrieben. Sie würde ihre Gründe den beiden Jungen niemals begreiflich machen können. Schnell wechselte sie das Thema.

„Wie wär's, wenn ihr beiden eurem Papa auch ein paar Plätzchen bringen würdet? Er hat in seiner Praxis zu tun, aber über ein paar Plätzchen und ein Glas Milch würde er sich bestimmt freuen."

Die beiden Jungen waren begeistert. Aaron bekam einen kleinen Teller mit Plätzchen, während Thomas die Milch zu tragen hatte. Gemeinsam machten sich die beiden auf den Weg zu ihrem Vater.

Als Belinda mit Backen fertig war, ein Dutzend Plätzchen für Amy an einem sicheren Ort „versteckt" und die Küche wieder in Ordnung gebracht hatte, war es schon spät. Sie war hundemüde. In Gedanken strich sie den ersten Tag des langen Wartens auf dem Kalender und hoffte, daß der nächste von allerhand Pflichten erfüllt sein würde, um ihr die Zeit zu verkürzen. „Bloß gut", dachte sie bei sich, als sie endlich in ihr Bett stieg, „daß Amy das Telegramm nicht schon früher aufgegeben hat!"

Doch am nächsten Morgen war es recht ruhig in der Praxis, so daß Belinda ihre Schwägerin fragte, ob sie ihr ein paar Besorgungen erledigen könnte. Tatsächlich brauchte Abbie mehrere Dinge aus dem Gemischtwarenladen, und Belinda zog sich ein leichtes Schultertuch über, setzte sich ihren Frühlingshut auf und zog mit einem Korb am Arm los.

Das Einkaufen war bald erledigt, und Belinda betrachtete die Auslagen in den Schaufenstern mit Interesse. Ein langer Nachmittag lag noch vor ihr. Sie wollte gar nicht daran denken, womit sie ihn nur füllen sollte, nachdem sie ihren Korb bei Abbie abgeliefert hatte.

Zögernd schlenderte sie wieder heimwärts. Unterwegs studierte sie die Frühlingsblumen, die schon in den Vorgärten überall blühten. Sie war so sehr in Gedanken versunken, daß sie an Larrys Haus vorübergegangen war, ohne es zu bemerken.

„Machst du einen Spaziergang?" Eine Stimme direkt hinter ihr ließ sie erschrocken zusammenfahren. „Oh, entschuldige. Ich wollte dir keinen Schrecken einjagen", sagte die Stimme. „Du warst nur so gedankenverloren."

Belinda sah auf. Über sich erkannte sie Randys lächelndes Gesicht.

„Ja, das ... das war ich wohl", gestand sie und sah verlegen um sich. „Ich ... ich war gerade unterwegs, um ein paar Dinge für Abbie einzukaufen, und auf dem Nachhauseweg hab' ich mir die Frühlingsblumen angeschaut, und da hab' ich wohl vollkommen vergessen, wo ich bin." Sie mußte über sich selbst lachen und machte kehrt.

„Darf ich dich ein Stück begleiten?" fragte Randy. „Ich bin nämlich auf dem Weg zum Werkzeuggeschäft."

„Aber natürlich", antwortete Belinda und wollte den Korb über den anderen Arm nehmen, doch da hatte Randy schon seine Hand danach ausgestreckt, um ihn zu tragen.

„Man hört, daß ihr gute Nachrichten bekommen habt."

„Und ob! Ich kann's ja kaum erwarten! Das ist bestimmt auch der Grund, weshalb ich vorhin geträumt habe."

Er nickte, und gemeinsam zogen sie los.

„Und was ist aus dem jungen Mann geworden?" fragte er nach einem kurzen Schweigen.

Belinda hob den Kopf, um ihn anzuschauen.

„Das wissen wir nicht", sagte sie aufrichtig. „Amy hat in ihrem Telegramm kein Wort davon erwähnt. Vielleicht

… vielleicht war das Ganze doch nicht so ernst, wie wir angenommen hatten."

„Das tut mir leid", sagte Randy. „Liebeskummer finde ich gar nicht schön."

Belinda war sich nicht sicher, ob sie diese Bemerkung ernst nehmen sollte, oder ob er sie als Scherz gemeint hatte. Da ihr keine angebrachte Antwort einfallen wollte, schwieg sie.

„Und wie geht es Melissa? Unterrichtet sie schon fleißig?"

„Ja", antwortete Belinda und fragte sich dabei im stillen, ob Randy womöglich doch eine geheime Zuneigung zu Melissa hegte. „Gleich zum Schulbeginn nach ihrer Rückkehr hat sie eine Anstellung bekommen. Die Schule liegt so nahe an ihrem Elternhaus, daß sie daheim wohnen kann. Sie reitet jeden Morgen zum Unterricht."

„Nicht schlecht!" meinte Randy und fügte dann hinzu: „Das wird sie wohl kaum noch viele Jahre tun."

Belinda sah ihn fragend an.

„Da draußen im Westen gibt's bestimmt manchen Viehzüchter, der einen Blick dafür hat, wie hübsch sie ist", erklärte er. „Einer davon wird sie früher oder später für sich erobern."

„Sie … sie hat schon einen Verehrer", sagte Belinda zögernd und beobachtete dabei genau Randys Gesicht.

Er lächelte erfreut.

„Ach, wirklich? Ist ja prima!" Dann fügte er schnell hinzu: „Ist Melissa eigentlich älter oder jünger als du?"

„Älter", antwortete Belinda. „Ein bißchen älter."

Inzwischen hatten sie das Gartentor vor Larrys Haus erreicht, und diesmal hatte Belinda nicht die Absicht, daran vorüberzugehen. Sie nahm ihren Korb wieder an sich und erklärte Randy, daß es nun an der Zeit sei, Abbie im Haushalt zur Hand zu gehen.

Randy händigte ihr den Korb ein wenig widerstrebend aus, lüftete seinen Hut und verabschiedete sich: „Auf ein baldiges Wiedersehen!"

Belinda betrat die Küche durch die hintere Haustür.

„Und ich hab' ihn überhaupt nicht gefragt, wie es um sein Baugeschäft steht!" dachte sie vorwurfsvoll. „Bestimmt hält er mich jetzt für schrecklich herzlos."

Am folgenden Morgen hatten Belinda und Larry alle Hände voll zu tun, so daß Belinda schon befürchtete, daß sie noch immer Wunden verbinden und Arznei verabreichen würde, wenn Amys Zug qualmend und pfeifend am Bahnhof einfuhr. Warum konnten sich die Patienten auch nicht zu passenderen Zeiten einstellen?

Larry schien ihr die Unruhe abzuspüren.

„Laß nur", sagte er großzügig, „wenn der Zug einfährt, stehst du auf dem Bahnsteig. Ich komme schon ohne dich zurecht."

Dennoch war Belinda von einer inneren Unruhe erfüllt. Sie hatte schon den Karfreitagsgottesdienst in der kleinen Kirche versäumt. Wenn man Patienten doch nur zu geregelten Zeiten bestellen könnte, ohne daß sie scharenweise vor der Tür stehen!

Doch sie behielt ihre Gedanken für sich und konzentrierte sich auf ihre Aufgabe. Insgeheim hoffte sie, daß sich die Praxis bis zur Ankunft des Zuges geleert haben würde.

Endlich hatte sich der letzte Patient verabschiedet. Belinda schöpfte tief Luft und schaute sich prüfend um. Sie hatte die Praxis noch aufzuräumen und zu putzen, aber die Wanduhr sagte ihr, daß ihr bis zur Ankunft des Zuges noch fünfundvierzig Minuten blieben. Wenn sie sich beeilte, würde sie es noch bequem schaffen.

„Ich würde das Aufräumen ja gern selbst besorgen", sagte Larry, „aber ich habe noch einen Hausbesuch bei Familie Willis zu machen. Frau Willis hat sich noch immer nicht von dem bösen Husten erholt, der sie seit ihrer letzten Schwangerschaft plagt."

„Keine Sorge!" beruhigte ihn Belinda. „Ich habe genug Zeit zum Aufräumen."

„Und würdest du Abbie mit den Kindern helfen?“ bat Larry. „Sie möchte auch gern bei Amys Ankunft dabeisein, aber sie hat einen Säugling zu tragen und zwei lebhafte Bürschchen zu beaufsichtigen.“

Belinda lächelte.

„Ich helfe ihr gern“, sagte sie. „Außerdem haben diese Bürschen und ich ein paar Plätzchen abzuliefern.“

Belinda machte sich flink an die Arbeit. Sie räumte das Behandlungszimmer auf und sterilisierte die Instrumente. Bald würde Amy wieder daheim sein, wie es sich gehörte. Belinda hoffte, daß ihre Nichte ihre Heimat nie wieder verlassen würde. Ohne sie war das Leben einfach viel zu eintönig.

Kaum war die Arbeit getan, als Belinda auch schon in ihr Zimmer eilte, um sich zurechtzumachen. Sie nahm die Apfelplätzchen aus ihrem Versteck und schichtete sie behutsam in eine bemalte Blechdose. „Aaron wird sie bestimmt tragen wollen“, dachte sie im stillen. Sie stellte die Dose auf den Küchentisch und ging zu ihrer Schwägerin, um sich zu erkundigen, ob diese ihre Hilfe brauchte.

Abbie wickelte gerade den Säugling in eine Decke. Die beiden Brüder warteten schon draußen vor der Haustür. Belinda überließ Aaron die Plätzchendose und erbot sich, den Säugling zu tragen. Der Weg zum Bahnhof war nicht weit, doch als sie dort eintrafen, schmerzten Belindas Arme. Die kleine Ruth hatte innnerhalb von kurzer Zeit enorm an Gewicht zugelegt! Belinda wünschte sich plötzlich, einen dieser Kinderwagen zur Hand zu haben, die sie in einem Versandkatalog abgebildet gesehen hatte.

Als sie sich auf dem Bahnsteig zu dem Rest der aufgeregten Familie gesellt hatten, nahm ihr Vater die kleine Ruth. Belinda rieb sich erleichtert die müden Arme. Vettern und Basen stürmten ausgelassen auf dem Bahnsteig umher. Auf Schelte folgten Drohungen, und schließlich wurden die jüngeren Kinder auf die Bank neben dem Bahngebäude geschickt, wo sie sehr zu ihrem Verdruß zu bleiben hatten, bis der Zug kam.

Endlich ertönte das ferne Pfeifen der Lokomotive, und dann kündete das Donnern der Eisenräder auf den Schienen die Ankunft des Zuges an.

Mit bleichem Gesicht und verkrampften Händen stand Kate da.

„Ach, ich kann's ja kaum erwarten, sie endlich wiederzusehen!" sagte sie zu den übrigen Familienmitgliedern. „Hätte es mir nie träumen lassen, daß sie so lange fortbleiben würde. Als sie dann immer länger ausblieb, da hab' ich solche Angst bekommen ... solche Angst, daß sie überhaupt nie mehr nach Hause kommen würde. Ich bin so froh, sie jetzt endlich wiederzuhaben. Ich hoffe nur, daß sie sich nicht wegen diesem jungen Mann so sehr grämt. Schließlich gibt's hier doch jede Menge von netten jungen Burschen. Sie ist ja noch so jung, so blutjung!"

Belinda hatte Kate noch nie so verstört erlebt.

„Und ich hoffe auch, daß sie ihrem geliebten Westen nicht so arg nachtrauern wird. Vielleicht hat sie's ja inzwischen schon überwunden und den Abschied von dem jungen Mann auch. Wenn sie mir nur nicht in Trübsinn versinkt! Eine Tochter, die ständig in Tränen aufgelöst ist, könnt' ich nicht ertragen!" Sie wandte sich an Belinda. In ihrer Aufregung schienen sich ihre Gedanken geradezu zu überschlagen. „Belinda, du wirst dich doch um sie kümmern, nicht wahr? Du hast es schon immer irgendwie geschafft, sie zur Vernunft zu bringen, wenn sie ihre Launen hatte. Du könntest ihr doch ein paar von den neuen jungen Leuten hier in der Stadt vorstellen – den jungen Connel zum Beispiel. Papa hält große Stücke auf ihn. Daniel fängt gleich zu Ferienbeginn bei ihm mit der Arbeit an."

Das war Belinda zwar neu, doch überrascht war sie kaum. Eher überraschte sie ihr Widerwille, Vermittlerdienste zwischen Amy und Randy leisten zu sollen. Würden die beiden überhaupt zueinander passen?

Im nächsten Moment war die Eisenbahn auch schon in der Station zum Stehen gekommen, und alle traten einen

Schritt zurück, um Kate den Vortritt bei der Begrüßung zu lassen.

Ob Amy sich wohl sehr verändert hatte? Ob ihr der Abschied von Ryan das Herz gebrochen hatte? Belinda hoffte es nicht. Amy schien sich so sehr in ihn verliebt zu haben. Andererseits war sie seit jeher eine stürmische Natur gewesen. Vielleicht hatte sie ihn auch längst vergessen.

Endlich stieg Amy aus dem Passagierwaggon. Ihr kastanienbraunes Haar hatte sie zu einer hübschen Frisur gesteckt, und das hellgrüne Reisekleid schmeichelte ihrer schmalen Gestalt. Ihr makelloser Teint zeigte keine Spur der einst so verhaßten Sommersprossen mehr. Sie bewegte sich anmutig und zielbewußt. Als heranwachsendes Mädchen hatte Amy ihre Heimat verlassen; als junge Frau kam sie zurück. Belinda hielt den Atem an.

Kate umarmte ihre Tochter und schluchzte vor Freude. Belinda konnte es kaum erwarten, sie auch endlich begrüßen zu dürfen.

„Du siehst ja fabelhaft aus!“ sagte sie lachend. „Einfach ... einfach phantastisch!“

Amy lachte fröhlich.

„Das macht die Liebe“, flüsterte sie Belinda ins Ohr.

Belinda schob sie eine Armlänge von sich und schaute ihr in die violetten Augen.

„Du bist also immer noch ...? Aber jetzt bist du doch hier, und so viele Meilen vom Westen entfernt ...“

Amy gebot mit einem Kopfschütteln Schweigen. Mit strahlendem Blick wandte sie sich an den Rest der Familie.

„Hört mal alle her!“ rief sie. „Allesamt! Ich möchte euch nämlich Ryan vorstellen. Wir sind nach Hause gekommen, um hier zu heiraten!“

Belinda nahm die überraschten Ausrufe um sie herum kaum wahr. Verzweifelt bemühte sie sich, Ordnung in ihre verwirrten Gedanken zu bringen. Erst als sie den Blick wieder auf die vor Vergnügen übersprudelnde Amy richtete, bemerkte sie einen jungen Mann, der hinter ihr stand. Bei Amys Worten trat er näher und nahm sie beim Arm. Mit einem Lächeln begrüßte er Kate und dann Marty, und Belinda sah, wie Kate bleich wurde.

„Also, das ist doch ..." flüsterte Belinda entgeistert. Dann sah sie den jungen Rancher mit seinen tiefblauen Augen und dem sonnengebräunten Gesicht genauer an. Amy hatte ihn in ihrer Zeichnung beachtlich lebensnah dargestellt. Belinda hätte ihn überall erkannt. Ohne jeden Zweifel war dieser junge Mann Amys geliebter Ryan.

Nach der anfänglichen Bestürzung schloß die Familie Amys jungen Mann schnell ins Herz. Selbst Kate, die ihre Tochter nur ungern in den Westen ziehen ließ, mußte eingestehen, daß sie an Ryan einen vorbildlichen Schwiegersohn haben würde.

„Wenn sie uns doch nur vorbereitet hätte!" meinte Marty kopfschüttelnd. „Dann hätten wir ihn nicht allesamt wie ein Mondkalb angestarrt!"

Doch Vorwarnungen lagen Amy nicht. Damit hätte sie sich ihre „Überraschung" verdorben. Der junge Mann bat Kate und Luke mehrmals um Entschuldigung.

„Ich wollte eigentlich um ihre Hand anhalten, wie sich's gehört", sagte er zu ihnen, „aber Amy Jo wollte die Familie lieber selbst mit der Nachricht überraschen."

Er schien Amy auch in allen Einzelheiten, die die Hochzeit betrafen, freie Hand zu lassen.

„Ich möchte am ersten Juni heiraten", teilte Amy ihren Eltern mit. „Das ist der Tag, den Melissa und Walter sich ausgesucht haben, und Ryan und ich haben überlegt, daß wir zwar keine richtige Doppelhochzeit halten können, weil die Familie so weit auseinander wohnt, aber wenigstens können wir am selben Tag heiraten, wenn schon nicht am selben Ort."

Kate glaubte, die Vorbereitungen niemals bis zum ersten Juni schaffen zu können, doch Marty, Anne und

Nandry boten ihre Hilfe an, so daß Amys Aussteuer schnell vollständig war.

„Frau Simpson könnte das Brautkleid nähen", schlug Marty vor. „Sie leistet gute Arbeit, und flink ist sie obendrein."

Frau Simpsons Nähkünste waren noch immer sehr gefragt; sie besaß inzwischen eine eigene Nähmaschine, so daß Marty sie nicht mehr häufig sah. Frau Simpson nahm den Auftrag an, und bald entstand unter ihren geübten Fingern ein traumhaftes Brautkleid für Amy.

Zuerst erschien Belinda alles unwirklich, doch als ein gefertigtes Teil nach dem anderen – zwei Hauskleider, ein Reisekostüm, schneeweiße Unterwäsche, zwei Steppdekken, Geschirrtücher und andere Haushaltswäsche – auf dem Bett im Gästezimmer der Farm ausgebreitet wurde, begriff sie, daß es stimmte: „Unsere Amy heiratet!" Amy, das kleine Mädchen, der ausgelassene Wildfang. Amy, der Sonnenschein der Familie. Und viele, viele Meilen entfernt bereitete sich auch Melissa auf ihre Hochzeit vor. Auf einmal kam sich Belinda ein wenig einsam und ausgeschlossen vor.

Die überstürzten Hochzeitsvorbereitungen hielten Belinda in Atem. Der erste Juni war ein wunderschöner Tag, und Belinda schlüpfte in ihr meergrünes, luftiges Kleid, in dem sie in der Kirche neben ihrer zierlichen Nichte das Eheversprechen der beiden jungen Leute miterleben sollte.

„Oh, wie zauberhaft!" rief sie staunend, als sie die Braut mitten in der Wohnstube stehen sah. Kate machte sich aufgeregt an dem Brautkleid ihrer Tochter zu schaffen und zupfte hier und dort die Falten zurecht.

„Der weiche, cremefarbene Stoff und die Spitze passen einmalig gut zu deiner Haarfarbe!" meinte Belinda und umarmte Amy behutsam. „Ein phantastisches Farbenspiel!" Die beiden brachen in ein fröhliches Lachen aus.

Später füllten sich Belindas Augen mit Tränen, als Amy und Ryan einander die Treue gelobten. Nun gehörte Amy nicht mehr zu ihrer Familie, sondern zu ihrem Mann; vielleicht gelobte auch Melissa gerade in diesen Augenblicken ihrem Mann die Treue.

Eine einsame, betrübte Belinda stieg an diesem Abend nach all den Feierlichkeiten des Tages die Treppe zu ihrem Zimmer hinauf, nachdem das junge Paar die Hochzeitsreise in den Westen angetreten hatte.

Belinda wußte nicht, ob Kate oder sie selbst die meisten Tränen an diesem Abend vergoß. Ihnen allen würde die muntere Amy mächtig fehlen.

Ein Unfall

Belinda hatte Amy sehr vermißt, als diese zu Besuch im Westen gewesen war, doch damals konnte sie auf ihre baldige Wiederkehr hoffen. Jetzt war Amy viele Meilen von Belinda entfernt, und es war nicht abzusehen, wann sie sie wiedersehen würde.

„Und Melissa ist auch verheiratet!“ dachte Belinda traurig. „Und beide auf einen Schlag!“

„Ich weiß, wie sehr du die Mädchen vermißt“, sagte Marty zu Belinda. „Vielleicht kommt Larry ein paar Wochen ohne dich aus, damit du sie besuchen kannst.“

„Aber Mama“, erinnerte Belinda sie, „vor ein paar Monaten hätte ich nichts lieber als das getan. Ohne die beiden habe ich mich so einsam gefühlt, und ich hätte alles darum gegeben, sie wiederzusehen. Jetzt ist alles anders. Jetzt sind sie beide frisch verheiratet. Sie haben keine Zeit mehr für mich. Außerdem würde ich mir überflüssig vorkommen. Alles ist anders geworden. Wir stehen uns nicht mehr so nahe wie früher.“

Marty nickte. Belinda hatte recht. Die Zeiten hatten sich geändert.

Belinda betrachtete die Welt um sich her mit forschendem Blick. Warum mußte alles mit so rasender Geschwindigkeit anders werden? Ohne auch nur für eine Sekunde innezuhalten, war der Frühling dem Sommer gewichen und der Sommer dem Herbst. Kaum wandte man einem Geschehen den Rücken, bot sich einem beim nächsten Hinschauen auch schon ein anderes Bild. Im Herbst sollte der kleine Thomas in die Schule gehen, und bevor sie sich versah, würde auch Aaron an der Reihe sein – und dann die kleine Ruth. Sie konnte schon aufrecht sitzen und sich an den Gitterstäben ihres Bettchens hochziehen. Im Nu war sie dem Säuglingsalter entwachsen.

Das Leben war so einfach, so voller Geborgenheit gewesen, als Belinda selbst noch ein Kind gewesen und mit Amy, ihrer ständigen Begleiterin, zur Schule gegangen war. Doch das Leben raste nur so dahin, ohne daß man es aufhalten konnte.

Noch nie hatte Belinda sich so einsam gefühlt wie jetzt. Wenn ihre Arbeit sie nicht so stark in Anspruch genommen hätte, wäre ihr die Einsamkeit nahezu unerträglich geworden. Larry hatte zweifellos recht: in der kleinen Stadt wurde dringend ein zweiter Arzt gebraucht.

Bei dem Gedanken daran wurde Belinda unwillkürlich an Jackson erinnert. Wie mochte es ihm wohl gehen? Zu ihrer Schulzeit war Jackson ein netter Kamerad gewesen. War es möglich, daß sie sich nach all den Jahren doch noch zu ihm hingezogen fühlte? Sie überlegte einen Moment, doch dann schalt sie sich selbst im stillen aus. In der Zwischenzeit hatte Jackson bestimmt längst ein anderes Mädchen gefunden. Vielleicht war er sogar schon verheiratet.

Doch bei näherer Betrachtung erschien Belinda das im Grunde nicht sehr wahrscheinlich. Sie sah seine Mutter jeden Sonntag in der Kirche, und diese sprach oft von ihm und seiner medizinischen Laufbahn. Belinda konnte sich nicht entsinnen, daß sie je eine Heirat erwähnt hätte. Entschlossen schob Belinda den Gedanken an Jackson von sich und dachte statt dessen über Randy nach.

Randy kam hin und wieder zu Besuch, und in ihrer Einsamkeit freute sich Belinda über seine Gesellschaft. Die Kleinstadt erschien ihr so beengend und das Farmhaus, das sie innig liebte, so still. Randy war sehr mit seinem Unternehmen beschäftigt; er arbeitete täglich – außer sonntags – von Sonnenaufgang bis zum Einbruch der Dunkelheit. Daher blieb ihm nicht viel Zeit für Besuche bei Belinda. Einige Male war er bei Familie Davis zum Sonntagsessen eingeladen gewesen, doch Belinda zögerte, ihn häufiger einzuladen, um keinen falschen Eindruck zu erwecken.

Als der Sommer sich dem Ende zuneigte, kam Randy eines Abends und lud Belinda zu einem Spaziergang ein. Sie war nur zu dankbar für die Ablenkung. Randy entschuldigte sich dafür, in letzter Zeit so beschäftigt gewesen zu sein, und erkundigte sich, wie Belinda die letzten Wochen verbracht hatte.

„‚Laster und Pflaster'", antwortete Belinda. „So nennt Larry es. Krankheiten und Unfälle. Etwas anderes bekomme ich kaum zu sehen."

Randy sah sie nachdenklich an.

„Wird dir die Krankenpflege am Ende gar langweilig?" fragte er.

Belinda errötete.

„Aber nein! Nein, wirklich nicht. Ohne sie könnte ich ja kaum leben. Ich ... ich bin nur ein wenig rastlos, weiter nichts."

„Vermißt du Amy noch immer so arg?"

Belinda nickte. Sie traute ihrer Stimme nicht.

„Vielleicht bist du über die Krankenpflege hinaus", meinte Randy. „Vielleicht ist es an der Zeit, daß du etwas Neues anfängst."

„Aber was nur?" fragte Belinda ahnungslos.

„Ich wüßte da schon etwas", sagte Randy. Als Belinda ihn nicht danach fragte, fuhr er langsam fort: „Aber ich habe mir fest vorgenommen, nichts davon zu sagen. Nicht, bis das Haus der Kirbys fertig ist und ich das Geld auf der Bank habe."

Randys Worte klangen rätselhaft, doch Belindas Gedanken eilten zu dem Neubau voraus.

„Hat Frau Kirby sich endlich zu einem genauen Plan entschlossen?"

„Ich baue schon seit zwei Wochen daran."

Belindas Augen leuchteten auf. Sie malte sich aus, wie aufregend es sein mußte, ein Haus zu planen und mit den eigenen Händen zu bauen.

„Ach, ich würde es zu gern einmal sehen. Darf ich?"

Randy lachte über ihre Begeisterung.

„Ich zeig's dir gern", versprach er, „aber noch nicht gleich. Es gibt noch nicht viel zu sehen. Sobald ich dir etwas zu zeigen habe, führe ich dich durch den Rohbau. Einverstanden?"

Belinda schenkte ihm zum Dank ein Lächeln. „Welch ein Luxus, ein eigenes Haus zu haben", dachte sie überwältigt. „Melissa und Amy haben auch jede ein eigenes Haus ..."

„Dan macht die Arbeit bei dir viel Spaß", sagte sie, um ihre Gedanken davor zu bewahren, in Trübsinn zu verfallen.

„Er ist tüchtig", sagte Randy. „Für sein Alter begreift er erstaunlich schnell. Und vor dem Zupacken hat er auch keine Angst."

Inzwischen waren sie vor Larrys Haus angekommen. Belinda ließ ihren Blick über den abendlichen Himmel schweifen. Eigentlich sollte sie sich von Randy verabschieden und ins Haus gehen, doch sie verspürte noch keine Lust, sich von dem herrlichen Sommerabend und ihrem Begleiter trennen.

Randy nahm sie zu ihrer Überraschung bei der Hand.

„Es tut mir leid, daß ich in letzter Zeit so beschäftigt war", sagte er leise. „Wenn ich erst ein oder zwei Häuser gebaut habe und das Geld auf der Bank liegt, kann ich mir mehr Zeit nehmen."

„Ja, ich verstehe", sagte Belinda. Es rührte sie, daß er sich ihrer in ihrer Einsamkeit annehmen wollte. Er war wirklich äußerst rücksichtsvoll.

„Würdest du am Sonntag eine Kutschfahrt mit mir machen?" fragte Randy, und Belinda gab gern ihre Einwilligung.

„Bis dann!" flüsterte Randy und hob ihre Hand an seine Lippen, bevor er sie losließ. Dann war er auch schon gegangen. Mit forschen Schritten eilte er zu der Pension, wo er wohnte.

Belinda schaute ihm nach. Verwunderung stand auf ihrem Gesicht. Sie sah auf ihre schmalen Finger hinunter, als wäre der Kuß dort noch zu sehen. Was würde sie nur am Sonntag erwarten? Leise öffnete sie das Gartentor und ging gedankenverloren auf das Haus zu.

Doch zu der Kutschfahrt am Sonntag sollte es nicht kommen. Nach dem Gottesdienst hatte sich die Familie bei Clark und Marty zum gemeinsamen Essen versammelt. Nandrys Töchter Mary und Jane waren beide verheiratet, und diesen Sonntag verbrachte Mary bei der Familie ihres Mannes, während Jane wegen einer schlimmen Erkältung zu Hause geblieben war. So war Belinda das einzige junge Mädchen im Haus. Die Jungen spielten wie üblich draußen, und die Männer unterhielten sich auf der Veranda, bis zum Essen gerufen wurde.

Belinda wollte gerade die Familie in die Stube bitten, als sie draußen im Garten etwas Ungewöhnliches bemerkte. Eins der Kinder kam herbeigestürzt und schrie: „Hilfe! Schnell!"

„Was ist passiert?" hörte Belinda ihren Vater rufen, und der kleine John schrie angstvoll zurück: „Der Bulle hat Andrew erwischt. Schnell! Sonst bringt er ihn um! Schnell!"

Luke sprang auf. Der Bulle war noch nicht lange auf der Farm, und niemand wußte, wie bösartig er war. Alle Kinder waren gewarnt worden, keinen Fuß auf seine Weide zu setzen, bis man ihn für ungefährlich erklärt hatte. Nun rannte Luke auf die Weide, gefolgt von Arnie und Larry.

Erst jetzt hörte Belinda die Hofhunde bellen und das Vieh brüllen. Es war, als sei die gesamte Farm in hellen Aufruhr versetzt.

„Packt euch eine Heugabel!" rief Luke seinen Brüdern über die Schulter hinweg zu, und Larry rannte zur Scheune.

Luke schwang sich über den Weidezaun. Belinda konnte nicht sehen, was dahinter geschah, doch sie hörte

Schreie, Hundegebell und das wütende Schnauben des Bullen.

„Mein Gott, nur das nicht!“ hörte Belinda jemanden hinter sich sagen. Ihre Mutter war ebenfalls auf die Veranda geeilt und starrte voll Schrecken auf den Weidezaun.

„Mama, geh wieder ins Haus!“ mahnte Belinda, doch Marty blieb tapfer auf der Veranda. Auch Kate und Anne kamen herzu.

„Was ist denn passiert?“ brachte Kate mühsam hervor.

Belinda konnte nicht antworten. Ohne den Blick von dem Zaun zu wenden, betete sie im stillen, daß Luke das Kind noch rechtzeitig retten würde. Inzwischen war auch Arnie über den Zaun auf die Weide des wütenden Bullen geklettert, während Larry mit der Heugabel in der Hand gelaufen kam.

Es war Arnie, der als erster wieder über den Zaun zurückkehrte. Er hielt den reglosen Körper seines Sohnes in den Armen, während Luke und die Hunde den Bullen ablenkten. Erst als Larry mit der Heugabel auf das Tier losging, trollte es sich schnaubend auf die andere Seite der Weide.

Das Sonntagsessen war längst in Vergessenheit geraten. Andrew wurde auf das Sofa in der Stube gebettet, und ein bleicher Onkel beugte sich über ihn, um seinen Puls zu fühlen und ihn auf Knochenbrüche hin zu untersuchen.

Belinda sah, daß auch Luke ärztliche Hilfe brauchte, doch er winkte nur ab und holte das Gewehr aus dem Schuppen hinter dem Haus.

„Ich dulde kein Vieh auf der Farm, das für Kinder lebensgefährlich ist“, murmelte er, und wenig später hörten sie einen Schuß krachen.

Arnie saß schweigend da, den Kopf in die Hände vergraben. Seine Schultern bebten. Er konnte den Anblick seines Sohnes nicht ertragen.

„Er ist tot“, murmelte er ein ums andere Mal. „Ich weiß es genau. Er ist tot.“

In Belindas Kopf überschlugen sich die Gedanken.

Kinder wimmerten, Frauen weinten, und erwachsene Männer zitterten am ganzen Leib.

Schließlich siegten Belindas Ausbildung und Erfahrung als Arzthelferin über ihre Verwirrung. Larry brauchte sie. Dies war ein Notfall. Sie hatte gelernt, was in Notfällen zu tun war.

Zugegeben, sie hatte noch nie jemand aus der eigenen Familie zu versorgen gehabt. Das erschwerte die Lage unsagbar. Sie erinnerte sich an Larrys Worte, als er vor Jahren einmal gesagt hatte, daß bei Kindern alles viel schwerer sei und daß er hoffte und betete, niemals ein ernsthaft betroffenes Familienmitglied behandeln zu müssen.

Und nun lag Andrew totenbleich und voller Blutspuren da, und Larry würde ihn mit aller Kraft und unter Aufbietung seines gesamten ärztlichen Könnens zu retten versuchen. Belinda straffte die Schultern, wischte sich die Tränen aus den Augen und nahm ihren Platz neben ihm ein.

Larrys Hand lag noch immer tastend auf dem Handgelenk des Kindes. Belinda fand keine Worte, um die Frage, die ihr schwer auf dem Herz lastete, zu stellen, doch Larry schien ihre Gegenwart zu spüren und sagte: „Wir müssen ihn in die Stadt bringen. Er braucht sofort Hilfe. Eigentlich dürfte er nicht bewegt werden, aber wir haben keine andere Wahl. Es steht ernst um ihn, Belinda."

„Hast du ... hast du ausfindig gemacht, wo er verletzt ist?"

„Er hat ein paar Rippen gebrochen. Ich hoffe, daß es seine Lungenflügel nicht erwischt hat, aber ich mache mir Sorgen. Sein linker Arm ist böse gebrochen. Hals und Rückgrat sind Gott sei Dank unverletzt."

Belinda sah auf das aschfahle Gesicht ihres Neffen hinab. Alles erschien ihr wie ein Alptraum.

„Luke hat der Bulle auch erwischt", sagte sie, „aber er wollte sich nicht von mir helfen lassen. Ich weiß nicht, wie schlimm er verletzt ist, aber ich habe Blut gesehen, und sein Hemd ist ganz zerrissen und schmutzig, und ..." Plötzlich strömten ihr die Tränen wieder über das Gesicht, und am liebsten hätte sie sich einfach auf ihr Bett geworfen, um sich das Entsetzen von der Seele zu weinen. Mühsam kämpfte sie gegen die Tränen an, bis sie sich wieder gefaßt hatte.

„Ich sage Papa Bescheid, daß wir das Gespann brauchen", sagte sie zu Larry und wandte sich den übrigen Familienmitgliedern zu, die mit feuchten Taschentüchern in den Händen um das Sofa gedrängt standen.

„Wir müssen ihn in die Stadt bringen", sagte Belinda so gefaßt, wie sie nur konnte. „Larry hat keine Instrumente hier."

„Dann ist er also noch ... dann ist er noch ..." schluchzte Anne, ohne ihre Frage zu Ende bringen zu können. Belinda schob sie sanft auf einen Stuhl.

„Er ist verletzt; recht ernst sogar", sagte Belinda wahrheitsgemäß, „aber wir werden alles tun, was nur in unserer Macht steht."

Es war eine lange Fahrt zur Stadt. Anne war so verstört, daß Arnie sie bei Marty zurückgelassen hatte. Während der ganzen Fahrt betete Belinda, die im Wagen neben dem verletzten Kind saß, im stillen. Sie wußte, daß auch Larry betete; auch der Rest der Familie auf der Farm betete gewiß ohne Unterlaß. Unterwegs regte sich Andrew und begann, vor Schmerzen zu schreien, um sogleich wieder in Bewußtlosigkeit zu versinken.

Endlich brachte Luke das Gespann vor dem Haus des Doktors zum Stehen, und Larry und Arnie trugen den Jungen behutsam ins Behandlungszimmer. Während die Angehörigen draußen warteten, untersuchte Larry das Kind sorgfältig ein zweites Mal. Obgleich mehrere Rippen gebrochen waren, stellte er dankbar fest, daß die Lippen des Kindes nur geringe Blutspuren aufwiesen. Vielleicht waren die inneren Verletzungen nicht sehr ernst. Aus Puls und Atem des jungen Patienten konnte er entnehmen, daß er keinen Kollaps erlitten hatte.

Larry verabreichte Arzneien und richtete den komplizierten Armbruch mit Belindas Hilfe, so gut es ging.

Dann ließ er Arnie und Luke ins Zimmer. Sie sollten das Kind noch einmal sehen, bevor sie wieder nach Hause fuhren und dem Rest der Familie den neuesten Stand der Dinge berichteten. Dann begann die lange Krankenwache.

Immer wieder erlangte der Kleine für kurze Zeit das Bewußtsein. Als er einmal aufwachte und murmelnd nach seiner Mutter verlangte, war Anne bald an seiner Seite und flüsterte ihm mit bebenden Lippen Trostworte zu. Wegen der Rippenbrüche wollte Larry jede Bewegung des Jungen vermeiden und verabreichte ihm daher Schlafmittel. Mitglieder der Familie kamen und gingen leise; sie litten mit dem Kleinen und teilten den Kummer seiner Eltern.

Allmählich begann Andrew zu genesen, und als eine Woche vergangen war, setzte Larry ihn mit Kissen auf, um einer Lungenentzündung vorzubeugen. Nach Verlauf von zwei Wochen hatte die Familie die Zuversicht gewonnen, daß Andrew sich von seinen Verletzungen erholen würde. Er war zwar noch weit von einer vollständigen Genesung entfernt, doch täglich dankte die Familie ihrem Gott dafür, daß der Junge mit dem Leben davongekommen war.

Luke hatte mehrere Prellungen und Schürfwunden erlitten, doch wie durch ein Wunder war kein Knochen gebrochen. Er berichtete, wie die Farmhunde den Bullen auf sich gelenkt und ihn so abgelenkt hatten.

Als Andrews Zustand sich so weit gebessert hatte, daß er wieder nach Hause gebracht werden konnte, kamen Larry und Belinda nach langer Zeit wieder in den Genuß einer ungestörten Nachtruhe. Doch ganz ausgestanden war der Fall noch nicht. Belinda konnte es an Larrys forschendem Blick ablesen. Larry würde ein ernstes Gespräch mit Arnie führen müssen. Diesem sah er mit sehr gemischten Gefühlen entgegen.

Das Sorgenkind

Larry beobachtete den kleinen Patienten gewissenhaft. Er machte regelmäßig Hausbesuche bei Arnie. Im großen und ganzen, so sagte er, machte der Junge gute Fortschritte. Dennoch hatte Belinda den Eindruck, als sei Larry nicht vollständig mit Andrews Genesung zufrieden. Sie wollte ihn jedoch nicht danach fragen, weil sie befürchtete, daß es sich um etwas Ernstes handeln könnte.

Arnie ließ seinen Sohn kaum aus den Augen. Ständig ermahnte er ihn zur Vorsicht, damit er nicht zu schnell lief oder gar stürzte. Belinda begann zu befürchten, daß Arnies übertriebene Sorge aus seinem Sohn einen Weichling machen würde.

„Was hatte Andrew eigentlich auf der eingezäunten Weide zu suchen?“ erkundigte sie sich an einem Wochenende, als sie bei ihren Eltern zu Besuch war, bei dem kleinen Jacob. „Hattet ihr denn nicht gehört, daß Onkel Luke allen verboten hatte, in die Nähe des Bullen zu kommen?“

„Unser Ball war über den Zaun geflogen“, erklärte Jacob, „und Andrew meinte, daß er ihn ganz schnell holen könne, und niemand hätte was davon erfahren.“

Belinda schüttelte den Kopf.

„Wenn Erwachsene etwas verbieten, dann haben sie ihre Gründe dafür“, sagte sie. „Andrews Ungehorsam ist ihn teuer zu stehen gekommen – und den Rest der Familie auch. Und obendrein hat dein Papa einen teuren Bullen verloren.“

„Ja, ich weiß“, sagte Jacob mit gesenktem Kopf. Dann hob er wieder den Blick zu Belinda. „Aber es war nicht meine Schuld, Tante Belinda. Ehrenwort!“

Belinda fuhr ihm durch den roten Schopf.

„Ich mache dir ja auch keine Vorwürfe, Jacob“, sagte sie. „Und ich will dich auch gar nicht ausschelten. Ich möchte nur nicht, daß du diese Lektion jemals vergißt.“

An einem Sonntag im Herbst kam Randy, um Belinda zu der versprochenen Kutschfahrt abzuholen. Belinda zog sich zum Schutz gegen den scharfen Wind warm an und setzte sich neben Randy auf den Buggysitz.

„Wo soll's denn hingehen?“ erkundigte er sich.

„Oh, ich weiß nicht recht“, sagte Belinda achselzukkend. Ihr wollte keine besondere Sehenswürdigkeit in der Umgebung einfallen. Die Nachbarsfarmen hatte sie schon Dutzende von Malen gesehen. Soweit sie wußte, gab es in der ganzen Gegend nichts Neues zu besichtigen, es sei denn, einer der Nachbarn hatte einen neuen Schweinestall oder einen neuen Geräteschuppen gebaut. Zugegeben, das bunte Herbstlaub war sehr hübsch anzusehen, doch das meiste davon lag schon auf Weiden und Feldern verstreut.

„Wir könnten in die Stadt fahren und das Haus für die Kirbys anschauen“, schlug er vor.

„Ist es denn schon fertig?“ fragte sie interessiert.

„Nein, fertig ist es noch lange nicht, aber wenigstens kannst du jetzt einen Eindruck davon gewinnen, wie es mal aussehen soll.“

„Prima Idee!“ freute Belinda sich. „Laß uns doch dorthin fahren – falls der Weg nicht zu weit ist.“

„Wirst du auch nicht frieren?“ fragte er.

Sie versicherte ihm, daß sie warm genug angezogen sei, und Randy lenkte das Gespann auf die Straße hinaus.

„Wie geht es Andrew?“ erkundigte er sich, und Belinda gab ihm über die erfreulichen Fortschritte des Jungen Auskunft. Die beiden unterhielten sich über allerhand Neuigkeiten aus der Stadt und der Nachbarschaft. Wieder bemerkte Belinda, wie ungezwungen Randy eine Unterhaltung führen konnte.

Als sie die Baustelle erreicht hatten, band Randy die Pferde fest und half Belinda aus dem Buggy.

„Es ist noch ein bißchen umständlich, in das Haus zu gehen“, gestand er. „Eigentlich wollte ich dich erst herbringen, wenn die Stufen zum Eingang fertig sind.“

Belinda lachte.

„Laß nur, ich komme auch so zurecht!“ sagte sie und musterte die Holzkisten, die als behelfsmäßige Trittbretter dienten.

Das Haus war größer, als Belinda es sich vorgestellt hatte. Während sie durch die Räume im Erdgeschoß wanderte, malte sie sich aus, wie sie wohl fertig eingerichtet und bewohnt aussehen mochten. Welch ein erhebendes Gefühl mußte es doch sein, ein eigenes Haus zu besitzen! Einen Augenblick lang beneidete Belinda die zukünftige Dame des Hauses sogar ein wenig.

„Das hier soll gewiß die Wohnstube sein“, meinte sie, „und das Eßzimmer und die Küche sind dort, und die Speisekammer gleich nebenan. Aber wozu soll das Zimmer dort drüben dienen?“

„Frau Kirby möchte ein Morgengemach“, antwortete Randy.

„Ein Morgengemach? Von so etwas habe ich noch nie gehört!“

„Alle eleganten Villen hatten früher ein Morgengemach, sagt Frau Kirby. Die feinen Damen haben darin gesessen und gehandarbeitet, während die Dienstmädchen den Haushalt versorgten.“

Belinda sah Randy überrascht an.

„Wird Frau Kirby denn auch Dienstmädchen einstellen?“

Randy lachte.

„Nicht daß ich wüßte – aber auf ihrem Morgengemach besteht sie trotzdem.“

Belinda mußte schmunzeln.

„Hm, vielleicht gibt es ihr ein besonders gutes Gefühl von Wohlergehen, wenn sie ein Morgengemach im Haus hat“, sagte sie, um Frau Kirby und ihre kleine Schrulle zu entschuldigen.

„Ja, vielleicht“, meinte auch Randy.

„Und dieses Zimmer hier? Wozu ist das gedacht?“ fragte Belinda und deutete auf ein Zimmer neben dem Haupteingang.

„Wie heißt es doch – ‚Wie du mir, so ich dir‘“, lachte Randy. „Wenn Frau Kirby ihr Morgengemach bekommt, dann will Herr Kirby auf seine Bibliothek nicht verzichten.“

„Liebe Güte!“ staunte Belinda. „Das wird aber ein prächtiges Haus werden!“

Belinda richtete den Blick nach oben. Die Treppe zum Obergeschoß war noch nicht fertig; statt dessen stand eine Leiter in der Öffnung. Belinda wollte in ihrem Sonntagskleid nicht hinaufklettern.

„Wie viele Schlafzimmer?“ erkundigte sie sich.

„Vier – und eine Wickelstube.“

„Ich habe gar nicht gewußt, daß die Kirbys kleine Kinder haben“, sagte Belinda verwundert.

„Haben sie auch nicht. Das Jüngste ist acht oder neun. Frau Kirby hat wohl gemeint, daß in ein richtig feines Haus unbedingt eine Wickelstube gehört. Vielleicht wird sie sie als Nähstube benutzen.“

„Das muß aber herrlich sein, so viele Zimmer zu haben, daß man eins davon nur zum Nähen benutzen kann!“ staunte Belinda.

Sie setzte ihren Erkundungsgang von Raum zu Raum fort und ließ dabei hier und da ihre Hand über ein Stück glänzend poliertes Holz gleiten oder betrachtete die zarten Farben der Buntglaseinsätze über den Fenstern.

„Eins steht fest: Dieses Haus wird ein Prachtstück werden!“ sagte sie dann mit unverhohlener Bewunderung in der Stimme. „Frau Kirby kann sich glücklich schätzen.“

Sie war sich nicht einmal des hohen Lobes bewußt, das sie soeben dem Erbauer des Hauses gespendet hatte, doch Randy lächelte im stillen vor Freude. Nur mühsam hielt er an sich, doch er hatte sich fest vorgenommen, nichts zu überstürzen. Der Zeitpunkt, an dem er Belinda seine Gefühle für sie eröffnen wollte, war noch nicht gekommen.

„Ich würde es gern nochmal sehen – wenn du mit der Arbeit ein bißchen weiter bist“, sagte Belinda. „Glaubst du, daß die Kirbys etwas dagegen haben?“

Randy lächelte. Belindas Bewunderung war größer, als er sich erhofft hatte.

„Vorläufig gehört das Haus eigentlich noch mir“, sagte er. „Ich zeig's dir gern, sooft du magst.“ Damit nahm er Belindas Hand und half ihr über die Kistenstapel wieder ins Freie.

Belinda war in der Arztpraxis, als Arnie seinen Sohn wieder zu einer Untersuchung in die Praxis brachte. Onkel Larry tastete die Verletzungen gründlich ab und erklärte die Rippen für „so gut wie neu“. Dann schickte er Andrew zu Thomas und Aaron in die Küche, wo es Plätzchen und Milch für die Kinder gab. Daran war nichts Außergewöhnliches, so daß Belinda um so überraschter war, als Larry sich neben Arnie setzte und stockend begann: „Arnie, ich ... ich muß mit dir reden.“

Arnie starrte seinen Bruder an, und Belinda konnte ein banges Fragen in seinem Blick erkennen.

„Er wird also nicht gesund?“ stieß Arnie hervor. „Aber du hast doch gesagt, daß ...“

„Natürlich wird er gesund. Es geht ihm gut“, unterbrach Larry ihn.

„Worüber willst du dann mit mir reden?“

„Die Rippen sind prächtig verheilt, und die Lunge arbeitet einwandfrei. Alle Prellungen und Schürfwunden sind spurlos verheilt, aber um seinen Arm sorge ich mich.“

„Ist der Bruch denn noch nicht wieder in Ordnung?“

„Doch, das ist er. Aber weißt du, es war ein komplizierter Bruch, und ich hatte nicht die speziellen Apparate, um ihn vollkommen gerade zu richten. Ich konnte den Arm nicht so versorgen, wie es eigentlich nötig gewesen wäre, und ..."

„Was hat das alles zu bedeuten?" fiel Arnie ihm ins Wort. „Du redest in Rätseln. Du hast den Bruch doch gerichtet, oder nicht?"

„Ich habe ihn gestreckt, wie ich dir gesagt habe. Ich habe das Beste getan, das mir unter den gegebenen Umständen möglich war."

„Welche Umstände?"

„Dieser Bruch hätte nur in einem großen Krankenhaus einwandfrei behandelt werden können ..."

„Warum hast du das nicht eher gesagt?" stieß Arnie mit rauher Stimme hervor. „Warum hast du uns weisgemacht, daß alles in schönster Ordnung sei?"

„Arnie", sagte Larry mit aller Geduld, die ihm zu Gebote stand, „Andrew war ernsthaft verletzt. Ich war in erster Linie um sein Leben besorgt! Damals habe ich zwar gewußt, daß der Arm eine besondere Behandlung brauchte, die ich ihm hier in meiner einfachen Praxis nicht geben konnte, aber es blieb mir nichts anderes übrig, als ihn hier zu versorgen, weil er zu dem Zeitpunkt nicht transportfähig war. Er hätte unterwegs sterben können. Verstehst du das denn nicht?"

Arnie nickte langsam.

„Also, jetzt ist die Sache sowieso ausgestanden", sagte er dann und schluckte mühsam. „Wir haben's hinter uns. Andrew ist am Leben geblieben. Ihm scheint's gut zu gehen, und wenn der Bruch richtig verheilt ist, dann ..."

„Aber das ist er nicht", antwortete Larry behutsam. „Deshalb wollte ich ja mit dir sprechen. Der Arm braucht noch eine besondere Behandlung."

„Du hast doch gesagt, es sei alles verheilt."

„Der Bruch selbst ist auch verheilt."

„Wozu braucht er dann noch eine Behandlung?"

„Der Bruch ist krumm verheilt, Arnie, anstatt gerade."

Arnie starrte in die Ferne und versuchte, das soeben Gesagte zu begreifen.

„Und ... was hat ... das zu bedeuten?“ fragte er stockend.

„Das bedeutet, daß sich der Arm verschlimmern wird, wenn er nicht sachgerecht behandelt wird. Andrew wird ihn nicht voll gebrauchen können. Womöglich wird er später einmal vollkommen verkümmern.“

Belinda sah von einem der beiden Brüder zum anderen. Das war es also, was dem jungen Arzt solchen Kummer bereitet hatte.

„Und was ... was kann man da unternehmen?“ fragte Arnie dann mit gepreßter Stimme. „Der Bruch ist doch schon zugeheilt.“

„Das ist kein Hinderungsgrund. Man bricht ihn einfach noch einmal. Es geht nur darum, daß das möglichst bald gemacht werden muß, damit es Erfolg hat.“

Doch Arnie starrte Larry mit funkelnden Augen an. „Du schlägst mir doch wohl nicht vor, daß ich meinen Sohn in irgendein Stadtkrankenhaus bringe und ihm da den Arm brechen lasse – mit vollster Absicht?“

Larry fand vor Bestürzung keine Worte.

„Nie im Leben!“ fuhr Arnie aufgebracht fort. „Der Junge hat genug Schmerzen gelitten. Wenn du den Bruch gleich gerichtet hättest, wie sich's gehört hätte, dann ...“ Arnie biß sich auf die Lippe. Das war ungerecht von ihm gewesen. Larry hatte sein Bestes getan. Er hatte seinem Sohn das Leben gerettet. Arnie bereute seinen Ausbruch.

„Arnie“, beruhigte ihn Larry sanft, „ich nehm's dir nicht übel. Wirklich nicht! Und ich hätte auch nie einen solchen Vorschlag gemacht, wenn es irgendeine andere Möglichkeit gäbe. Ich habe den Arm beobachtet. Es wird immer schlimmer damit. Er muß dringend gerichtet werden – je eher, desto besser. Ich kenne einen guten Arzt. Er versteht sich wie kaum ein anderer auf Knochenchirurgie. Er wäre bestimmt dazu bereit, Andrew zu operieren, und die Aussichten, daß der Arm wieder voll gebrauchsfähig wird, stehen ziemlich gut. Dieser Arzt ...“

„Ich habe nein gesagt." Arnie hatte leise, aber deutlich gesprochen. „Das würde ich dem Jungen niemals zumuten."

Larry holte tief Luft.

„Wenn du's nicht tust", sagte er fest, „dann bleibt dein Sohn ein Krüppel."

Tränen rannen dem bekümmerten Vater über die Wangen. Ungehalten wischte er sie fort.

„Der Junge hat genug Schmerzen hinter sich", behauptete er hartnäckig. „Welch ein Rabenvater würde ihm noch mehr aufbürden?"

„Einer, der ihn liebhat", entgegnete Larry beinahe flüsternd und legte eine Hand auf den Arm seines Bruders.

Arnie fuhr auf und starrte ihn an.

„Ihr Ärzte!" rief er mit erstickter Stimme. „Ihr stolzen, vermessenen Ärzte! Den Herrgott wollt ihr spielen und vergeßt dabei die vielen Schmerzen, die ihr anderen verursacht. Operieren, operieren heißt es! An meinem Sohn macht keiner Experimente, um sich damit Lorbeeren einzuhandeln, verstanden? Schluß jetzt damit. Ich will nie wieder davon hören! Nur noch eins: Ich will nicht, daß Anne auch nur ein Wort von der Sache erfährt. Sie hat genug durchgemacht, als ihr Sohn um sein Leben gekämpft hat. Das würde alles nur noch schlimmer für sie machen. Hast du mich verstanden?"

Damit schlug Arnie die Tür hinter sich zu und rief Andrew zum Heimweg.

Belinda holte tief Luft und schaute Larry angstvoll an. Der junge Arzt stand mit gesenktem Kopf an die Wand gelehnt. Er hatte sein Gesicht in den Händen vergraben und weinte leise.

Ein verbittertes Herz

Belinda konnte Larry seinen stillen Kummer abspüren, wenn er tagein, tagaus seinen Pflichten nachging. Wie gern hätte sie ihn getröstet! Sie wußte, daß Larry sein Bestes getan hatte, aber sie wußte auch, daß er sich einem Kind gegenüber verpflichtet fühlte, noch dazu einem aus seinem Familienkreis.

An einem trüben Wintertag, als das Wetter die meisten Patienten, von einigen Notfällen abgesehen, zu Hause hielt, beschloß Belinda, die Sprache auf den kleinen Andrew zu bringen. Sie wußte zwar, daß sie Larry seinen Kummer nicht abnehmen konnte, aber sie hoffte, daß ihm ein Gespräch vielleicht eine gewisse Erleichterung verschaffen würde.

„Hast du eigentlich schon mit Papa und Mama wegen Andrew gesprochen?“ fragte sie sanft.

Larry hob den Blick von einer Zahlensäule, die er gerade zusammenrechnete. Er schüttelte nachdenklich den Kopf.

„Meinst du nicht, daß du's solltest?“

„Ich weiß nicht recht.“ Larry zögerte. „Manchmal denke ich, daß ich unbedingt mit ihnen reden muß, aber dann gibt es Tage, an denen ich mir nicht so sicher bin. Vielleicht mache ich dadurch alles nur noch schlimmer.“

„Wie meinst du das?“

„Arnie geht mir ja jetzt schon aus dem Weg.“

Belinda nickte. Auch sie hatte es bemerkt, als sich die ganze Familie neulich zum Sonntagsessen getroffen hatte. Arnie hatte still und verdrießlich gewirkt, anstatt sich wie gewöhnlich an dem lebhaften, kameradschaftlichen Gespräch zu beteiligen. Arnie schien sich sogar von der ganzen Familie zurückgezogen zu haben. Auch Marty hatte es bemerkt und sich gesorgt, ob er womöglich krank wäre und ein Aufbaumittel brauchte.

„Der Kleine selbst scheint ja guter Dinge zu sein", meinte Belinda.

Larry, der noch immer in Gedanken versunken war, hob den Blick.

„Ja, guter Dinge ist er zwar", antwortete er, „aber er gebraucht seinen Arm nicht richtig. Er tut fast alles mit der anderen Hand, wenn du ihn beobachtest."

Das hatte Belinda nicht bemerkt, doch sie hatte das Kind längst nicht so aufmerksam beobachtet wie Larry. Wenn sie es sich genauer überlegte, mußte sie ihrem Bruder recht geben.

„Wie steht es denn um Abes Arm, Larry?" fragte sie leise.

„Einer von den betroffenen Knochen ist im Ellbogen durch den Bruch verdreht worden. Ich vermute, daß der Bulle den Arm zwischen seinem Kopf und dem harten Boden erwischt und ihn da ganz kräftig geschraubt hat. Manche Bullen tun das. Es reicht ihnen nicht, mit dem Kopf zuzustoßen; sie wollen alles mit ihrem steinharten Schädel zermalmen."

Auch Belinda hatte schon Ähnliches gesehen.

„Dieser Knochen war also nicht nur gebrochen, sondern auch verschoben, und ich konnte ihn einfach nicht in die richtige Lage bringen. Ich habe gehofft und auch gebetet, daß er sich im Heilungsprozeß von selbst geradelegen würde, aber im Grunde wußte ich genau, daß dazu ein Wunder nötig wäre." Larry seufzte und schaute bekümmert drein. „Also, diesmal haben wir unser Wunder nicht bekommen", sagte er dann nüchtern.

„Und du meinst also, in der Stadt können sie ihm helfen und den Arm richten?"

„Ja, ich denke schon. Im Stadtkrankenhaus gibt es einen großen Ärztestab und die modernsten Apparate. Ich bin mir ganz sicher, daß sie dem Jungen helfen können.

Als ich noch in der Ausbildung war, durfte ich einem Chirurgen einmal bei einem ähnlichen Manöver zusehen. Unglaublich, wie erfolgreich er war!"

„Und tut es ... tut es arg weh?" fragte Belinda.

„Zugegeben, Schmerzen gibt es schon. Schließlich handelt es sich um einen frischen Knochenbruch; aber man hat heutzutage gute Beruhigungsmittel und gute Schmerztabletten. Und die Hauptsache ist, daß der Patient wieder heil wird. Die Schmerzen machen sich voll und ganz bezahlt, wenn Andrew seinen Arm wieder gebrauchen kann."

Belinda verstand Larrys Überlegungen gut. Wenn Andrew sein Sohn wäre, würde er alles tun, um ihm zu einem normalen, gesunden Körper zu verhelfen. Doch Andrew war nicht Larrys, sondern Arnies Sohn. Arnie hatte noch nie ertragen können, jemanden leiden zu sehen. Schon vor dem bloßen Anblick von Leiden schrak er zurück. Nein, Arnie würde sich nicht dazu durchringen können, jemandem Schmerzen zuzufügen, besonders wenn es sich um seinen eigenen Sohn handelte, und auch nicht, wenn dadurch letztendlich Genesung bewirkt würde.

„Was wird geschehen, wenn wir gar nichts unternehmen?" fragte Belinda.

Larry schüttelte den Kopf.

„Es wird immer schlimmer mit ihm werden. Mit der Zeit wird er den Arm vielleicht überhaupt nicht mehr bewegen können. Der Arm wird nicht mitwachsen; vielleicht wird er sogar leicht schrumpfen. Der Ellbogen wird mit großer Sicherheit steif bleiben. Kurz gesagt: der Junge wird mit einem verkrüppelten Arm leben müssen."

Belinda erschauerte. Sie erinnerte sich, vor Jahren einmal einen Jungen mit einer ähnlichen Behinderung gesehen zu haben. Sie war mit ihren Eltern zu Besuch in einer Nachbarstadt gewesen; aus irgendeinem Grund mußte ihre Kutsche auf der Straße haltmachen. Belinda hatte sich umgeschaut, während die Pferde ungeduldig schnaubten und die Köpfe in die Luft warfen.

Sie hatte interessiert die Schaufenster betrachtet und den Fußgängern in ihrer farbenfrohen Kleidung dabei zugeschaut, wie sie von einem Geschäft zum nächsten hasteten. Dann war ihr Blick auf einen Jungen gefallen, der an der Straßenecke Zeitungen verkaufte. Mit der einen Hand hielt er die neueste Ausgabe hoch, während er die Schlagzeilen ausrief und die Passanten zum Kauf der Zeitung aufforderte, doch es war sein anderer Arm, der Belindas Aufmerksamkeit auf sich zog. Seltsam verdreht hing er von der Schulter herab, und die Finger der absonderlich kleinen Hand waren stark gekrümmt.

Der Anblick hatte ihr einen heftigen Schrecken versetzt, und sie konnte sich nicht erklären, warum der Junge einen solch verformten Arm hatte. Selbst als Kind wurde ihr Herz von Mitleid erfüllt. Sie hatte Papa am Ärmel gezogen und ihn mit ausgestrecktem Zeigefinger gefragt, was nur mit dem Jungen dort los sei.

Aufrichtige Besorgnis hatte in Clarks Augen gestanden, als er ihren Arm zurückzog und sie eindringlich ansah.

„Er ist verkrüppelt, Belinda“, hatte er leise geantwortet. „Ich weiß nicht, wie's dazu gekommen ist, aber irgendwie hat sein Arm Schaden erlitten – weißt du, so wie mein Bein auch verletzt worden ist.“ Dabei hatte er sich auf die hölzerne Beinprothese geklopft. Belinda hatte ihren Vater aus großen Augen angeschaut. Das Holzbein war ihr ein so alltäglicher Anblick, daß sie es schon lange nicht mehr bemerkte.

Gerade in diesem Moment waren drei Jungen um die Ecke gerannt gekommen. Belinda hatte gesehen, wie sie vor dem Zeitungsjungen stehengeblieben waren. „Vielleicht wollen sie ihm helfen“, hatte sie gedacht, doch die Lausbuben hatten etwas völlig anderes im Sinn. Sie begannen, um den Zeitungsverkäufer zu tanzen und zu rufen: „Klauenhand! Klauenhand! Krüppelarm! Krüppelarm!“ Mit einem Ruck hatten sie ihm seine Zeitungen entrissen und sie auf dem Bürgersteig verstreut. Auch

Clark hatte es gesehen, und bevor Belinda wußte, was geschah, war er schon aus der Kutsche gesprungen. Die Bösewichte hatten ihn erblickt und sich wie der Blitz aus dem Staub gemacht.

Es hatte eine Weile gebraucht, bis Vater und der Junge die Zeitungen wieder aufgesammelt und zu einem Stapel geschichtet hatten. Dann hatte Belinda gesehen, wie ihr Vater dem Jungen einen Geldschein zugesteckt und sich eine Zeitung genommen hatte, bevor er wieder zur Kutsche zurückkehrte. Sein Gesicht war eisern und seine Augen voller Zorn gewesen.

Belinda war inzwischen in Tränen aufgelöst, und Clark hatte sie tröstend an sich gezogen, während Marty in der Tasche nach einem frischen Taschentuch gesucht und dabei empört von einer unverschämten Frechheit gesprochen hatte.

„Warum ... warum sind sie bloß so gemein zu ihm gewesen?“ hatte Belinda schluchzend ausgestoßen.

Kopfschüttelnd hatte ihr Vater geantwortet: „Das weiß ich nicht, meine Kleine; das weiß ich beim besten Willen nicht. Die Welt ist voller Boshaftigkeit. Dazu war sie beileibe nicht bestimmt, aber so ist das nun einmal. Deshalb ist es auch so wichtig, daß wir als Kinder Gottes niemals einem von seinen Geschöpfen Leid zufügen. Gott hat uns in diese Welt gestellt, damit wir helfen und lieben und heilen sollen, und wir müssen ganz besonders darauf achten, daß wir das auch tun, anstatt unsere Mitmenschen zu verletzen.“

Doch Belinda konnte dennoch nicht begreifen, was die Lausbuben dazu bewegt hatte, ihr böses Spiel mit dem Zeitungsjungen zu treiben, und sie konnte die Begebenheit einfach nicht vergessen. In der Zeit danach träumte sie oft davon, und wenn sie mitten in der Nacht weinend aufwachte, kam Marty an ihr Bett, um sie zu trösten.

Und nun ... nun sollte der kleine Andrew sein Leben lang ein Krüppel bleiben! Belinda verstand Larrys Besorgnis gut. Gewiß gab es eine Möglichkeit, das abzuwenden. Es mußte einfach einen Weg geben, um Arnie zur Vernunft zu bringen.

„Also, ich meine, daß wir keine andere Wahl haben“, sagte sie entschlossen. „Die Eltern müssen es erfahren. Sie sind die einzigen, von denen Arnie sich noch etwas sagen läßt.“

Belinda packte die sterilen Instrumente in sauberen Verbandsmull ein und legte sie in den Schrank zurück.

„Aber Arnie wäre böse auf mich. Ganz bestimmt“, wandte Larry nachdenklich ein.

Belinda nickte.

„Ja, eine Zeitlang bestimmt. Aber letztendlich wird er doch gewiß einsehen, daß wir das einzig Richtige getan haben. Gewiß, ganz gewiß wird er uns dankbar sein, wenn der Kleine wieder ... wieder ganz gesund ist.“ Belinda setzte sich neben Larry und verfiel ins Grübeln. „Es ist doch eine Schande, behindert zu sein, wenn es eigentlich gar nicht zu sein brauchte“, sagte sie dann traurig.

Larry nahm seinen Bleistift wieder zur Hand.

„Vielleicht hast du recht“, sagte er müde. „Vielleicht sollte ich mich nicht so leicht geschlagen geben. Wenn es doch nur eine Möglichkeit gäbe, Andrew zu helfen, ohne Arnie noch mehr Kummer zu bereiten!“

„Sonderbar“, dachte Belinda bei sich. „Andrew war derjenige, der den Unfall hatte und die Schmerzen auszuhalten hatte, aber sein Vater leidet am meisten darunter.“

„Es ist zu kalt, um heimzureiten“, sagte Larry am Freitag nachmittag, nachdem der letzte Patient verabschiedet worden war. „Ich hole das Gespann und bringe dich nach Hause.“

Belinda protestierte nicht. Der Buggy war zwar nicht viel wärmer, aber wenn sie auf Copper reiten würde, würden ihr die Hände und Füße taub werden und das Gesicht vor Frost schmerzen, bis sie die Farm ihrer Eltern erreicht hatte. Außerdem würde sich auf diese Weise die Gelegenheit zu einem Gespräch zwischen Larry und den Eltern ergeben, und Belinda war davon überzeugt, daß es höchste Zeit dafür war.

Unterwegs waren die beiden Geschwister recht schweigsam. Beide waren erschöpft; sie hatten sich ohnehin schon über das Wichtigste ausgetauscht, und zudem empfanden sie ihr Schweigen nicht als Last. Hin und wieder sprachen sie kurz über das eine oder andere, um dann wieder in Schweigen zu verfallen.

Ihre Mutter begrüßte sie an der Tür.

„Liebe Güte, Kind!" rief sie aus. „Ich hatte mir schon Sorgen um dich gemacht, daß du bei dieser Kälte losreiten würdest, aber Papa hat gemeint, wenn's zu arg wird, dann bleibst du sicher übers Wochenende bei Larry." Belinda hatte schon mehrmals das Wochenende in der Stadt verbracht.

Marty eilte in die große Küche voraus, um das Kaffeewasser auf den Herd zu stellen und frisches Brot aufzuschneiden.

Clark kam aus dem Stall zurück und setzte sich zu den anderen an den Tisch. Er rieb sich verstohlen den vor Frost schmerzenden Kniestumpf, doch Larry bemerkte es dennoch, ohne etwas zu erwähnen.

Belinda wußte, daß Larry mit seinen Eltern über Arnie und den kleinen Andrew sprechen wollte. Da es ohnehin für alle eine schwierige Unterhaltung werden würde, hielt sie es für besser, sich unter einem Vorwand zu entfernen. So entschuldigte sie sich damit, sich umziehen zu müssen, und stieg die Treppe hinauf zu ihrem Zimmer.

Sie ließ sich beim Umziehen Zeit; dann sorgte sie auf ihrer Kommode für Ordnung und räumte ein paar Schubladen auf. Schließlich ging sie in die Küche zurück. Die ganze Zeit über hatte sie still für ihre Lieben gebetet.

Larry und seine Eltern saßen noch immer am Küchentisch, als Belinda dazukam. Die Kaffeetassen waren leer beiseite geschoben worden. In den drei Gesichtern standen Besorgnis und Kummer. Martys Augen waren noch rot vom Weinen, und in den Händen wand sie gedankenverloren ein feuchtes Taschentuch. Clarks Hand ruhte auf der zerlesenen Familienbibel, und Belinda wußte, daß er darin Trost und Rat gefunden hatte.

Belinda schenkte sich ein Glas Milch ein und setzte sich zu den anderen an den Tisch.

„Wir haben eine nette Summe auf der hohen Kante", sagte Clark gerade leise, „und wir stiften sie gern. So eine Operation ist bestimmt ziemlich kostspielig, könnt' ich mir denken."

Clark nahm Martys Hand, und Belinda sah, wie die beiden stumme Botschaften miteinander tauschten: Clark bat Marty um ihre Zustimmung, die sie ohne Zögern gab.

„Ja, billig wird es nicht gerade werden: die Reise, das Hotel, die Operation – das alles kostet Geld. Aber von Geld hat Arnie gar nicht gesprochen. Die Kosten halten ihn nicht davon ab. Wenn er überzeugt wäre, daß die Operation nötig ist, würde er bestimmt keine Ausgabe scheuen. Morgen früh würde er mit Andrew losfahren. Selbst wenn er die ganze Farm deshalb verkaufen müßte", sagte Larry.

Clark nickte. Larry hatte vollkommen recht.

„Wir müssen ihm nur begreiflich machen, daß es mehr als nur eine Art von Schmerzen gibt", sagte Marty nachdenklich. „Andrew würde viel mehr unter einem nutzlosen Arm als unter der Operation selbst leiden."

Belinda fragte sich im stillen, ob ihre Mutter bei diesen Worten an den Zeitungsjungen an der Straßenecke gedacht hatte.

Unvermittelt sah Larry auf die Küchenuhr und stand auf.

„Ich muß nach Hause, bevor es dunkel wird", sagte er. „Habe den Jungs versprochen, noch eine Runde Halma mit ihnen zu spielen."

„Wir reden mit Arnie", versprach Clark. „Sobald, es geht, reden wir mit ihm."

Larry nickte. Gewiß würde Arnie auf seine Eltern, die

er in hohen Ehren hielt, hören. Larry schlüpfte in seine Winterjacke und eilte zu seinem Gespann ins Freie.

Clark und Marty sprachen tatsächlich bald mit ihrem Sohn. Auch Anne war zugegen; sie war ernsthaft erschrocken, von dem Zustand ihres Sohnes zu erfahren. Arnie hatte ihr gegenüber kein Wort davon erwähnt.

Obwohl Clark und Marty ihn drängten, Larrys Rat zu befolgen, hielt Arnie standhaft an seiner Weigerung fest. Sein Sohn, noch ein Kind, hatte genug gelitten. Sein eigener Vater durfte ihm nicht noch mehr Schmerzen zumuten. Und obendrein, wer wußte schon zu sagen, ob die Operation überhaupt gelingen würde? Larry selbst hatte zugegeben, daß es keine Garantie gab. Was, wenn der Kleine sich der Operation unterziehen mußte, und sich doch keine Besserung einstellte?

Bekümmert machten Clark und Marty sich wieder auf den Heimweg.

Am folgenden Sonntag kamen Anne und die Jungen allein zum Gottesdienst in die Kirche; für Arnies Fernbleiben brachte sie keine Erklärung vor. Nach dem Gottesdienst sagte sie nur, daß sie diesmal nicht zum gemeinsamen Sonntagsessen kommen würden.

Martys Kummer wurde noch größer. Nicht nur der traurige Zustand ihres Enkels, auch der Bruch innerhalb der einst so festgefügten Familiengemeinschaft machte ihr das Herz schwer. Sie wischte sich die Tränen aus den Augen und brachte das gebratene Sonntagshuhn auf den Tisch. Wo sollte das alles nur hinführen?

Ein anderer Schmerz

Die Lage verschlimmerte sich. Auch an den folgenden Sonntagen kam Arnie nicht zur Kirche. Anne brachte die Jungen ein paarmal, doch dann blieb auch sie den Gottesdiensten immer häufiger fern.

„Gewiß werden sie allesamt am Weihnachtssonntag kommen", sagte Marty zu Clark, doch auch darin sollte sie sich getäuscht haben. Wieder fehlten Arnie und seine Familie in der Runde, und Lukes Kinder brachten aus der Schule die Nachricht mit, daß sie zu Weihnachten nicht kommen würden; in diesem Jahr würden sie das Fest mit Annes Verwandten feiern.

Der Pastor stattete Arnie einen Besuch ab, doch er erhielt keine Erklärung für den plötzlichen Wandel. Allerhand „Unvorhergesehenes" hatte ihn vom Gottesdienstbesuch abgehalten, weiter nichts. Schließlich trat Arnie aus dem Kirchenvorstand zurück.

In der Hoffnung, irgend etwas bewirken zu können, besuchten Clark und Marty die Farm ihres Sohnes. Die Kinder begrüßten sie begeistert; Anne behandelte sie höflich, aber reserviert, und Arnie sogar regelrecht widerstrebend. Nach einem kurzen, befangenen Gespräch bei einer Tasse Tee machten Clark und Marty sich wieder auf den Heimweg. Sie waren noch bekümmerter als zuvor. Es schien keine andere Möglichkeit mehr zu geben, als abzuwarten und zu beten.

Marty war tief traurig.

„Ich hätt's mir ja nie träumen lassen", sagte sie zu Belinda, „daß uns jemals so etwas passieren würde. Hin und wieder hört man von solchen Sachen in anderen Familien – Streitigkeiten, die die ganze Familie auseinanderreißen; aber wer hätte je gedacht, daß so etwas bei uns eintreten würde?“

„Wissen die anderen Bescheid?“ fragte Belinda nüchtern. „Missie und Ellie und Cathy?“

„Ich hab’s ihnen geschrieben“, vertraute Marty ihr an. „Ich hatte ja so gehofft und gebetet, daß alles wieder gut werden würde, daß Arnie zur Vernunft käme … und schließlich habe ich gemeint, daß sie’s wissen sollten.“ Marty putzte sich die Nase. „Das Briefeschreiben ist mir noch nie so schwergefallen wie diesmal“, fuhr sie fort. „Es war sogar leichter, wegen Papas Unfall nach Hause zu schreiben.“

Belinda nickte.

„Luke ist auch schon bei Arnie gewesen. Wußtest du davon?“

Nein, das hatte Belinda nicht gewußt, doch es überraschte sie nicht.

„Das war noch vor Weihnachten. Er hat auch nichts ausrichten können.“

Marty dachte an den Austausch zwischen den beiden Brüdern zurück.

„Was hat Arnie denn gesagt?“ fragte Belinda leise.

„Eine Menge. Viel Gemeines. Sachen, die Arnie – unser alter Arnie – nie gesagt hätte.“

Marty wischte sich erneut die Tränen aus den Augen.

„Hat gesagt, daß das Ganze niemanden was angeht. Daß er und Anne ihren Andrew so liebhaben, wie er ist, ob andere ihn einen Krüppel nennen oder nicht. Hat gesagt, daß Larry als Arzt nichts taugt, wenn er noch nicht mal einen Armbruch so richten kann, wie sich’s gehört.“

Marty versagte die Stimme, und die Tränen rannen ihr nun ungehindert über die Wangen.

„Und dann hat er gesagt, daß alles im Grunde nur Lukes Schuld sei. Der hätte nie einen Bullen auf der Farm dulden sollen, dem man nicht über den Weg trauen kann.“

Nun traten auch Belinda die Tränen in die Augen. Sie konnte es kaum fassen, daß ihr Bruder Arnie, der freundliche, empfindsame Arnie, solch harte Worte sagen würde, die dazu noch völlig ungerechtfertigt waren. Arnie war immer so zartfühlend, so liebevoll gewesen. Der ganze Unfall mußte ihn ungemein hart getroffen haben, um einen völlig anderen Menschen aus ihm zu machen, überlegte sie.

„So bedrückt war ich in meinem ganzen Leben noch nie“, gestand Marty. „Meine lieben Kinder so verbittert zu sehen, ohne daß sie sich miteinander aussöhnen wollen, das ist fast mehr, als ich ertragen kann.“

„Und Papa? Wie nimmt er's hin?“ fragte Belinda.

„Ich hab' deinen Papa noch nie so arg leiden sehen. Nicht einmal sein Bein hat ihm derartig zu schaffen gemacht. Das Bein, das war bloß ... bloß Fleisch und Knochen, aber das ... das hier ist Fleisch und Blut“, schluchzte Marty, und Belinda begriff.

„Wie geht's Andrew?“ fragte sie nach einer Weile.

„Die Jungs sehen ihn in der Schule. Sagen, daß es ihm gut geht, wirklich gut, nur daß er seinen Arm kaum noch gebraucht. Sie haben auch erzählt, daß der Arm sich langsam seitlich verdreht. Jacob hat sogar seinetwegen eine Prügelei angefangen. Einer von den anderen Jungs hat sich über Andrew lustig gemacht. Jacob hat nicht mal sagen wollen, was er zu ihm gesagt hat. Die Lehrerin hat beiden Kampfhähnen eins auf die Finger gegeben und einen Brief an die Eltern geschrieben.“

Erneut mußte Marty sich schneuzen.

„Luke ist zur Schule gefahren und hat ein langes Gespräch mit Frau Brown unter vier Augen geführt. Sie hat viel Verständnis gezeigt, aber Jacob ist gewarnt worden, keine Prügeleien wegen Andrew mehr vom Zaun zu brechen.“

Marty schüttelte nachdenklich den Kopf.

„Vielleicht haben wir den Frieden und die Liebe in der Familie für viel zu selbstverständlich gehalten“, sagte sie. „Wenn eitel Sonnenschein in der Familie herrscht, denkt man oft gar nicht daran, welch ein Segen das ist. Eine

Familie, die zueinander hält, ist doch eins der wichtigsten Dinge im Leben!“

Auch Belinda fuhr sich über die feuchten Augen und stand auf, um eine Tasse aus dem Regal zu holen. Sie hatte ihren Vater draußen vor der Tür gehört und wußte, daß ihm eine Tasse Kaffee guttun würde, um sich wieder aufzuwärmen.

Nach langem Überlegen beschloß Marty schließlich, die Dinge selbst in die Hand zu nehmen. Sobald der scharfe Frost sich etwas gelegt hatte, bat sie Clark um das Gespann, zog sich warm an und machte sich auf den Weg zu Arnies Farm. Die Jungen waren in der Schule, und Anne war allein in der Küche. Sie schien aufrichtig erfreut über den Besuch ihrer Schwiegermutter zu sein und gab Marty zu verstehen, wie sehr sie sie vermißt hatte.

„Ich hab' euch alle auch schrecklich vermißt“, antwortete Marty geradeheraus. „Deshalb bin ich auch gekommen. Es ist einfach nicht richtig, wenn eine Meinungsverschiedenheit eine Familie auseinanderreißt. Die Jungen brauchen ihre Vettern und Basen – und ihre Tanten und Onkel – und die Großeltern auch. Und wir brauchen sie – und dich und Arnie. Es ist einfach furchtbar, wenn Zwiespalt in einer Familie herrscht.“

Anne nickte, ohne etwas zu erwidern.

„Ich bin gekommen, um mit meinem Sohn zu reden“, fuhr Marty fort. „Ist er daheim?“

„Er ist in der Scheune“, sagte Anne leise.

„Hat er mich kommen sehen?“ fragte Marty unumwunden.

„Ich denke, vielleicht ... vielleicht schon. Ja, er hat dich gesehen.“ Anne senkte den Kopf.

„Dann werde ich wohl in der Scheune mit ihm reden“, sagte Marty entschlossen und schlüpfte wieder in ihren Mantel.

„Nein. Nein, tu das nur nicht!“ wehrte Anne ab. „Ich

werde gehen. Ich hole Arnie und sage ihm, daß du mit ihm sprechen möchtest."

„Glaubst du, daß ..." begann Marty, und Anne nickte. Gewiß würde Arnie seiner Mutter ein Gespräch nicht abschlagen.

Arnie kam tatsächlich ins Haus. Sein Gesicht wirkte angespannt und sein Blick kühl, doch er nickte Marty zu, während er sich auf das gefaßt machte, was nun auf ihn zukommen würde.

Er setzte sich zu ihr an den Tisch und ließ sich von Anne eine Tasse Tee einschenken. Marty machte ein paar Bemerkungen über das Wetter und die Kinder und fragte Arnie, wie sein Vieh den Frost überstanden habe. Arnies Anspannung schien sich allmählich zu lösen.

Marty legte Arnie behutsam ihre Hand auf den Arm. Sie mußte größte Sorgfalt in dem walten lassen, was sie nun sagte. Sie kannte ihren Sohn Arnie nur zu gut.

„Arnie", sagte sie, und allen besten Vorsätzen zum Trotz füllten sich ihre Augen erneut mit Tränen. „Arnie, du bist seit jeher der Empfindsamste in der ganzen Familie gewesen ... hast dir alles am meisten zu Herzen genommen ... und dabei doch das wenigste darüber gesagt. Ich ... ich weiß, wie sehr du unter Andrews Unfall gelitten hast. Wir alle waren seinetwegen sehr bekümmert; wir haben den Jungen doch so lieb, aber du ... du hast am meisten von uns darunter gelitten."

Marty machte eine Pause. Arnies Blick war auf seine Teetasse geheftet, doch er hatte seine Hand nicht zurückgezogen. Marty schöpfte neuen Mut und fuhr fort: „Wir vermissen euch, Arnie ... dich und die Kinder und Anne. Wir brauchen euch – als Familie brauchen wir euch. Ihr fehlt uns einfach. Die ganze Familie ist nicht vollständig, wenn ihr nicht dabei seid. Wir spüren es alle. Es tut weh, sehr, sehr weh. So hat Gott es nicht vorgesehen."

Arnie regte sich, und Marty befürchtete, daß sie vielleicht zu vorschnell gesprochen habe. Sie nahm ihre Hand von Arnies Arm und schwieg eine Zeitlang. Dann fuhr sie zaghaft fort: „Wir haben dich unter Druck gesetzt, und das tut uns nun sehr leid. Wir hätten mehr Rücksicht auf deine Gefühle nehmen sollen. Wir wußten doch, daß du's nicht ertragen kannst, jemanden leiden zu sehen, den du liebst."

Dann schlug Marty eine andere Richtung ein.

„Nun, wir werden dich von jetzt an nicht mehr unter Druck setzen. Das versprechen wir dir. Andrew ist ein lieber, guter Junge. Es gibt keinen Grund, sich seiner zu schämen. Und vielleicht wird's mit dem Arm doch noch besser werden anstatt schlimmer. Gott hat schon größere Wunder als das vollbracht. Ob er aber nun den Kleinen heilen wird oder nicht, das macht keinen Unterschied. Er ist unser Junge; wir haben ihn lieb, und er fehlt uns."

Marty wartete auf eine Antwort, doch Arnie blieb stumm. Anne stand an ihrem Küchenschrank und weinte leise.

„Komm doch zurück, Arnie!" flehte Marty. „Bitte komm doch zu deiner Familie zurück! Und zu deiner Kirche auch! Wir haben dich lieb, Arnie. Wir brauchen dich. Bitte, Arnie. Bitte komm heim!"

Während sie noch sprach, rannen ihr die Tränen ungehindert über die Wangen, und plötzlich verzerrte sich auch Arnies Gesicht. Er vergrub den Kopf in den Armen und schluchzte verzweifelt. Marty schloß ihren gebrochenen Sohn in die Arme. Sie tröstete ihn und strich ihm über den Kopf, wie sie es oft getan hatte, als er noch ein Kind gewesen war. Dann gab sie ihm einen Kuß auf die Wange und schlüpfte wieder in ihren Mantel. Sie hatte alles getan, was sie konnte. Mehr war heute nicht auszurichten.

Arnie kam wirklich zurück. Am folgenden Sonntag kam er zum Gottesdienst, obgleich er etwas steif in der Bank zu sitzen schien. Die Kinder waren begeistert, endlich wieder in der Kirche zu sein, und Marty bemerkte einen stillen Hoffnungsschimmer in Annes Augen.

Arnie kam auch zum gemeinsamen Mittagessen zu Lukes Farm. Marty hatte allen nahegelegt, kein Wort mehr über den kleinen Andrew und die Operation fallenzulassen. Alle waren daher ein wenig ängstlich in dem, was sie sagten, so daß die Unterhaltung zuweilen recht stockend verlief, und die allgemeine Anspannung war so spürbar, daß es einem fast den Atem nahm.

Die Familie war nun wieder vollständig, zumindest äußerlich. Doch alles war anders geworden, ganz anders. Jeder bemühte sich nach Kräften, den Anschein zu erwekken, als sei alles wieder beim alten. Das Geplauder, die Scherze, das Nachfragen nach dem Wohlergehen eines jeden – das alles sollte die Familienmitglieder einander wieder nahebringen, doch der Versuch scheiterte kläglich. Nicht Einklang, sondern Uneinigkeit lauerte im Hintergrund, und nichts konnte das übertünchen. Die Einheit war zerbrochen. Alles war anders geworden.

Auf dem kurzen Heimweg sprach Marty mit Clark darüber. Sie sehnte sich danach, die alten Verhältnisse wiederherzustellen, wußte sich jedoch keinen Rat, wie sie das anstellen sollte. Es gab so viele unbeantwortete Fragen. Wieder weinte Marty mutlos vor sich hin.

Auch Belinda litt unter den Spannungen innerhalb der Familie. Schwer lastete der Kummer auf ihr, während sie ihrer täglichen Arbeit nachging. Zuweilen wünschte sie sich, allem entfliehen zu können, selbst wenn es nur für kurze Zeit war. Sie dachte oft daran, sich Urlaub zu erbitten, um eine Reise in den Westen anzutreten, doch dann wies sie den Gedanken stets wieder von sich. Larry brauchte sie. In einigen Monaten, so hatte sie gehört, sollte endlich ein zweiter Doktor kommen, und dann würde sie sich Urlaub nehmen können. Bis dahin würde sie einfach Geduld haben müssen.

Randy besuchte sie noch immer, sooft er Zeit dazu fand. Er hatte Belinda das Haus für die Kirbys schon mehrmals gezeigt. Belinda fand es einfach traumhaft, und sie bewunderte Randys Fähigkeiten als Baumeister. Randy freute sich über ihr Lob und wünschte sich insgeheim, ihr auch ein solches Haus versprechen zu können, doch damit würde er warten, bis seine Ersparnisse ausreichen würden, um sein Versprechen auch in die Tat umzusetzen.

Als die Kirbys in ihrem neuen Haus Einzug gehalten hatten, begann Randy den Bau eines Hauses für den Gemischtwarenhändler in der Stadt, wenn dieses Haus auch bei weitem nicht so großzügig angelegt war wie das erste.

Belinda kämpfte sich durch ihren Arbeitstag, so gut es ging; ihr einziger Lichtblick war die Gesellschaft ihrer Neffen und der kleinen Ruth. „Wie wunderbar Kinder doch sind", dachte sie oft. „Irgendwie schaffen sie es, die ganze Welt wieder in Ordnung zu bringen. Wenn wir alle doch nur mehr wie Kinder sein könnten!"

So verging ein langer Wintertag nach dem anderen, und Belinda sehnte sich nach dem Frühling. Doch eines Morgens geschah etwas völlig Unerwartetes, das der Eintönigkeit in Belindas Leben schlagartig ein Ende machte. Von der Bahnstation erreichte die Arztpraxis die Nachricht, daß jemand auf der Durchreise plötzlich ernsthaft erkrankt sei und dringend einen Arzt brauche. Larry machte sich eilig auf den Weg und bat Belinda, während seiner Abwesenheit alles für den Patienten herzurichten.

Belinda verlor keine Zeit. Sie bereitete ein Bett auf der Liege im Behandlungszimmer vor. Zwar wußte sie nicht, welcher Art die Erkrankung war und ob der Patient männlich oder weiblich, jung oder alt war, doch sie tat ihr Bestes, um alles bereit zu haben.

Es war eine ältere Frau, die reglos in Tom Hommels Kutschwagen zur Arztpraxis gebracht wurde. Belinda hatte noch nie jemanden wie sie gesehen. Ihre Kleidung war von ausgesuchter Eleganz, obgleich man ihr den Hut abgenommen hatte, um ihren Kopf auf ein behelfsmäßiges Kissen zu betten. Trotz Puder und Rouge war ihr

Gesicht aschfahl. Eine Pelzstola lag lose um ihre Schultern. Selbst in ihrer Bewußtlosigkeit wirkte sie rank und hochgewachsen – geradezu aristokratisch, fand Belinda. Einerseits war sie um die Gesundheit der Patientin besorgt, doch andererseits durchfuhr Belinda unwillkürlich eine prickelnde Vorahnung von Abenteuer und Aufregung.

Die neue Patientin

Während der nächsten Tage beanspruchte die Pflege der älteren Dame fast Belindas gesamte Zeit und Aufmerksamkeit. Zweimal befürchtete Larry, daß sie den Kampf um ihr Leben jeden Augenblick verlieren würde, doch dann erholte sie sich wieder von der Krise. Ihre Erkrankung diagnostizierte Larry als einen Schlaganfall; er sah mögliche unheilbare Lähmungserscheinungen an ihrer linken Körperhälfte voraus. Belinda hoffte, daß sich seine Befürchtungen nicht bewahrheiten würden, und täglich betete sie für die völlige Genesung dieser Patientin.

Drei Tage später kam ein fremder Gentleman auf das Haus des Doktors zu. Abbie öffnete ihm die Tür. Larry war gerade zu einem Hausbesuch außerhalb der Stadt unterwegs, und Belinda saß bei ihrer Patientin. Das Gespräch, das nebenan stattfand, konnte sie Wort für Wort verfolgen.

„Guten Tag, Madam", sagte der Mann höflich, und Belinda stellte sich vor, wie er dabei den Hut lüftete.

„Man sagte mir, daß Frau Virginia Stafford-Smyth in diesem Haus zu finden sei."

„Das ... das stimmt", antwortete Abbie. „Sie war auf der Durchreise mit der Bahn und wurde zu uns gebracht." Der Name der Frau war auf ihren Gepäckstücken aufgedruckt gewesen; außer ihrem Namen und ihrer Bostoner Adresse hatten sie allerdings bislang wenig über sie in Erfahrung bringen können.

„Isch bin gekommen, um sie zu sehen", brachte der Mann sein Anliegen vor.

Abbie zögerte.

„Sie ist … sie ist sehr krank. Mein Mann – der Arzt – möchte nicht, daß sie Besuch empfängt."

Belinda mußte beinahe gegen ihren Willen lächeln. Niemand in der kleinen Stadt kannte die Frau, so daß es höchst unwahrscheinlich war, daß jemand zu Besuch kommen würde, doch Abbie befolgte gewissenhaft Larrys Anweisungen, die er unter solchen Umständen zu geben pflegte.

Ein Schweigen entstand. Belinda vermutete, daß Abbie womöglich ihre Hilfe brauchte. Sie warf einen prüfenden Blick auf ihre Patientin und erhob sich von ihrem Platz neben der Liege in dem ohnehin schon von Möbeln und Instrumenten überfüllten Behandlungszimmer.

„Kann ich Ihnen behilflich sein?" erkundigte sie sich höflich, als sie die Haustür erreicht hatte. „Ich bin Frau Stafford-Smyths Krankenpflegerin."

„Bitte sehr", sagte der hochgewachsene Mann. Den Hut hielt er in den behandschuhten Händen. Er schien erleichtert zu sein, jemanden in verantwortlicher Stellung vor sich zu haben.

„Windsor ist mein Name; isch bin Frau Stafford-Smyths Butler", erklärte er in dem gestochenen Tonfall der Neuenglandstaatler. „Wir haben ein Telegramm erhalten, aus dem hervorging, daß sie krank geworden ist. Isch bin gekommen, um misch um alles zu kümmern."

„Ein Butler!" dachte Belinda überrascht. „Wer hätte je gedacht, daß wir hierzulande einen richtigen Butler zu sehen kriegen sollten!" Vor Aufregung klopfte ihr Herz schneller, doch mit der Würde ihres Berufsstandes sagte sie fest: „Frau Stafford-Smyth befindet sich in Dr. Davis' Behandlung. Ich fürchte, Sie werden sich seine Erlaubnis einholen müssen, bevor Sie sie besuchen. Sie ist ernstlich krank gewesen."

„So etwas Dummes!" sagte der Mann leicht ungehalten. Eine solche von der Großstadt Boston geprägte Sprechweise hatte Belinda noch niemals gehört.

„Nun habe isch schon eine lange Reise mit dieser entsetzlischen Eisenbahn hinter mir", fuhr er fort, „und dann sagen Sie mir, daß isch Madam nischt einmal sehen darf."

„Das tut mir leid", sagte Belinda. „Ich bin sicher, daß Dr. Davis Sie zu ihr läßt, sobald er wiederkommt, aber vorerst muß ich Sie um Geduld bitten."

„Nun gut", nickte der Mann und hob den Hut zu seinem spärlich behaarten Kopf, um ihn gleich darauf wieder sinken zu lassen. „Isch nehme an, man bekommt hier in der Stadt eine Unterkunft, nischt wahr?"

„Es gibt ein Hotel hier", antwortete Belinda, „drei Straßen weiter auf der Hauptstraße."

„Das kleine Haus ... ‚Roter Palast' oder so ähnlich heißt es?"

Die Spur eines Lächelns überflog Belindas Gesicht.

„‚Rosenpalast' heißt es. Ja, genau das meinte ich."

„Auf dem Weg hierher ist es mir aufgefallen", sagte der Mann. „Machte keinen allzu gediegenen Eindruck. Palast nennt es sisch? Lachhaft! – Nun, isch werde misch wohl oder übel damit begnügen müssen." Damit verabschiedete er sich und setzte sich den Hut auf.

Belinda schaute ihm nachdenklich nach. Nach all den Farmern und einfachen Kleinstädtern, die zur Behandlung in die Praxis kamen, erschien es ihr sehr sonderbar, eine Frau zu pflegen, die einen eigenen Butler hatte. Und noch seltsamer mutete es an, daß dieser Butler gekommen war, um sich „um alles zu kümmern". Wo blieb ihre Familie nur? Hatte man bei ihr daheim vielleicht keine Zeit, um ihr zu Hilfe zu eilen?

Doch sie durfte ihre Pflichten nicht vernachlässigen. Hastig ging sie zur ihrer Patientin zurück.

„Frau Stafford-Smyth", sprach sie sie leise an. „Hallo, können Sie mich hören? Windsor ist gerade hier gewesen, um Sie zu besuchen. Er ist Ihretwegen von Boston aus hierhergekommen – von Boston, wo Sie daheim sind."

Doch auch diesmal zeigte kein Flattern ihrer Augenlider an, daß die Patientin sie verstanden hatte.

„Du mußt einfach ständig mit ihr sprechen", hatte Larry zu ihr gesagt. „Vielleicht gelingt es dir irgendwann, sie aus ihrer Bewußtlosigkeit aufzuwecken." Daher sprach Belinda stets mit ihrer Patientin, während sie sie pflegte, doch bisher hatte sie keine Anzeichen von einem wiederkehrenden Bewußtsein entdecken können.

Als Larry zurückkam, berichteten Abbie und Belinda ihm von dem ungewöhnlichen Besucher, und nachdem er nach der Patientin gesehen hatte, machte Larry sich auf den Weg, um den Mann aufzusuchen. Belinda bezweifelte nicht, daß er ihn in dem kleinen Gasthaus mit Leichtigkeit ausfinding machen würde.

Sie sollte recht behalten, und wenig später kehrte Larry mit Windsor, dem Butler, zur Praxis zurück.

Larry führte ihn geradewegs zu Frau Stafford-Smyth, und Belinda trat beiseite, um ihn zu ihr zu lassen. Er beugte sich besorgt über sie, und Belinda sah, wie ihm die Farbe aus dem Gesicht wich.

„Es steht nischt gut um sie, nischt wahr?" flüsterte er.

Dann richtete er sich wieder auf und schüttelte den Kopf.

„Isch hatte gehofft, daß das Telegramm ihren Zustand übertrieben hätte."

Dann sah er sich um. Sein Blick fiel auf die Arznei- und Instrumentenschränke, den peinlich sauberen Operationsstisch, die beiden Behandlungsstühle, den kleinen Schreibtisch, den Stuhl aus Eichenholz und den Korb für Abfälle in der Ecke. Dann schaute er wieder auf die Liege mit den schneeweißen Laken und der weichen Wolldecke.

„Nein, so ein Unglück!" murmelte er. „Madam gehört einfach nischt in ein solches Zimmer." Dann beeilte er sich zu erklären: „Madam ist es gewohnt, in ihrem privaten Zimmer im Krankenhaus untergebracht zu werden."

„Hier bei uns gibt es leider kein Krankenhaus, fürchte ich", gab Larry Auskunft. „Eine bessere Unterkunft haben wir nicht zu bieten."

„Welsch eine Schande!" rief der Mann entrüstet, und

Belinda wandte sich ab, um ihr Schmunzeln zu verbergen.

„Sie hätte die ganze Reise nicht antreten sollen", meinte er, „aber sie hat ihren Willen einfach durschgesetzt. Madam kann manschmal schrecklisch dickköpfig sein." Er sagte es mit einem Kopfschütteln, als wolle er ein ungehorsames Kind ausschelten.

„Nun, jetzt bleibt uns wohl nischts anderes übrig, als das Beste aus der Kalamität zu machen."

Dann wandte er den Blick wieder zu Frau Stafford-Smyth. Sein Gesicht zeigte einen besorgten Ausdruck.

„Wie lange liegt sie denn nun schon so da?" fragte er.

„Sie ist am Dienstag hergebracht worden", gab Larry Auskunft. „Sie war während der Bahnfahrt plötzlich krank geworden, und man hat sie schnellstens zu mir gebracht."

„War sie von Anfang an bewußtlos?" fragte der Mann.

Larry nickte.

„Es hat kaum eine Veränderung gegeben", erklärte er.

„Schrecklisch!" sagte der Mann wieder.

Während Belinda den Raum leise verließ, hörte sie, wie Larry dem Butler Frau Stafford-Smyths Zustand erläuterte und wie dieser mit Zungenschnalzen darauf antwortete. Ein sonderbarer Zeitgenosse war er, doch er schien aufrichtig um die ältere Dame besorgt zu sein.

Belinda machte sich in der Küche an die Arbeit und trug wenig später ein Tablett mit einer Teekanne und Geschirr in die Stube. Dort stellte sie das Tablett auf den kleinen Tisch vor dem Sofa und ging in den Raum zurück, wo die Patientin lag.

„Verzeihung", sagte sie höflich, „ich dachte, daß Sie vielleicht gern eine Tasse Tee trinken würden." Sie warf Larry einen verstehenden Blick zu und deutete mit einem Kopfnicken zur Tür. Der Besucher sah aus, als hätte ihm soeben jemand eine Fahrkarte zurück in die zivilisierte Welt gereicht.

„Aber natürlich", sagte er. „Teezeit ist längst vorüber!"

Er folgte Larry aus dem Behandlungszimmer in die Stube.

Belinda füllte zwei Tassen mit dem kräftigen, dampfenden Tee. Der Gast nahm dankbar eine davon an und atmete das Aroma, das der Tee ausströmte, tief ein. Dann reichte Belinda ihm einen Teller mit Abbies Gewürzkuchen, und er nahm sich ein Stück davon. Sie war froh, dem Gast wenigstens in einem Punkte seine gewohnte Ordnung wiederherstellen zu können. Sie entschuldigte sich und ging wieder an ihre Arbeit zurück.

Windsor – Belinda wußte nicht, ob dieses sein Vorname, Nachname oder der einzige Name war, den er besaß – verbrachte die nächsten Tage in dem Hotel am Ort, bis er gewiß sein konnte, daß Frau Stafford-Smyth sich auf dem Wege der Besserung befand. Er besuchte sie häufig in dem kleinen Gastzimmer, das in der Zwischenzeit für sie hergerichtet worden war, und unterhielt sich dabei mit Belinda, während diese die ältere Dame pflegte.

Trotz seiner steifen Umgangsformen genoß Belinda seine Gesellschaft sehr. Zu ihrer großen Überraschung entdeckte sie, daß er sogar einen Sinn für Humor besaß. Er war treu und aufrichtig um Frau Stafford-Smyth besorgt; Belinda rechnete ihm dies hoch an.

Dennoch fragte sie sich manchmal im stillen, ob seine häufigen Besuche womöglich zum Teil mit dem Tee zusammenhingen, den sie ihm jedes Mal servierte. Der Tee im Hotel, so beklagte er sich, sei nur lauwarm und so schwach wie Regenwasser.

Belinda schmunzelte und achtete darauf, daß das Wasser sprudelnd kochte, die Teekanne heiß ausgespült war und der Tee recht lange durchzog.

Über ihre Patientin erfuhr Belinda nur wenig von dem wortkargen Butler, der es für höchst unangebracht hielt, seine Dienstherrin zum Gegenstand der Unterhaltung zu machen. Dennoch erwähnte er beim Tee hin und wieder Einzelheiten, die Belinda recht aufschlußreich fand:

Er war vor zweiundvierzig Jahren als junger Mann in ihre Dienste getreten und hatte seitdem seine Stellung nicht gewechselt. Herr Stafford-Smyth war ein vielbeschäftigter Anwalt in Boston gewesen, doch ein plötzliches Herzversagen hatte seinen frühen Tod herbeigeführt.

„Hat die Familie schon immer in Boston gewohnt?" erkundigte sich Belinda.

„Aber ja", antwortete der Butler rasch, als wäre allein der Gedanke an einen anderen Ort ein Verrat an jeder Kultur.

„Hat Frau Stafford-Smyth eine Familie?"

Der Mann schwieg einen Moment, um zu erwägen, ob diese Frage nicht allzu persönlich war, um sie guten Gewissens zu beantworten. Schließlich sagte er nur: „Sie hatte zwei Kinder. Das eine starb in frühester Jugend, das andere später als Erwachsener. Sie hat zwei Enkel im Ausland."

Die wortkarge Auskunft gab Belinda zu verstehen, daß sie keine weiteren Fragen mehr zu stellen hatte.

Am dritten Tag ihrer gemeinsamen Krankenwache regte sich Frau Stafford-Smyth. Zuerst machte sie einen völlig verwirrten Eindruck. Sie schien Belinda von sich wegschieben zu wollen und blickte verstört und ein wenig ängstlich um sich. Belinda war froh, daß der Butler zur Stelle war, um ihren Platz an dem Bett der Kranken einzunehmen. Als sie ihn erkannt hatte, sank ihr Kopf auf das Kissen zurück.

„Madam muß sisch ausruhen", sagte er leise, doch mit Bestimmtheit. „Sie sind sehr krank gewesen." Er nahm ihre Hand und hielt sie in seiner, bis sie sich ein wenig beruhigt hatte.

Belinda bot der Frau etwas Tee an, und sie trank in kleinen Schlucken. Larry war um sie besorgt gewesen, weil sie bislang kaum Flüssigkeit zu sich genommen hatte.

Sie blieb nicht lange wach, doch von nun an regte sie sich in regelmäßigen Abständen. Jedes Mal wirkte sie klarer bei Sinnen. Sie begann, mit Gesten um etwas zu bitten, und nach einigen Tagen versuchte sie zu sprechen, wenngleich es sie große Mühe kostete und undeutlich klang.

Nun wurde sie in ein Zimmer im Hotel gebracht, und nach einem Gespräch mit Larry und Frau Stafford-Smyth selbst beschloß Windsor, wieder nach Boston zu reisen, um dort ihren Haushalt zu beaufsichtigen.

„Nur keine Sorge ... die Schwester wird misch pflegen", gelang es der genesenden Patientin hervorzubringen, und Belinda begriff, daß ihre Pflegedienste weiterhin erwünscht waren. Da sie jedoch unmöglich rund um die Uhr Frau Stafford-Smyth versorgen konnte, übernahm Frau Mills die Nachtwache, und Flora Hadley sprang gelegentlich ein, wenn Belinda anderweitig dringend gebraucht wurde.

Langsam, aber stetig verbesserte sich Frau Stafford-Smyths Zustand mit jedem neuen Frühlingstag. Larry war sehr mit ihren Fortschritten zufrieden und nahm dankbar zur Kenntnis, daß sie ihre Sprache nun rasch zurückgewann. Allerdings hatte Frau Stafford-Smyth wenig mit ihrem wortkargen Butler gemeinsam und übte sich nahezu ohne Unterlaß im Sprechen. Sie liebte das Plaudern und ließ kaum einen Moment verstreichen, ohne sich mit Belinda zu unterhalten.

„Was hat er Ihnen eigentlisch über misch erzählt?" fragte sie eines Tages, und Belinda wußte, daß sie damit nur Windsor meinen konnte.

„Äußerst wenig", antwortete Belinda, während sie das Kissen aufschüttelte. „Er schien der Meinung zu sein, Butler sollten verschwiegen sein wie das Grab."

Frau Stafford-Smyth lachte auf.

„Haargenau! Das trifft ganz und gar auf meinen Windsor zu!"

Belinda schmunzelte über das „meinen Windsor". Es klang ein wenig seltsam, fand sie.

„Also, isch für meinen Teil bin alles andere als verschwiegen", sagte die ältere Dame. „Was möschten Sie denn gern wissen?"

Belinda lächelte.

„Alles, was Sie mir gern erzählen würden", antwortete sie lächelnd.

„Isch bin verwitwet", begann Frau Stafford-Smyth.

„Das hat Windsor mir schon gesagt."

„Was hat er noch gesagt?"

„Daß Ihr Mann ein namhafter Rechtsanwalt war. Daß er plötzlich an Herzversagen gestorben ist und daß Sie Ihre beiden Kinder verloren haben."

„Alle Achtung!" sagte Frau Stafford-Smyth. „Wie haben Sie ihm nur all das entlockt?"

„Ganz wohl war ihm dabei wohl nicht", schmunzelte Belinda, „aber mein Tee hat ihm ausgezeichnet geschmeckt." Sie lachten herzlich.

„Mein Mann war erst neununddreißisch, als er starb", sagte die Patientin dann nachdenklich. „So jung und eine so aussischtsreische Zukunft vor sisch!" Sie schwieg besinnlich, bevor sie fortfuhr: „Unsere Cynthia haben wir verloren, als sie zwei Jahre alt war. Keuchhusten war's. Damals lebte mein Mann noch, so daß er mir in meinem Kummer beistehen konnte, aber als unser Martin starb, mußte isch's ganz allein durchstehen."

„Das ... das tut mir sehr leid", sagte Belinda leise.

„Martin war erst zweiunddreißisch, als er starb. Er war mehrmals mit mir in Europa gewesen. Dort hat es ihm viel besser gefallen als in Boston, fürschte isch. Er hat sisch in eine junge Französin verliebt, und die beiden heirateten. Er hat sie nach Boston geholt, aber da hat sie sisch niemals rescht heimisch gefühlt; so hat es ein ständiges Hin und Her gegeben: Boston, Frankreisch, Boston, Frankreisch. Zwei Söhne hatten sie, aber sie sind leidenschaftlisch gern gereist, so daß die beiden Jungen mehr von Kindermädschen als von ihren Eltern großgezogen wurden. Eine praktische Sache, so ein Kindermädschen – wenn man ein gutes hat. Kinder zu haben heißt noch längst nischt, daß man sisch auch auf Kinder versteht."

Belinda war in diesem Punkt entschieden anderer Meinung, doch sie hielt an sich.

„Wie dem auch sei", fuhr Frau Stafford-Smyth fort, „während einer ihrer Europareisen hatten sie einen Unfall. Beide sind dabei umgekommen. Sie liegen in Frankreisch begraben. Isch bin unverzüglisch nach Europa gereist. Martin war der einzige gewesen, der mir noch geblieben war – außer seinen beiden Jungen. Isch habe sie zu mir geholt, und wir haben sie in meinem Hause großgezogen, meine Dienerschaft und isch – natürlisch nischt ohne ihre Kindermädschen. Nun sind die beiden erwachsene Männer, und isch bekomme sie kaum noch zu sehen. Zur Zeit sind sie in Frankreisch zu Besuch bei ihren Verwandten mütterlischerseits. Manschmal ist mir zumute, als hätte isch auch sie verloren."

Sie stockte, und Belinda befürchtete, daß sie in Tränen ausbrechen würde, doch statt dessen rückte sie sich auf ihren Kissen zurecht und hob das Kinn energisch in die Höhe.

„Deshalb reise isch viel", sagte sie. „So viel, wie isch nur kann. ‚Vagabundenleben' nennt Windsor das, und er hält absolut nichts davon. Meistens nehme isch meine private Pflegerin mit auf Reisen, doch diesmal ... also, wir hatten unsere Pläne gemacht und die Fahrkarten gekauft, als sie plötzlisch krank wurde. Ein Gallenleiden. Sie mußte operiert werden. Nun, nach einer Operation kann man nicht gleisch auf Reisen gehen, nischt wahr? Windsor und isch hatten eine große Auseinandersetzung deswegen. Er wollte, daß isch meine Pläne aufgab und daheim blieb. Isch habe ihm gesagt, daß isch alt genug bin, um für misch selbst zu sorgen." Sie lächelte. „Und dann bin isch einfach abgereist."

Sie schwieg.

„Sind Sie schon einmal in San Francisco gewesen?" fragte sie dann.

Belinda schüttelte den Kopf.

„Isch aber. Die weite Reise von Boston nach San Francisco habe isch gemacht, weil isch es unbedingt einmal sehen wollte." Wieder lächelte sie, doch dann wurde sie ernster. „Welsch eine lange, lange, staubige Reise das war! Und dann die Eisenbahnwaggons! Mansche haben vor Schmutz nur so gestarrt, und von Pünktlischkeit konnte auch keine Rede sein." Kopfschüttelnd dachte sie an ihre Reise zurück. „Aber sagen Sie nur Windsor kein Wort von alledem", fügte sie dann hastig hinzu. „Er fühlt sisch ohnehin schon in seinem Rescht bestätigt."

Belinda lächelte. Sie mochte Frau Stafford-Smyth; mit Unbehagen sah sie dem Tag entgegen, an dem diese nette Dame wieder abreisen würde. Vorläufig war sie jedoch von ihrer völligen Genesung noch zu weit entfernt, um die Reise antreten zu können.

„Ich meine, Sie sollten sich jetzt ein wenig ausruhen", schlug Belinda vor, und ohne Widerspruch ließ die Patientin sich zu Bett bringen. Belinda zog die Vorhänge zu, um das Zimmer vor dem hellen Sonnenlicht zu schützen.

Ein arbeitsreicher Sommer

„Du warst ja so beschäftigt, daß ich dich in letzter Zeit kaum gesehen habe", beschwerte sich Randy, und Belinda mußte ihm recht geben.

„Bei dir war es aber auch nicht anders", erinnerte sie ihn.

„Ich hoffe, daß die Arbeit mir bald mehr Zeit läßt", sagte er leise. „Jetzt, wo das Haus für den Gemischtwarenhändler fertig ist, könnte ich eine Pause gut gebrauchen, damit ich auch einmal zu anderen Dingen komme."

Belinda wußte nicht, was Randy mit „anderen Dingen" meinte. Vielleicht wollte er einfach nicht von morgens bis abends mit Bauarbeiten beschäftigt sein.

„Wie geht's denn deiner ganz besonderen Patientin?" erkundigte er sich.

„Oh, viel besser. Larry meint, daß sie sich wieder vollkommen erholen wird – jedenfalls so gut wie vollkommen. Ihre linke Seite wird ihr vielleicht immer ein wenig Schwierigkeiten bereiten. Nun ist es nur noch eine Frage der Zeit, bis sie wieder gesund ist."

„Eine Frage der Zeit?" sagte Randy mit einer Spur von Ungeduld in der Stimme. Dann faßte er sich schnell wieder und fügte langsamer hinzu: „Sie ist doch schon so lange hier bei euch, scheint mir."

„Der Meinung ist Frau Stafford-Smyth bestimmt auch", meinte Belinda.

Schweigend gingen sie nebeneinander her. Belinda genoß den warmen Sommerabend sehr. Sie kam nicht oft an die frische Luft, und Marty hatte bei ihrem letzten Besuch auf der Farm sogar eine Bemerkung über die ungewohnte Blässe ihrer Tochter gemacht.

„Dann wirst du also noch einige Zeit gebraucht werden?“ fragte Randy.

„Hm, sie ist bei weitem noch nicht imstande, die Reise zu machen – besonders nicht allein.“

„Könnte dieser Butler sie nicht abholen?“ schlug Randy vor.

„Das wäre ein wenig unpassend. Sie braucht noch immer Hilfe beim Ankleiden und dergleichen.“

„Und ihre Pflegerin? Ich meine, die Pflegerin, die an der Galle operiert worden ist?“

„Von ihr haben wir schon lange nichts mehr gehört“, erklärte Belinda. Es gehörte zu ihren Aufgaben, Frau Stafford-Smyth bei ihrem persönlichen Briefwechsel behilflich zu sein.

Belinda war über Randys Interesse an ihrer Patientin verwundert, doch bevor sie sich nach dem Grund dafür erkundigen konnte, hatte er bereits das Thema gewechselt.

„Am Sonnabend soll's ein Gemeindepicknick geben, habe ich gehört. Ich würde dich gern begleiten, wenn du Zeit dazu hast.“

Belinda brauchte nicht lange zu überlegen.

„Das wäre wunderschön!“ rief sie begeistert. „So etwas habe ich schon lange nicht mehr miterlebt. Vielleicht kann Flora mich ein paar Stunden ablösen.“

Zum ersten Mal lächelte Randy sie offen an. Wieder bemerkte sie die tiefen Grübchen in seinen Wangen. Sie hatte seine Gesellschaft vermißt, stellte sie zu ihrer eigenen Überraschung fest.

„Dein zweites Haus ist also fertig, sagst du?“ fragte sie, um die Unterhaltung fortzuführen.

„Gerade seit einer Woche.“

„Ich habe es noch gar nicht zu sehen bekommen“, beklagte sich Belinda.

„Von seinem Erbauer hast du in letzter Zeit ja auch nicht viel gesehen“, scherzte Randy. „Ich hatte schon ernsthaft erwogen, ob ich mir mit dem Hammer auf den

Daumen schlagen oder von der Leiter fallen sollte, um die Krankenschwester am Ort wiederzusehen."

Belinda errötete leicht, ging aber nicht auf den Scherz ein.

„Ich habe sogar meine Eltern schon seit Ewigkeiten nicht mehr gesehen", gestand sie.

„Nun, das wird sich am Sonnabend ändern", versprach Randy.

Auch Belinda lächelte. Sie freute sich riesig auf ihren freien Tag.

Tatsächlich gelang es Belinda, sich einen dienstfreien Sonnabend auszubitten. Frau Stafford-Smyth gab ihr die Anweisung mit auf den Weg, sich einmal richtig zu amüsieren, „wie es sisch für junge Mädschen gehört", und Belinda machte sich mit besonderer Sorgfalt für den Anlaß zurecht.

„Es ist wirklich schon lange her, seitdem ich zu einem Picknick gegangen bin", sagte sie sich, während sie ein Bad genoß und sich frisierte.

Gut gelaunt holte sie ihr Lieblingskleid hervor, ein duftiges, himmelblaues Baumwollkleid voller Schleifen und Rüschen. „Es paßt irgendwie zu meiner Stimmung", dachte sie, als sie sich im Spiegel betrachtete.

Sie war so zeitig fertig, daß sie beschloß, noch ein wenig mit der kleinen Ruth zu spielen, bis Randy kam. Sie hatte das Spielen mit ihrer Nichte vermißt.

Die beiden steckten gerade mitten in einem fröhlichen Guck-guck-Spiel, als sie von einer Männerstimme unterbrochen wurden: „Ein bezaubernder Anblick, muß ich sagen!"

Belindas Kopf fuhr in die Höhe. Sie hatte niemanden an die Haustür klopfen gehört.

Doch die Stimme kam von dem Eingang zu Larrys Behandlungszimmer. Belindas Blick wanderte über makellos gebügelte Hosenbeine, ein weißes Hemd mit hochgerollten Ärmeln zu breiten, jungen Schultern hinauf. Beim Anblick des Gesichts rief sie überrascht: „Jackson! Ich hatte ja keine Ahnung, daß du schon hier bist!“ Larry hatte ihr gesagt, daß Jackson kommen und ihm helfen würde, doch sie hatte nicht gewußt, daß er so bald eintreffen würde. Sie hatte ja völlig vergessen, wie hochgewachsen er war – und wie gutaussehend! Vor Verlegenheit errötete sie und wandte den Blick wieder auf die kleine Ruth.

„Meine Nichte“, stellte sie vor und befreite Ruths winzige Hand von der Spitze an ihrem Kleid, während Jackson den Raum betrat.

„Ja, ich habe die kleine Prinzessin schon kennengelernt“, sagte Jackson. „Ihre Tante dagegen war nirgends aufzufinden.“

„Ich ... ich hab' ja gar nicht gewußt, daß ... daß du wieder hier bist“, verteidigte sich Belinda.

Er setzte sich neben sie auf das Sofa.

„Genauer gesagt“, erklärte er, „bin ich erst seit Donnerstag hier, und die ersten zwei Tage habe ich bei meiner Mutter verbracht. Dann hat Larry gemeint, ich sollte mir die Praxis einmal anschauen und eine Liste von Apparaten und Instrumenten machen, die wir uns vielleicht gemeinsam anschaffen könnten.“

„Larry wird mächtig froh sein, dich hier zu haben“, sagte Belinda. „Er hat viel zuviel Arbeit.“

„Wie ich höre, ist es die Krankenschwester, die rund um die Uhr im Einsatz ist.“

Jackson betrachtete sie eingehend, während sie spürte, wie sich ihre Wangen röteten.

„Nein ... nein, das stimmt nicht ganz“, stotterte sie. „Heute habe ich sogar frei.“

„Ach, wirklich?“ sagte Jackson. „Das trifft sich ja glänzend. Das Inventar kann bis nächste Woche warten. Mutter hat gesagt, daß heute in der Gemeinde ein Picknick stattfindet. Ich würde zu gern einmal sehen, wie viele von unseren alten Kameraden noch da sind.“

„Gute Idee!“ meinte Belinda. „Unsere Leute würden

sich riesig freuen, dich nach so langer Zeit wiederzusehen."

„Dann laß uns gehen", gab er zurück, stand auf und bot ihr die Hand, um ihr von dem Sofa zu helfen.

„Aber ich ... ich ... ich kann nicht", stotterte sie und wehrte seine Hand ab.

„Du kannst nicht zum Picknick gehen? Du hast doch gerade gesagt ..."

„Ja, das habe ich. Ich wollte sagen, ich gehe zum Picknick, aber ich ... ich ..."

Ein Klopfen an der Tür ersparte Belinda eine weitere Erklärung. Sie hob die kleine Ruth auf und schickte sich an, die Tür zu öffnen. Wen sie dort im Eingang vorfinden würde, wußte sie genau, obwohl sie bezweifelte, daß er sich einen besonders günstigen Zeitpunkt für sein Erscheinen ausgesucht hatte.

Als Belinda die Tür geöffnet hatte, trat Randy mit einem kurzen, munteren Gruß ein. Beim Anblick Belindas in ihrem blauen, duftigen Kleid stieß er einen leisen Pfiff aus. Das Kleid betonte ihre blauen Augen, ihre porzellanfarbene Haut und die mit einem Hauch von Röte überzogenen Wangen.

„Haargenau meine Meinung", sagte eine tiefe Männerstimme, und Randy wandte den Blick von Belinda ab, um einen hochgewachsenen, gutgekleideten jungen Fremden zu sehen.

Die Röte auf Belindas Wangen vertiefte sich um eine Spur, als sie von einem zum anderen blickte.

„Randy", sagte sie, „darf ich dir Dr. Jackson Brown vorstellen? Und Jackson, dies ist Randolph Connel."

Einen Moment stand Randy schweigend da und musterte den Mann, der vor ihm stand. Dann trat er näher, reichte Jackson die Hand und sagte: „Herzlich willkommen in unserer Stadt, Doktor! Sie mögen es nicht geahnt haben, aber auf Sie warte ich schon seit langer, langer Zeit."

Jackson begriff nicht recht, was er damit sagen wollte,

doch er nahm die Hand, die Randy ihm reichte, und schüttelte sie.

„Entschuldigt mich einen Moment“, sagte Belinda. „Ich bringe Ruthchen zu ihrer Mama zurück und hole mein Schultertuch.“

Erst jetzt verstand Jackson. Ein dunkler Schatten fiel über seine Augen, doch dann straffte er seine Schultern. Obwohl seine Enttäuschung groß war, war er weit davon entfernt, die Flinte ins Korn zu werfen.

„Und wenn Sie mich entschuldigen würden“, sagte er zu Randy, „ich habe ein Inventar aufzustellen. Nett, Sie kennengelernt zu haben, Herr Connel.“ Damit wollte er wieder ins Behandlungszimmer gehen.

„Das Vergnügen war ganz meinerseits, Doktor“, sagte Randy, als Jackson den Türgriff schon in der Hand hielt.

Das Picknick verlief nicht so, wie Belinda es sich erhofft hatte. Es war deutlich zu spüren, daß die Spannungen innerhalb der Familie noch immer bestanden. Belinda hatte gebetet, daß sich im Lauf der Zeit alles wieder einrenken ließe, doch es war nur zu offensichtlich, daß es noch nicht soweit war. Zum ersten Mal in ihrem Leben dachte sie im stillen, daß ihre Mutter allmählich alt aussah. Martys Abgespanntheit überraschte Belinda. Sie hatte nicht erwartet, daß ihre Mutter sich in wenigen Monaten so sehr verändern würde.

Dann entdeckte Belinda den kleinen Andrew. Sein Zustand hatte sich sichtlich verschlechtert. Der Junge benutzte seine linke Hand kaum noch, und Belinda begriff, daß sich Larrys Befürchtungen bewahrheiteten.

Belinda blickte sich in der fröhlich plaudernden Runde um. Die meisten jungen Mädchen in ihrem Alter waren entweder schon verheiratet oder verlobt. Daher blieben ihr nur sehr wenige von ihren alten Schulfreundinnen zum Plaudern. Sie vermißte Amy und Melissa nun um so mehr.

Die schweigsame Heimfahrt enttäuschte Randy. Er hatte sich ein vertrautes Gespräch mit Belinda erträumt, doch er spürte, daß Belinda insgeheim bekümmert war, so daß er nicht taktlos erscheinen wollte.

„Dir scheint eine Laus über die Leber gelaufen zu sein", brachte er schließlich hervor.

Belinda antwortete mit einem Seufzen.

„Tut mir leid, daß ich heute nicht besser aufgelegt bin", entschuldigte sie sich. „Es ist nichts, wirklich nicht. Jedenfalls nichts Bestimmtes. Irgendwie kommt nur einfach eins zum anderen."

„Möchtest du dir's von der Seele reden?" fragte Randy. „Ich meine, das eine, das zum anderen kommt?"

Belinda lächelte anerkennend.

„Danke für die Nachfrage", sagte sie, „aber das möchte ich lieber nicht. Nicht heute. Ich muß erst in Ruhe über alles nachdenken."

Randy nickte verständnisvoll und kutschierte schweigend weiter.

Sie waren fast wieder daheim, als er sie mit einer Frage überraschte: „Dieser neue Arzt ... Doktor Brown? Kennst du ihn schon länger?" Er hatte Bewunderung für Belinda in den Augen des jungen Mannes gesehen, und er hatte sich vorgenommen, so viel wie möglich über den neuen Arzt in Erfahrung zu bringen.

„Wir ... wir sind zusammen zur Schule gegangen", antwortete sie. „Seine Mutter war meine Lehrerin. Sie unterrichtet noch immer an unserer Schule. Die Familie wohnt schon seit Jahren hier am Ort."

Randys Stirn legte sich in Falten.

„Und er wird von jetzt an mit dir arbeiten?"

„Er soll Larrys Assistent werden", antwortete sie nur.

„Wie denkst du selbst denn darüber?" bohrte Randy weiter.

Belinda dachte nach. Sie war sich nicht recht darüber im klaren, doch sie bemühte sich, eine aufrichtige Antwort zu geben: „Larry hat schon lange mit ihm gerechnet.

Jetzt wird er endlich mehr Zeit für seine Familie haben. Darauf hat er sich schon seit langem gefreut."

„Und du?"

„Ich ... ich werde wohl auch etwas mehr Freizeit bekommen", stotterte Belinda.

Randy lächelte. Genau das hatte auch er sich schon seit langer Zeit erhofft. Schweigend kutschierte er weiter. Dann kam ihm etwas anderes in den Sinn.

„Dieser Arzt ... ist er verheiratet?"

„Nein", antwortete Belinda.

„Hat er ein Mädchen?"

„Das ... das weiß ich nicht. Wir haben ja schon lange nichts mehr voneinander gehört."

Randys Blick verdunkelte sich. Etwas Ähnliches hatte er schon befürchtet. Er würde den jungen Arzt im Auge behalten müssen.

Große Verwirrung

„Und wie geht's Ihnen heute morgen?“ fragte Belinda Frau Stafford-Smyth, als sie ihr Zimmer betrat.

„Ach, welsch eine Wohltat, Sie wiederzusehen!“ rief die ältere Dame freudig. „Isch habe Sie über das Wochenende schrecklisch vermißt.“

„Hat es denn Schwierigkeiten gegeben?“ fragte Belinda besorgt. Sie hoffte sehr, daß alles ohne Zwischenfälle abgelaufen war.

Frau Stafford-Smyth schüttelte den Kopf und winkte mit schwacher Hand ab.

„Aber nein“, gestand sie. „Flora tut ihr Bestes, und diese nette Frau Sowieso auch, aber Sie haben mir halt gefehlt. Die beiden anderen scheinen einfach nie zu wissen ...“

Sie fuhr wortreich zu erzählen fort, und Belinda ließ sie reden. Sie war dankbar dafür, daß sich nichts Ernsthaftes ereignet hatte.

Belinda überprüfte den Puls und die Temperatur ihrer Patientin, während diese ihr das Herz ausschüttete. Ohne auf die Klagen einzugehen, glättete Belinda die Decke und fragte dann höflich: „Würden Sie gern ein Weilchen auf dem Stuhl am Fenster sitzen?“

„Und ob!“ antwortete die ältere Dame. „Dieses leidige Bett habe isch ja so satt!“ Dann beeilte sie sich hinzuzufügen: „Sehen Sie, genau das meine isch doch die ganze Zeit. Diese ... diese anderen zwei Frauen, denen wäre so etwas nie im Leben eingefallen. Die begnügen sisch mit dem Allernotwendigsten. Sie geben sisch überhaupt keine Mühe und wollen die Arbeit hinter sisch bringen, weiter nischts.“

„Ich bin ganz sicher, daß sie gewissenhaft arbeiten“, nahm Belinda die beiden anderen Pflegerinnen in Schutz. „Sie haben halt noch nicht viel Erfahrung in der Krankenpflege. Frau Mills hat seit Jahren ihre Nachbarn gepflegt, aber die meisten ihrer Fälle waren Mütter mit neugeborenen Säuglingen: Flora fängt ihre Ausbildung gerade an. Larry möchte eine zweite Krankenpflegerin zur Hand haben, damit ein Arzt und eine der Pflegerinnen ab und zu entlastet werden können. Er spricht sogar davon, ein drittes Mädchen auszubilden, damit er jemanden hat, an den er sich in Notfällen wenden kann. Frau Mills ist nicht mehr die Jüngste und wird die Krankenpflege früher oder später an den Nagel hängen.“

„Nun, das halte isch für eine glänzende Idee, Nachschub auszubilden. Wirklisch“, betonte Frau Stafford-Smyth, „aber Sie müssen selbst zugeben, daß mansch eine eben einfühlsamer ist als andere. Sie sind eine von diesen wenigen Begabten, Belinda. Sie scheinen immer genau zu wissen, wo den Patienten der Schuh drückt. Wie hart einem das Bett wird, wenn man tagelang liegen muß, haben Sie genau im Gespür.“ Dann beeilte sie sich hinzuzufügen: „Isch weiß, isch weiß, Ablösung muß sein. Niemand kann Tag und Nacht im Dienst sein – aber die Tage und Näschte, wenn Sie nischt hier sind, finde isch schrecklisch. Alles ist viel angenehmer …“

„Und wie geht's unserer Patientin heute morgen?“ erklang eine Männerstimme zugleich mit einem Klopfen von der Tür her.

Belinda erkannte Jacksons Stimme, bevor sie den Kopf wenden konnte, um dem hochgewachsenen jungen Mann Einlaß zu gewähren. Frau Stafford-Smyth schaute überrascht auf. Ihr Gesicht war ein einziges Fragezeichen.

„Frau Stafford-Smyth“, sagte Belinda, ohne Jackson direkt anzuschauen, „darf ich Ihnen Dr. Brown vorstellen, den neuen Kollegen meines Bruders? Und Dr. Brown, das ist Frau Stafford-Smyth aus Boston.“

Jackson kam näher und nahm die kraftlose Hand der

Patientin in seine. Mit geübtem Blick begann er, den Zustand der Frau einzuschätzen, ohne daß sie es bemerkte.

„Nun, wie fühlen Sie sich heute?“ fragte er sie mit aufrichtigem Interesse.

Sie antwortete nicht gleich. Statt dessen musterte sie ihn mit einem prüfenden Blick, der dem seinen ähnlich war, und studierte alles an ihm eingehend. Was sie sah, war ein sorgfältig gekleideter, gepflegt wirkender junger Mann mit aufmerksamen Augen und einem sympathischen Lächeln. Seine langen, schmalen Hände waren die eines geschickten Chirurgen. Sein Auftreten war nicht barsch und vereinnahmend. Er wirkte weder forsch noch unbeholfen. Sie mochte ihn auf den ersten Blick, obwohl ihrer Meinung nach niemand auf der ganzen Welt ihrem geschätzten Doktor Larry ebenbürtig sein konnte.

„Sie überraschen misch“, sagte sie schließlich. „Eigentlisch hatte isch meinen unübertrefflischen Doktor Larry zur Visite erwartet. Statt dessen habe isch einen gutaussehenden jungen Mann vor mir, der einen äußerst tüchtigen Eindruck macht. Wie kommt eine solsch kleine Stadt nur zu der hohen Ehre, zwei so bemerkenswerte Ärzte zu haben, wenn es in ganz Boston nischts als alte Kurpfuscher und junge Stümper gibt?“

Jackson lachte und tätschelte ihr gutmütig den Arm.

„Doktor Brown, sagen Sie“, fragte Frau Stafford-Smyth mit einem Seitenblick auf Belinda. „Wo haben Sie ihn nur aufgetrieben, meine Liebe?“

Belinda spürte, wie sich ihre Wangen röteten. Auch spürte sie Jacksons Blick auf sich ruhen. Wenn ihre Patientin sich nur nicht so unverblümt ausdrücken würde!

„Doktor Brown ist in unserem Ort aufgewachsen“, erklärte sie und bemühte sich dabei, ihrer Stimme einen ruhigen Klang zu geben. „Seine Mutter ist Lehrerin hier am Ort. Doktor Larry hat ihm hin und wieder geschrieben, als er noch im Studium steckte, und hat ihm zugeredet, hierher zurückzukehren.“

Die ältere Dame schaute Jackson erneut prüfend an.

Die Angespanntheit des Moments war ihr nicht entgangen.

„Trotzdem sage isch: ungerescht ist so etwas!“ protestierte sie gutgelaunt.

Nun wurde Jackson ernster und begann mit seiner Untersuchung. Er stellte der Patientin mehrere Fragen und notierte sich ihre Antworten auf einem Block, den er bei sich trug. Frau Stafford-Smyth gab bereitwillig Auskunft, und Belinda gewann den Eindruck, als genieße sie es, im Mittelpunkt des Interesses zu stehen.

„Es gibt eine neuartige Medizin, die ich gern ausprobieren würde“, erklärte Jackson der Dame. „In dem Krankenhaus, in dem ich ausgebildet wurde, hat man sie mit Erfolg angewandt. Ich werde Schwester Belinda die Dosierung erläutern.“

Frau Stafford-Smyth nickte zustimmend.

„Wenn ich mich nicht irre“, fuhr Jackson dann fort, „habe ich bei meinem Eintreffen hier etwas von Aufstehen und am Fenster Sitzen gehört. Darf ich Ihnen dabei behilflich sein, Frau Stafford-Smyth zurechtzusetzen, bevor ich wieder gehe, Schwester Belinda?“

Belinda nickte und stellte den Stuhl für die Dame ans Fenster. Dann wurde Frau Stafford-Smyth mit Jacksons Hilfe behutsam aufrecht gesetzt, und Belinda zog die Vorhänge beiseite und öffnete das Fenster, damit die Patientin die Frische des Sommertages genießen konnte.

Belinda dankte Jackson und wollte sich gerade wieder ihrer Patientin zuwenden, als Jackson sie mit einer Bitte überraschte: „Schwester, kann ich Sie einen Moment draußen sprechen?“

Belinda spürte Besorgnis in sich aufsteigen. Hatte er vielleicht etwas Ernstes an der Patientin bemerkt, das ihr selbst entgangen war? Doch dann kam ihr wieder die neue Arznei in den Sinn. Hatte Jackson nicht gesagt, er würde ihr die Dosierung erläutern?

„Ich komme sofort wieder“, versicherte sie Frau Stafford-Smyth. „Falls Sie etwas brauchen, rufen Sie nur ...“

„Unfug!“ sagte die Frau. „Mir fehlt nischts. So herrliche Luft wie heute hat mir ja schon seit Wochen nischt mehr um die Nase geweht!“

Mit einem Schmunzeln auf den Lippen folgte Belinda dem Arzt auf den Korridor.

„Es geht ihr wirklich erstaunlich gut“, meinte er, nachdem er die Tür hinter sich geschlossen hatte. „Sie muß eine erklassige Pflege genossen haben!“

„Ja, Larry hat wirklich ...“ begann Belinda, doch Jackson unterbrach sie: „Ich weiß, Larry ist ein guter Arzt, aber ich – nun, ich meinte eigentlich ihre Krankenpflegerin.“

Das Kompliment ließ Belinda erröten.

„Danke sehr“, flüsterte sie und senkte den Blick.

Jackson schaute sie an. Viele Jahre lang hatte er auf diesen Augenblick gewartet. Mit ihren blauen Augen, ihrem goldbraunem Haar und ihrer natürlichen Bescheidenheit war sie bezaubernder denn je. Auf einmal war ihm klar, daß er recht getan hatte, sich in der Stadt, in der er studiert hatte, kein Mädchen zu suchen. „Keine einzige von ihnen kann Belinda das Wasser reichen“, dachte er im stillen. So viele Jahre waren vergangen. Er verspürte eine tiefe Ratlosigkeit. Leise sagte er: „Ich würde mich freuen, wenn ich dich heute abend zum Essen einladen dürfte.“

Belindas Kopf fuhr in die Höhe. Mit dieser Einladung hatte er sie vollkommen überrumpelt.

„Ich ... ich dachte, du wolltest mir die neue Arznei erklären ... ich meine, wie man sie verabreicht ...“ stotterte sie.

„Ich habe sie nicht bei mir“, beeilte Jackson die Sache klarzustellen. „In der Praxis habe ich einen Karton davon. Ich werde ihn heute abend mitbringen, und dann werde ich dir die Einzelheiten erklären.“

In scincm Blick stand etwas Bittendes, und sie war ein wenig verwirrt. War es unerläßlich, die Verabreichung ausgerechnet beim Abendessen zu besprechen? Gehörte es zur Arbeit eines Arztes, die Krankenschwester zum Essen zu bitten, um mit ihr über einzelne Patienten zu sprechen? Doch bisher erstreckte sich ihre Erfahrung mit Ärzten nur auf Larry, und sie wohnten im gleichen Haus. Mit Larry hatte sie jederzeit über Patienten sprechen können. Vielleicht war es gar nicht so ungewöhnlich. Woher sollte sie es auch wissen? Mit einem Kopfnicken willigte sie ein. Sie ahnte, daß sich die Zusammenarbeit mit Jackson erheblich anders als die mit Larry gestalten würde.

„Also schön", sagte sie und fuhr sich mit der Zungenspitze über die trockenen Lippen.

„Wann ist dein Dienstschluß?" erkundigte er sich als nächstes.

„Frau Mills kommt um sieben."

„Bestens. Ich hole dich gleich um sieben ab."

„Aber ...", widersprach Belinda, „aber ich muß mich doch erst umziehen ... vor dem Essen, meine ich."

„Ach, natürlich!" lächelte er. „Wie dumm von mir! Wieviel Zeit wirst du brauchen?"

„Ich fürchte, es wird ein spätes Abendbrot ... ich meine, ein spätes Abendessen werden", meinte Belinda. „Bis dahin bist du längst verhungert!"

„Wie wär's", schlug er vor, „wenn wir beide gegen vier Uhr eine Kleinigkeit essen würden? Dann halten wir gut und gern bis acht Uhr durch."

Belinda war zumute, als hätte sie soeben an einer kleinen Verschwörung teilgenommen. Eigentlich klang der ganze Plan recht abenteuerlich. Schmunzelnd nickte sie.

„Ich werde in der Hotelküche eine kleine Mahlzeit für dich und Frau Stafford-Smyth bestellen", versprach er, und als Belinda protestieren wollte, winkte er ab.

„Bis später also!" sagte er mit einem Lächeln, das Belinda zugleich bestürzte und erfreute. Er legte ihr zum Abschied eine Hand auf den Arm; dann drehte er sich um und ging.

Belinda stand kopfschüttelnd da und schaute ihm nach, wie er sich mit langen Schritten auf dem Korridor entfernte. Bevor er um die Ecke bog, wandte er sich unvermittelt noch einmal um und winkte ihr zu. Sie errötete; sie hatte nicht erwartet, dabei ertappt zu werden, wie sie ihm nachschaute.

Dankbar für ihre Pflichten, die sie von ihrer Verwirrung ablenken konnten, kehrte sie zu ihrer Patientin zurück.

„Wie fühlen Sie sich?“ fragte sie zuvorkommend. „Werden Sie müde?“

„Ach wo!“ war die entrüstete Antwort. „Und kommen Sie mir bloß nischt auf die Idee, misch schon wieder in dieses schrecklische Bett zu schicken.“

Belinda lächelte und schüttelte das Kissen auf.

„Alle Achtung!“ fuhr Frau Stafford-Smyth fort. „Welsch ein netter junger Mann! Sie sind wirklisch ein beneidenswertes Mädschen, Belinda.“

Belinda hob den Blick von dem Bett, das sie gerade neu machte. Gerade wollte sie die ältere Dame fragen, was sie damit meinte, als Frau Stafford-Smyth fortfuhr: „Er mag Sie, wissen Sie. Das sieht man doch auf den ersten Blick. Kennen Sie ihn schon lange?“

Belinda wollte abwehren, doch sie wußte nicht recht, ob ein Leugnen der Behauptung der Wahrheit entsprach, so daß sie nur auf die Frage einging.

„Wir sind zwei Jahre lang zusammen zur Schule gegangen. Er war eine Klasse höher als ich, und nach seinem Abschluß zog er weg, um zu studieren.“

„Und haben Sie sisch schon für Krankenpflege interessiert, bevor Sie ihn kennenlernten, oder erst danach?“ fragte Frau Stafford-Smyth geradeheraus.

Belinda spürte, wie ihr die Wangen heiß wurden, und ihre Antwort war eine Spur zu hastig: „Vorher schon. Ich wollte schon immer Krankenschwester werden. Als Larry merkte, wie ernst es mir damit war, versprach er mir, mich auszubilden. Damals war ich noch ein kleines Mädchen.“

Die ältere Frau lächelte und nickte dann.

„Sehen Sie, isch hatte rescht. Guten Krankenschwestern liegt der Beruf im Blut.“

Eine Zeitlang schwiegen beide. Belinda machte Ordnung im Zimmer, während Frau Stafford-Smyth aus dem Fenster in den hellen Sommertag hinausschaute.

„Isch muß zugeben", sagte sie dann nachdenklich, „daß das meine Pläne vollkommen durscheinanderbringt."

„Durcheinanderbringt? Wie meinen Sie das?" erkundigte Belinda sich leichthin.

„Isch hatte gehofft, bald nach Hause reisen zu können."

„Die neue Arznei wird Sie nicht davon abhalten, falls Sie das meinen", versicherte Belinda ihr. „Ganz im Gegenteil, vielleicht können Sie um so früher abreisen, wenn Sie die Arznei nehmen."

Ein Funke von Vorfreude leuchtete in Frau Stafford-Smyths Blick auf, doch dann wurde sie wieder ernster.

„Isch ... isch hatte mir schon vor längerer Zeit vorgenommen, Sie zu fragen, ob Sie misch begleiten würden."

Belinda stockte der Atem. An diese Möglichkeit hatte sie bisher nicht im entferntesten gedacht. Sie war überwältigt und wußte nicht recht, was sie sagen sollte.

„Sie meinen ... ob ich mit Ihnen mit der Eisenbahn fahren würde ... nach Boston?" stotterte sie.

„Genau das, wenn es Ihnen nischts ausmacht."

„Liebe Güte", sagte Belinda. „Ich hätte mir nie träumen lassen, daß ich Boston je sehen würde."

„Nun? Was meinen Sie?" fragte Frau Stafford-Smyth.

„Ich ... ich weiß selbst nicht. Wie wird Larry nur ..."

„Er hätte doch Flora, und dann ist da noch dieses neue Mädschen, das er ausbilden will. Das haben Sie doch selbst gesagt."

„Schon, aber ... aber das neue Mädchen hat noch nicht einmal angefangen, und Flora ... also, Flora ist noch nicht soweit, daß sie die ganze Arbeit übernehmen kann ..."

„Bis zu meiner Abreise ist es noch eine ganze Woche, und außerdem gibt es jetzt zwei Ärzte hier. Sie können sisch gegenseitig ablösen."

Damit hatte sie völlig recht.

„Vielleicht würde es gehen ... wenigstens für eine kurze Zeit“, meinte Belinda. „Wie viele Tage dauert die Bahnreise?“

Frau Stafford-Smyth antwortete nicht gleich. Sie zögerte und sah Belinda prüfend an. Dann sagte sie langsam: „Das ist ja gerade die Schwierigkeit. Isch wollte Sie eigentlisch in Boston bei mir behalten – als meine private Pflegerin, aber jetzt kommt dieser gutaussehende Doktor daher und hat offensischtlisch andere Pläne für Sie.“

Nun röteten sich Belindas Wangen tief.

„Oh, ich ... ich bin sicher, daß Sie sich irren. Wir sind nur befreundet, weiter nichts. Jackson ... ich meine, Dr. Brown und ich waren Klassenkameraden, keine ... keine ...“ Sie geriet beschämt ins Stocken.

Frau Stafford-Smyth machte keinen sehr überzeugten Eindruck.

„Haben Sie einander geschrieben?“ erkundigte sie sich.

„Ja ... eine Zeitlang jedenfalls“, gestand Belinda wahrheitsgemäß.

„Ist er als verheirateter Mann zurückgekommen?“

„N-nein.“

„Hat er ein anderes Mädchen erwähnt?“

„Nein“, erklärte Belinda eilig, „aber wir haben einander schon länger nicht mehr geschrieben. Es ist gut möglich, daß er inzwischen ein Mädchen ...“

Doch Frau Stafford-Smyth lächelte nur wissend und sagte: „Also, isch für meinen Teil finde, der Fall ist sonnenklar.“

Belindas Gedanken begannen sich zu überschlagen. Was hatte Frau Stafford-Smyth da gesagt? Nach all den Jahren konnte Jackson doch unmöglich daran denken ... Warum hatte er sie zum Essen eingeladen, wenn er den Fall ebensogut mit ihr in der Praxis oder in dem Krankenzimmer besprechen konnte? Was ging nur vor? Ach, du liebe Zeit! Doch da sprach Frau Stafford-Smyth schon weiter.

„Sollte isch misch irren – oder sollten Sie trotzdem Interesse haben, so gilt mein Angebot“, sagte sie. „Isch würde Sie gern als Reisegefährtin mit mir nehmen und Sie so lange als Privatpflegerin bei mir in Boston einstellen, wie Sie möschten. Über das Gehalt sprechen wir, wenn Sie Sie sisch entschlossen haben. Isch will Sie nischt drängen, aber es wäre mir eine Freude, wenn Sie mein Angebot annehmen würden.“

Belinda konnte nur ungläubig den Kopf schütteln. Alles klang wie ein Traum.

„Also“, sagte sie zögernd, „ich ... ich glaube, ich würde mit dem größten Vergnügen die Reise machen, aber bei Ihnen zu bleiben ... also, das ist eine andere Sache. Ich bin noch nie von daheim fortgewesen ... und ... irgendwie denke ich, daß ich hier gebraucht werde. Larry braucht mich, und ... und Mama auch. Jetzt, wo alles ... jetzt, wo Dr. Brown hier ist und es Ihnen viel besser geht, wollte ich eigentlich mehr Zeit daheim bei meinen Eltern verbringen. Ich ... ich weiß einfach nicht recht ...“ Sie verstummte.

„Nun, lassen wir die Sache vorerst auf sisch beruhen“, schlug Frau Stafford-Smyth vor.

Belinda war froh, den überwältigenden Gedanken von sich schieben zu können, um sich ihrer Arbeit zuzuwenden.

Pünktlich um vier Uhr klopfte es an die Tür, und ein junges Mädchen von der Hotelküche trat beiseite, als Belinda die Tür öffnete.

„Das soll ich Ihnen um vier Uhr bringen“, sagte sie.

„Aber ... ach, ja, natürlich“, sagte Belinda. Sie hatte Jacksons Versprechen völlig vergessen. Sie nahm das Tablett entgegen, dankte dem Mädchen freundlich und ging ins Zimmer zurück.

Frau Stafford-Smyth, die inzwischen wieder in ihrem Bett lag, warf ihr einen verwunderten Blick zu.

„Das hat Doktor Brown bestellt“, erklärte Belinda. „Er hat gemeint, daß eine kleine Zwischenmahlzeit keine schlechte Idee wäre.“

„Welsch ein aufmerksamer junger Mann!“ sagte die Patientin anerkennend. Sie betrachtete das Tablett mit dem heißen Tee, Gebäck und frischem Obst. „Das sieht aber gut aus, nischt wahr? Würden Sie mir aufhelfen?“

Belinda sah ihre Patientin überrascht an. Frau Stafford-Smyth, die bisher stets zum Essen gedrängt werden mußte, schickte sich nun an, ihre Zwischenmahlzeit mit Appetit zu verspeisen.

„Das hätten wir schon längst versuchen sollen“, dachte Belinda im stillen. „Ein Teetablett wäre für sie vielleicht verlockender als eine volle Mahlzeit gewesen.“

Belinda füllte zwei Tassen mit dem dampfenden Tee. Frau Stafford-Smyth bat um Sahne und Zucker, und dann ließen die beiden Frauen sich die Köstlichkeiten auf dem Tablett schmecken. Es war beinahe wie ein kleines Fest, und Belinda hörte mit Interesse zu, wie die muntere Frau Stafford-Smyth von den Tanztees in ihrem Bostoner Haus erzählte.

„Ich muß Jackson – Doktor Brown – unbedingt sagen, wie gut ihr der Tee getan hat“, dachte Belinda.

Vielleicht würde es nun tatsächlich nicht mehr lange dauern, bis die Dame wieder zu ihrem geliebten Heim in Boston zurückkehren konnte.

Ein Abend mit Doktor Brown

Belinda hatte ausreichend Zeit, um ein Bad zu nehmen, sich zu frisieren und sich mit Sorgfalt anzukleiden. Als sie der Familie im Haus ihre Pläne für den Abend mitgeteilt hatte, mußte sie ein paar Scherze von ihren beiden kleinen Neffen und ein gutgemeintes Schmunzeln von ihrem Bruder über sich ergehen lassen. Sie hatte abgewehrt und alle davon zu überzeugen versucht, daß es sich um nichts weiter als ein Gespräch zwischen Arzt und Krankenschwester über eine Patientin handelte, doch im Grunde ihres Herzens war sie nicht einmal selbst so recht davon überzeugt.

Während sie noch überlegte, daß es keinen Grund gab, sich besonders festlich zu kleiden, holten ihre Hände auch schon ein weiches, duftiges Kleid aus rosafarbenem Taft hervor. Sie wußte sehr wohl, daß dies ihr hübschestes Kleid war. Sie schlüpfte hinein und stellte sich vor den Spiegel, um sich zu einer passenden Frisur zu entschließen.

Sie hatte soeben einen Tropfen Parfüm auf ihre Ohrläppchen gegeben, als sie ein Klopfen hörte. Larry führte Jackson in die Stube. Belinda spürte, wie ihr Herz schneller schlug, weil dieser Abend ein besonderes Erlebnis zu werden versprach. In den letzten Monaten hatte Belinda kaum je eine Gelegenheit zum Ausgehen gehabt. Mit pochendem Herzen und geröteten Wangen wartete sie darauf, von Larry gerufen zu werden, bevor sie ihr Zimmer verließ.

Obgleich Jackson ihr kein Kompliment mit Worten machte, standen in seinen Augen Anerkennung und Bewunderung, als er die bezaubernde junge Dame, die nun vor ihm stand, betrachtete. Es drängte ihn, mit ihr allein zu sein, um ihr zu sagen, wie geehrt er sich durch ihre Gesellschaft fühlte.

Belinda ging gemessenen Schrittes an seiner Seite, obwohl sie es kaum erwarten konnte, endlich ihren Platz in der Gaststube einzunehmen. Womöglich breitete es sich bald wie ein Lauffeuer in der Kleinstadt aus, daß sie mit dem neuen Arzt ausgegangen war.

Die beiden jungen Leute genossen die gemeinsame Mahlzeit und führten eine angeregte Unterhaltung. Jackson erzählte Belinda von seinen Erfahrungen als Student und von den zahllosen neuen Arzneien und Verfahren, die entwickelt wurden.

„Die Medizin als Wissenschaft macht so atemberaubende Fortschritte, daß wir Ärzte kaum mithalten können“, sagte er mit aufrichtiger Bewunderung in der Stimme.

Seine Begeisterung wirkte mitreißend. Einen Moment lang verspürte Belinda wieder das alte Bedauern: „Wenn ich doch nur ein Junge wäre“, dachte sie. „Dann könnte ich auch Arzt werden!“ Doch sie schob den Gedanken schnell wieder von sich.

Als eine Pause im Gespräch entstand, wagte Belinda eine Frage. Sie wußte nicht recht, ob es sich für sie als Krankenschwester schickte, den Arzt bezüglich einer Patientin anzusprechen; mit Larry hatte sie stets offen über alles reden können.

„Meinst du ... meinst du, daß Frau Stafford-Smyth wieder ganz gesund wird?“ fragte sie ein wenig zaghaft.

„Nachdem ich Larrys Krankenberichte gelesen und die Patientin heute selbst untersucht habe, würde ich sagen, daß ihre Genesung erstaunlich schnell fortschreitet“, antwortete er, ohne zu zögern.

Belinda atmete auf. Sie war erleichtert darüber, daß ein junger Arzt, der im Bereich der Medizin auf dem neuesten Stand war, Larrys Meinung teilte. Sie hatte ihre Patientin trotz deren vornehmer Herkunft ins Herz geschlossen.

„Sie eine Weile am Fenster sitzen zu lassen war eine ausgezeichnete Idee“, lobte Jackson. „Hat es sie sehr angestrengt?“

„Sie hat mich mit ihrer Ausdauer überrascht, aber ich habe sie bald wieder zu Bett gebracht, weil ich ihr nicht zuviel zumuten wollte.“

„Klug von dir“, meinte Jackson. „Sie wird ihre Kräfte nun schnell wiedergewinnen, solange sie keinen Rückfall erleidet.“

„Sie fängt an, über ihre Heimreise nach Boston zu sprechen“, sagte Belinda nachdenklich.

„Heimreise? Das ist vielleicht ein wenig verfrüht – es sei denn, sie hat jemanden, der sie begleiten würde. Selbst dann würde ich dazu raten, noch ein oder zwei Wochen damit zu warten.“

Ein oder zwei Wochen? Das war nicht sehr lange.

„Jemand hat von einer Begleiterin gesprochen“, fuhr Jackson fort.

„Ja“, antwortete Belinda, „aber wir haben kürzlich einen Brief von ihr bekommen. Sie hat sich noch nicht recht von ihrer Operation erholen können. Sie wird nicht kommen.“

„So? Frau Stafford-Smyth kann aber auf keinen Fall allein reisen, jedenfalls vorläufig nicht“, sagte Jackson nüchtern. Dann erhellte sich sein Gesicht. „Vielleicht läßt sich etwas arrangieren. Ich würde dich gern so bald wie möglich von deinen langen Dienststunden befreien.“

Belinda sah auf.

„Mir hat ihre Pflege eigentlich viel Freude gemacht“, sagte sie.

„Gewiß. Und du hast deine Sache hervorragend gemacht. Aber irgendwann kommt ein Punkt, an dem andere Dinge den Vorrang haben – meinst du nicht auch?“ Jackson warf Belinda in dem weichen Lampenlicht ein Lächeln zu.

Sie nickte. Vielleicht war es tatsächlich an der Zeit für andere Dinge, aber darüber sagte sie nichts zu Jackson.

Irgendwie hatte sie das unbestimmte Gefühl, als hätten sie und Jackson etwas sehr Unterschiedliches im Sinn. Sie überlegte, was er wohl dazu sagen würde, wenn sie ihm von Frau Stafford-Smyths großzügigem Angebot erzählen würde. Doch dies war womöglich nicht der geeignete Zeitpunkt dafür. Schließlich brauchten die beiden Ärzte eine Krankenschwester in der Praxis, und Flora war noch nicht in der Lage, die Pflege voll zu übernehmen. Nein, sie würde Jackson nichts von der Möglichkeit sagen, daß sie eventuell um einen längeren Urlaub bitten würde. Jedenfalls vorläufig noch nicht.

„Und wegen der Arznei für Frau Stafford-Smyth ...“, begann Belinda, doch Jackson unterbrach sie mit einem Lachen.

„In meiner Eile, ein zauberhaftes junges Mädchen abzuholen, habe ich vergessen, einen Vorrat davon mitzubringen. Ich werde sie morgen früh mitbringen, wenn ich bei Frau Stafford-Smyth zur Visite komme.“

„Ach, dann ... dann wirst du also morgen wiederkommen?“ fragte Belinda schüchtern.

„Larry und ich haben die Krankenblätter gemeinsam sortiert, und Frau Stafford-Smyth gehört zu den Patienten, deren Behandlung ich übernehmen soll“, antwortete Jackson.

Belinda nickte.

„Und die Dosierung für die Arznei?“ fragte sie.

„Furchtbar einfach: dreimal täglich eine Tablette – morgens, mittags und abends – mit Wasser reichen.“

Belinda starrte ihn verwundert an. Hatte er nicht angedeutet, daß die Verabreichung der neuen Medizin außerordentlich schwierig war? Oder irrte sie sich?

Doch Jackson hatte schon das Thema gewechselt und sprach darüber, wie gern er ein wenig Bildung und Kultur in der Kleinstadt aufblühen sehen würde.

„Es wäre doch ungeheuer bereichernd und unterhaltsam“, meinte er, „hin und wieder ein Theaterstück oder ein Konzert besuchen zu können.“ Obwohl Belinda bisher noch nie in einen solchen Genuß gekommen war, pflichtete sie ihm aus ganzem Herzen bei.

„Obendrein würde das uns Junggesellen auf Freiersfüßen die Sache wesentlich erleichtern", fuhr Jackson mit einem amüsierten Lächeln fort. „Was hat man auch einer jungen Dame sonst zu bieten außer einem Spaziergang an der frischen Luft oder einer Kutschfahrt durch die Umgebung?"

Ob Jackson jemandem den Hof machte? Er konnte doch unmöglich Belinda selbst damit meinen! In ihrem Kopf überschlugen sich die Gedanken. Um ihre Verwirrung zu verbergen, bemühte sie sich, einen Scherz zu machen: „Nun, immerhin gibt es da die Frühlingsvorstellungen vom Schultheater." Sie war erleichtert, als sie gemeinsam lachten und Jackson von anderen Dingen sprach – oder zumindest glaubte sie, daß das zutraf.

„Der junge Herr Connel macht einen netten Eindruck", meinte er.

„Oh ja", stimmte Belinda nichtsahnend zu. „Das ist er auch!"

„Kommt er aus dieser Gegend, oder ist er zugezogen?"

„Er ist hier aufgewachsen. Hat sogar unsere Schule besucht. Das muß wohl gewesen sein, bevor ihr gekommen seid. Er war ein paar Klassen über mir. Dann ist er von hier fortgegangen, um bei seinem Onkel in die Lehre zu gehen."

„Ist er zu Besuch hier?"

„Aber nein, er wohnt jetzt wieder hier."

„Was ist er von Beruf?"

Belinda fand es außerordentlich nett von Jackson, ein solches Interesse an Randy zu zeigen.

„Er baut Häuser", antwortete. Der Gedanke an das elegante Haus, das Randy im Auftrag der Kirbys errichtet hatte, ließ ihre Augen aufleuchten. „Er hat ein fabelhaftes Haus gebaut", erzählte sie voller Begeisterung. „Für die schwierigsten Arbeiten hat er sich einen Gehilfen eingestellt – die Giebel und das Stuckwerk, weißt du. Alles andere hat er ganz allein gebaut."

„Ist es das Haus oder der Erbauer, der deine Augen so strahlen läßt?“ fragte Jackson leise.

Belinda errötete.

„Vielleicht ist es das Lampenlicht, das sich in meinen Augen spiegelt“, gab sie zurück. Dann antwortete sie wahrheitsgemäß: „Randy ist ein guter Kamerad.“

„Nur ein Kamerad?“

„Aber ... aber natürlich!“

„Weiter nichts? Solltet ihr beide nämlich besondere Gefühle füreinander hegen ...“ Jackson hatte leise gesprochen und seinen Satz unvollendet gelassen.

„Es gibt keine besonderen Gefühle zwischen uns“, erklärte Belinda hastig, wenn es sie auch verwunderte, daß Jackson ihr eine solche Frage gestellt hatte. Der erleichterte Ausdruck in seinem Gesicht überraschte sie. Er nickte und lächelte sie an.

„Nun, meine Dame“, sagte er dann mit gespielter Förmlichkeit, „da diese kleine Stadt so gut wie nichts an kulturellen Veranstaltungen zu bieten hat, darf ich Sie zu einem Spaziergang in der Abenddämmerung einladen?“

Belinda lächelte und antwortete: „Aber gern, mein Herr. Wie nett von Ihnen!“ Damit nahm er den Arm, den er ihr geboten hatte, und gemeinsam gingen sie zu Larrys Haus zurück.

Das sanfte Dämmerlicht verbarg den Straßenstaub und den Unrat der kleinen Stadt. Eine leichte Brise brachte den Duft von Gartenblumen. Belinda holte tief Luft. Ein Abend wie dieser ließ ihre Lebenslust wieder aufblühen. Sie war einfach froh darüber, daß Jackson zurückgekehrt war, daß sie zum Essen ausgeführt worden war und daß der Abend für einen Spaziergang wie geschaffen war.

Sie hatten Larrys Haus beinahe erreicht, als sie um die Ecke bogen und dabei im Halbdunkel beinahe mit einer Gestalt zusammenstießen.

„Entschuldigung“, sagte eine Stimme, und Belinda erkannte sie gleich.

„Randy!“ rief sie überrascht.

„Belinda!" rief er nicht weniger erstaunt.

„Ich hatte gar nicht damit gerechnet, daß ..."

„Offensichtlich nicht", fiel er ihr ins Wort.

Belinda fragte sich im stillen, was er nur mit dieser Bemerkung sagen wollte, doch da sagte Jackson schon: „Fräulein Davis war so freundlich, mich zum Abendessen zu begleiten."

„Das hat man mir soeben schon gesagt", gab Randy zurück.

„Hast du Larry besucht?" fragte Belinda, doch zu ihrer Überraschung fiel auch Randys nächste Antwort ein wenig unwirsch aus: „Nein. Ich habe Larry nicht besucht." Etwas gelassener fügte er dann hinzu: „Ich war gekommen, um seine Schwester zu besuchen."

„Oh! Das ... das tut mir aber leid, daß ich nicht daheim war. Ich ... ich hatte ja keine Ahnung, daß du kommen würdest. Ich ... ich ..."

Randy wurde zugänglicher. Er wandte sich an Belinda und sagte bereuend: „Tut mir leid. Schließlich ist es ja nicht selbstverständlich, daß du immer zu Hause bist. Ich habe halt nicht daran gedacht, daß ... ich meine, ich habe halt noch nie Pläne im voraus machen müssen."

Das entsprach der Wahrheit. Randy kam häufig abends ohne vorherige Ankündigung zu einem kurzen Besuch, wenn seine Arbeit ihm Zeit dazu ließ. Wenn Belinda gerade mit einem Patienten beschäftigt war, wechselte er ein paar Worte mit Larry, um sich dann wieder zu verabschieden.

„Offensichtlich", fuhr Randy fort, „werde ich meine Aufwartung von jetzt an vorher anmelden müssen."

Seine Worte hatten Belinda gegolten, doch dabei hatte er Jackson keine Sekunde aus den Augen gelassen. Belinda fühlte sich unsicher und elend. Was hatte das alles nur zu bedeuten?

Doch da lüftete Randy auch schon seinen Hut und wünschte eine gute Nacht. Belinda spürte, wie Jackson ihren Arm fester umfaßte, als er sie nun über die unebenen Holzbretter des Bürgersteigs nach Hause führte.

Auf der Suche nach einer Antwort

„Ich hab' dich hier in der Praxis vermißt, Belinda", sagte Larry, als er das Behandlungszimmer betreten hatte. Belinda packte gerade ihre Schwesterntasche, um den Tag im Hotel bei Frau Stafford-Smyth zu verbringen.

Belinda lächelte ihrem älteren Bruder zu.

„Ich hab' dich auch vermißt", sagte sie. „Mir ist sogar so, als hätte ich die ganze Familie in letzter Zeit kaum zu sehen bekommen. Ich freue mich schon auf Mamas Geburtstagsessen."

Belinda sah, wie Larry die Stirn in Falten legte.

„Kannst du etwa nicht zu dem Essen kommen?" fragte sie.

Er bemühte sich um ein Lächeln.

„Keine Sorge, ich werde kommen", sagte er nur.

In Belindas Augen standen noch immer unausgesprochene Fragen, und Larry spürte ihren prüfenden Blick auf sich ruhen. Er legte ihr behutsam eine Hand auf die sorgfältig geordneten Locken. Als sie noch ein kleines Mädchen war, hatte er ihr den Lockenschopf oft durcheinandergebracht, doch nun strich er ihr nur sanft über den sorgfältig frisierten Kopf.

„Tut mir leid. Man sieht's mir gleich an, daß mir eine Laus über die Leber gelaufen ist, nicht wahr?" sagte er. „Unsere Familienfeiern sind eben nicht mehr das, was sie früher mal waren."

„Du ... du meinst wegen Arnie?"

Larry nickte nur.

„Hast du ... hast du Andrew in letzter Zeit gesehen?" fragte Belinda.

„Es wird immer schlimmer mit ihm."

„Und ist Arnie noch immer ..."

„Ich habe kein Wort mehr zu Arnie darüber gesagt, seitdem ich Mama versprochen habe, daß ich ..." Larry unterbrach sich. Er schwieg eine Zeitlang; dann fuhr er fort: „Es liegt nicht nur an Arnie. Die ganze Familie ist anders geworden. Wann hast du Mama und Papa zuletzt gesehen? Beide sehen sie ... nun, alt und abgespannt sehen sie aus. Sie sehen aus, als könnten sie nachts kaum schlafen – und gut essen tun sie anscheinend auch nicht mehr."

„Ich fürchte, da hast du recht", seufzte Belinda bekümmert. „Bei meinem letzten Besuch habe ich sie mitten in der Nacht reden gehört, und beim Essen hat Mama appetitlos auf ihrem Teller herumgestochert."

„Ich mache mir Sorgen um sie. Hab' ihnen eine Flasche Elixier gebracht, aber ob sie's nehmen, weiß ich nicht." Larry schüttelte den Kopf. „Ich mache mir große Sorgen, aber dadurch ist auch nichts gewonnen. Ich bete für sie, aber manchmal denke ich, es ist alles zwecklos."

Belinda sah ihren Bruder an. Seine jugendlichen Schultern schienen von einer schweren Last gebeugt zu sein. Einen Moment erwog sie, selbst mit Arnie zu sprechen, um ihn zur Vernunft zu bringen, doch dann schob sie den Gedanken schnell von sich. Sie würde auch keine besseren Argumente als die anderen Familienmitglieder finden, und außerdem hatte Mama ihm versprochen, daß niemand das Thema je wieder zur Sprache bringen würde.

„Ich würde gern zu einigen von diesen besonderen Vorträgen gehen", sagte Larry unvermittelt.

„Besondere Vorträge?" fragte Belinda verwundert.

„Hast du noch nicht davon gehört? In der kleinen Kirche soll bald ein reisender Evangelist Vorträge halten. Ich glaube, das ist genau das richtige für mich. Ich bin in letzter Zeit so ..."

Doch mit leuchten Augen unterbrach ihn Belinda: „Aber ja! Das ist es! Wir müssen Arnie dazu bringen, zu den Vorträgen zu kommen. Wenn er erst alles bereinigt hat und sich von Gott führen läßt, kann er ihn wegen Andrew ansprechen, und die Familie braucht's nicht mehr zu tun. Ach Larry, diese ganze Sache – diese Spannungen und der Kummer der Eltern – das alles würde wie Schnee an der Sonne schmelzen, wenn Arnie sich von Gott den richtigen Weg zeigen ließe."

Larry nickte nachdenklich.

„Ach Larry, laß uns so lange beten, bis Arnie zu den Vorträgen geht", flehte sie.

Larry legte ihr seinen Arm um die Schulter und drückte sie an sich. Belindas Eifer war ansteckend – oder war es ihr Gottvertrauen?

„Ja, wir wollen für ihn beten!" sagte er.

„Nun, wie war Ihr Abend mit dem neuen Doktor?" erkundigte sich Frau Stafford-Smyth geradeheraus bei Belinda.

Belinda spürte, wie sich ihre Wangen röteten, doch sie hielt der Patientin den Rücken zugewandt, während sie ihre morgendlichen Arbeiten in dem Zimmer verrichtete.

„Recht nett", antwortete sie ruhig.

„Wußten Sie, daß der junge Mann – isch meine den Hausbauer – gestern abend hier war, als Sie gerade nach Hause gegangen waren? Wollte Sie auf dem Heimweg begleiten, hat er gesagt."

„Sie meinen Randy?"

„Ja, diesen Randy meine isch. Er schien schrecklisch enttäuscht zu sein, als er erfuhr, daß Sie schon gegangen waren. Hat sisch vorgenommen, später bei Ihnen daheim vorbeizuschauen."

Belinda konnte nicht recht verstehen, warum Randy ausgerechnet Frau Stafford-Smyth seine privaten Vorhaben auseinandergesetzt hatte, doch dann mußte sie unwillkürlich schmunzeln. Frau Stafford-Smyth mit ihrem durchdringenden Blick und ihrer unverhohlenen Wißbegierde hatte ihm zweifellos keine andere Wahl gelassen.

„Er scheint aber auch ein netter junger Mann zu sein", meinte Frau Stafford-Smyth.

„Auch?" fragte Belinda.

„Nun, er und der junge Doktor. Beide machen sie einen netten Eindruck. Isch wüßte nischt, wie isch misch entscheiden sollte, wenn isch Sie wäre."

Belinda runzelte die Stirn.

„Aber die jungen Mädschen haben sisch seit meiner Jugend verändert", fuhr die ältere Dame in ihrer unverblümten Art fort. „Wissen Sie, isch habe einmal ein Mädschen in Boston gekannt, das drei Verehrer hatte – gleischzeitig. Mit dem einen ging sie zur Oper aus, mit dem zweiten zur Kirche, und mit dem dritten fuhr sie jeden Samstag Ruderboot. Alle drei hat sie an der Nase herumgeführt. Sie hat mir erklärt, wie sehr sie alle drei Arten der Vergnügungen genoß, aber der Kirchenbesucher wäre niemals zur Oper gegangen, der Opernliebhaber machte sisch nischts aus frischer Luft und Sonnenschein, und der Ruderfreund wiederum wollte nischts mit der Kirche zu tun haben. Zugegeben, es war zuweilen ein Kunststück, ihre Pläne so zu arrangieren, daß einer nischt dem anderen über den Weg lief, aber ..."

Mit hochroten Wangen wandte Belinda sich zu ihr um.

„Sie haben alles gründlich mißverstanden", erklärte sie mit Bestimmtheit. „Die beiden jungen Männer, von denen Sie gesprochen haben, sind Kameraden von mir – alle beide. Ich bin als Kind mit ihnen zur Schule gegangen, und es besteht kein Grund, diese Freundschaft von damals aufzukündigen. Sie sind beide sehr hochanständige junge Männer mit hohen Zielen und tadelloser Vergangenheit. Es besteht kein Anlaß für mich, heimliche Verabredungen zu treffen und ... und bestimmte Wochentage oder ... oder bestimmte Pläne für ... für ..."

Frau Stafford-Smyth schien nicht im geringsten durch Belindas heiße Wangen und ihr energisches Kinn irritiert zu sein. Sie lächelte nur. Es amüsierte sie insgeheim, Belinda aufgebracht oder empört zu erleben. In den blauen

Augen blitzten Zornesfunken, die rosigen Wangen wurden heiß, das Kinn hob sich energisch in die Luft – kurzum, an ihrem Protest gab es keine Zweifel.

„Kein Wunder, daß die jungen Männer sisch so für sie begeistern“, dachte Frau Stafford-Smyth im stillen, doch zu Belinda sagte sie: „Sie brauchen sisch nischt zu verteidigen, meine Liebe. Isch verstehe vollkommen, daß Sie ein wenig anders als Ihre beiden jungen Männer über die Sache denken.“

Die Worte „Ihre beiden jungen Männer“ hörte Belinda gar nicht gern, und sie war gerade im Begriff, Frau Stafford-Smyth davon in Kenntnis zu setzen, als es an der Tür klopfte und Jackson das Zimmer betrat. In der Hand trug er die Arzneiflasche, von der er gesprochen hatte. Er begrüßte die beiden Frauen und händigte Belinda die Arznei mit einem leichten Augenzwinkern aus. Sie spürte, wie ihre Wangen noch heißer wurden, und trat an das Fenster, um ein wenig von der hellen Morgensonne und der frischen Luft in das Krankenzimmer zu lassen. Jackson setzte sich neben das Bett der Patientin, und bald entstand ein munterer Wortwechsel zwischen den beiden, so daß Belinda im Hintergrund ihre Fassung schnell wiedergewann.

„Ich gehe geschwind und hole Frau Stafford-Smyths Frühstückstablett, wenn's recht ist“, sagte Belinda zu Jackson. Als er zustimmend nickte, glättete sie ihre weiße Schürze über dem langen Rock und machte sich auf den Weg zur Hotelküche. Sie war froh über die Gelegenheit, dem Krankenzimmer für eine Weile entkommen zu können, doch selbst jetzt, wo sie weder den scharfen Blick ihrer Patientin noch das vertraute, schelmische Lächeln des Arztes auf sich gerichtet spürte, fühlte sie sich unbehaglich. Was, wenn ... wenn Frau Stafford-Smyth recht hatte? Was, wenn beide jungen Männer es sich in den Kopf gesetzt haben sollten, ihr den Hof zu machen? Belinda mochte die beiden gern, aber sie hatte keineswegs die Absicht, weder in dem einen noch in dem anderen Fall aus einer Kameradschaft etwas Persönlicheres, Tieferes entstehen zu lassen. Gewiß hatte keiner der beiden ...? Ratlos und verwirrt schüttelte sie den Kopf. Wenn Männer doch nur nicht so ... so schrecklich schwierig wären!

An diesem Abend klopfte Randy mit einer Schachtel hübsch eingepackten Konfekts und einer Einladung zum Essen für den kommenden Samstag an Larrys Haustür. Belinda lächelte höflich, wenn sie sich auch insgeheim wünschte, das Geschenk nicht anzunehmen zu müssen. So gern sie Konfekt mochte, so unangenehm war es ihr, es von Randy entgegenzunehmen. Sie wollte nichts weiter als seine Kameradschaft – die Ausflüge, die langen, ruhigen Gespräche und seine Bereitschaft zum Zuhören. Warum, warum nur mußte er nun alles so schwierig machen?

Am darauffolgenden Morgen, als Belinda Frau Stafford-Smyths Krankenzimmer betrat, bemerkte sie einen hübschen Blumenstrauß auf dem Tisch neben dem Bett. Sie lächelte ihrer Patientin zu.

„Blumen!" sagte sie. „Wie nett! Jemand hat Ihnen Blumen gebracht!"

„Irrtum", entgegnete die Frau mit einem spitzbübischen Lächeln. „Hier, lesen Sie die Karte."

Mit einem verwunderten Stirnrunzeln nahm Belinda die kleine Karte, die unter dem Strauß auf dem Tisch lag, und las: „Für die tüchtigste kleine Krankenschwester im ganzen Ort. Wie wäre es mit einem gemeinsamen Abendessen am Samstag? – J.B."

Belindas Wangen brannten vor Zorn und Verlegenheit. Wie konnte Jackson so etwas nur wagen – und obendrein mit dem Wissen von Frau Stafford-Smyth, die ohnehin schon einen gewissen Verdacht hegte, was seine Absichten betraf? Belinda hob energisch das Kinn in die Höhe und zog die schweren Vorhänge beiseite, um das Fenster zu öffnen. Allmählich wurde ihr die ganze Sache zu bunt. Was zuviel war, war einfach zuviel.

Belinda lehnte beide Einladungen zum Abendessen am Samstag ab. Einen Einwand vorzubringen fiel ihr nicht schwer. Sie würde das Wochenende bei ihren Eltern verbringen. Noch nie hatte sie eine so dringende Notwendigkeit zur Flucht verspürt wie jetzt. Noch nie war ihre Erleichterung größer gewesen, endlich ihren Hut ablegen zu können, um sich in der Stille und Geborgenheit von Martys Küche an den Tisch zu setzen.

„Du siehst mir aber arg erschöpft aus!" bemerkte ihre Mutter, als sie den Tee ausschenkte.

„Ja, das bin ich auch. Ein bißchen jedenfalls", gestand Belinda. Sie seufzte und zog sich die Kämme aus der Frisur, um sich die schweren, langen Locken über die Schultern fallen zu lassen. „Frau Stafford-Smyth ist schon eine ganze Weile bei uns in Pflege", sagte sie.

„Aber ich dachte, es geht ihr viel besser, oder nicht?"

„Doch. Sie braucht nicht mehr ständig gepflegt zu werden. Wir haben eine Liege in ihrem Zimmer aufstellen lassen, und Frau Mills übernachtet bei ihr. Wir können ihre Mahlzeiten selbst aus der Hotelküche holen, und sie kann jeden Tag ein wenig länger aufrecht sitzen. Es geht ihr wirklich viel besser, aber ich .. ich glaube, die ganze Anstrengung der letzten Wochen hat mir doch ein wenig zugesetzt."

„Wie lange wird sie noch bei euch bleiben?" fragte Marty.

„Sie spricht häufig von ihrer Heimreise. Viel länger werden wir sie nicht mehr halten können."

„Wird sie denn allein reisen können?"

Belinda sah ihre Mutter prüfend an.

„Sie ... sie hat mich gebeten, sie zu begleiten", antwortete sie mit Bedacht, ohne den Blick von ihrer Mutter zu wenden.

Marty antwortete nicht gleich.

„Und du würdest es gern tun", sagte sie dann. Es war eher eine Feststellung als eine Frage. Marty kannte ihre Tochter sehr genau.

„Ich … ich dachte, das wäre doch eine willkommene Abwechslung. Ich würde etwas von unserem Land zu sehen bekommen. Ich bin ja noch nie an der Ostküste gewesen, und ich …"

Belinda wünschte sich, ihrer Mutter offen gestehen zu können, daß sie einfach Abstand gewinnen mußte, um wieder klar denken zu können. Sie fühlte sich von den beiden jungen Männern in die Enge getrieben, und brauchte Raum, um freier atmen zu können. Von diesem Wunsch erwähnte Belinda jedoch nichts.

„Ich glaub', das würde dir guttun", meinte Marty und schob sich mit einer müden Geste eine Haarsträhne aus der Stirn. „Manchmal wünsche ich mir, ich könnte auch mal verreisen", gestand sie. Belinda warf ihrer Mutter einen besorgten Blick zu. Dann strich sie ihr sanft und tröstend über die Wange.

„Larry und ich, wir beten beide", erzählte sie Marty; „wir beten dafür, daß die Evangelisationsvorträge alles irgendwie wieder ins Lot bringen. Bei Gott ist schließlich nichts unmöglich. Wer weiß, vielleicht wird Arnie doch noch …"

„Es geht um mehr als nur den kleinen Andrew. Larry hat natürlich recht, was seinen Arm betrifft. Es steht wirklich schlimm um ihn, aber … aber das ist nicht alles. Manchmal, wenn ich Arnie anschau', sehe ich solch einen Schmerz in seinen Augen, daß ich's kaum ertragen kann. Ich glaube, er leidet mehr als der Junge unter der ganzen Sache."

„Geht er noch zur Kirche?" fragte Belinda. Seitdem sie nur noch selten zum Wochenende zu ihren Eltern kam, hatte sie die Gottesdienste in der kleinen Stadtkirche besucht, anstatt den weiten Weg zu der Kirche nahe der Farm zurückzulegen.

„Ja, er kommt. Übt aber kein einziges Amt mehr aus. Er sitzt einfach nur da. Manchmal frag' ich mich, ob er überhaupt zuhört." Marty seufzte tief.

„Ist er immer noch böse auf Larry?" fragte Belinda.

Marty zuckte mit den Achseln.

„Darüber sagt er nichts – aber ich vermute, daß er's ist, und auch auf Luke und … und vielleicht sogar auf Gott. Ich weiß es nicht."

„Wir dürfen nicht aufhören, für ihn zu beten. Wenn wir alle beten …"

Marty nickte und lächelte mühsam.

„Beten? Dein Papa und ich tun ja kaum noch etwas anderes als das. Manchmal beten wir sogar mitten in der Nacht zusammen. Die ganze Sache hat Vater arg mitgenommen. Ich mach' mir Sorgen um ihn."

Marty hielt inne, und Belinda nahm ihre Hand. Sie war um ihre Eltern besorgt. Noch nie hatte sie die beiden so bedrückt erlebt wie in der letzten Zeit.

In der kleinen Kirche begannen die Vorträge des Reisepredigers. Arnie besuchte die erste der Veranstaltungen und gab dann vor, zuviel Arbeit zu haben, um weiter hingehen zu können. Er hatte nichts dagegen einzuwenden, daß Anne ging, doch er selbst hatte anderes zu tun.

Larry jedoch besuchte die Vorträge. Jeden Abend, wenn er es nur irgendwie ermöglichen konnte, machte er sich auf den Weg zur Kirche. Selbst wenn er durch seine Krankenbesuche zu spät kam, ließ er sich nicht abhalten. Er hatte in letzter Zeit eine innere Kraftlosigkeit, einen Hunger nach geistlicher Erneuerung in sich verspürt. Der Bruch mit Arnie hatte ihn zutiefst verletzt. Im Grunde seines Herzens wußte er, daß Gott allein ihm helfen und die Spannungen in der Familie ausräumen konnte.

Enttäuschungen und ein neuer Anfang

So sehr Belinda sich auch bemühte, sowohl Randy als auch Jackson aus dem Weg zu gehen, so ließen sich Begegnungen mit beiden nicht vermeiden. Sobald sie von der Farm zurückgekehrt war, traf sie Jackson entweder in Frau Stafford-Smyths Krankenzimmer oder in der kleinen Praxis an, wo sie ihre Schwesterntasche packte oder ihr Krankenblatt abgab.

Stets begrüßte er sie mit einem Lächeln und einer munteren Bemerkung und bat sie um eine Verabredung zum Abendessen oder zu einem Spaziergang. Belinda wich ihm aus, so gut es ihr möglich war, doch sie wußte, daß es früher oder später zu einem ernsten Gespräch zwischen ihr und Jackson kommen mußte.

Auch Randy sorgte für allerhand Beunruhigung. Er stand kurz vor der Vollendung eines neuen Hauses und hatte angedeutet, daß er nun bald ein Haus für seinen eigenen Bedarf bauen wollte. Anfangs war Belinda überrascht gewesen, doch dann hatte sie sich überlegt, daß es nur allzu verständlich war, wenn ein Architekt sich ein eigenes Haus baute, anstatt zur Miete in einem Gasthaus zu wohnen. So hatte sie gelächelt und ihm viel Erfolg gewünscht.

Eines Tages begann Randy, seine Absichten in die Wirklichkeit umzusetzen.

„Darf ich dir ein paar Zeichnungen bringen, damit du sie dir in Ruhe anschauen kannst?“ fragte er.

„Also, ich ... ich ...“, wollte sie protestieren, doch Randy lachte nur und versprach, ihr die Zeichungen am folgenden Abend zu bringen.

Am nächsten Morgen ging Belinda mit Zittern und

Zagen an die Arbeit. Hatte Randy tatsächlich das vor, was sie zu befürchten begann? Sollte sie etwa einen völlig falschen Eindruck erweckt haben? Das war nicht im geringsten ihre Absicht gewesen. Sie brauchte dringend eine Zeit des Abstands von all diesen Problemen.

Entschlossen schob sie ihre innere Verstörtheit beiseite, bevor sie das Krankenzimmer betrat. Sie wollte Frau Stafford-Smyth um keinen Preis mit ihren Sorgen behelligen.

„Sie sehen aber munter aus heute morgen!" begrüßte sie die ältere Dame, und Frau Stafford-Smyth entgegnete, daß sie sich in der Tat frisch und genesen fühlte.

Nachdem Jackson seine morgendliche Visite bei Frau Stafford-Smyth beendet hatte, wandte Belinda sich an ihre Patientin.

„Ich gehe geschwind auf eine Tasse Kaffee mit Doktor Brown in die Gaststube", erklärte sie ihr in sachlichem Ton, doch Frau Stafford-Smyth schmunzelte nur vielsagend, und Jackson hielt ihr die Tür mit einem unverhohlenen Grinsen auf.

„Welch eine angenehme Überraschung!" bemerkte er, als sie im Korridor waren.

Belinda lächelte nur.

„Ich möchte gern einen vollständigen, ehrlichen Bericht über unsere Patientin", erklärte sie ihm.

„Ach, und dabei hatte ich mir schon Hoffnungen gemacht, daß du meine Gegenwart einfach unwiderstehlich finden würdest."

Belinda erwähnte Frau Stafford-Smyth nicht weiter, bis sie und Jackson an einem Ecktisch vor dampfenden Kaffeetassen und frischen Brötchen saßen.

„Frau Stafford-Smyth spricht täglich von ihrer Heimreise nach Boston", begann sie. „Ich möchte nun folgendes wissen: Ist sie gesundheitlich in der Lage dazu?"

Jacksons Augen leuchteten auf. Er würde zwar niemals die Gesundheit eines Patienten aufs Spiel setzen, aber es lag ihm sehr daran, Belinda von der zeitaufwendigen Pflege der älteren Dame zu befreien, damit sie häufiger in der Praxis war und an eigene Zukunftspläne denken konnte.

„Ich bin sicher, daß die Reise ihr nicht schaden wird", antwortete er wahrheitsgemäß und beeilte sich, hinzuzufügen: „Vorausgesetzt natürlich, daß sie sachkundige Hilfe in ihrer Begleitung hat."

„Und würdest du mich als eine solche ‚sachkundige Hilfe' bezeichnen?" fragte Belinda mit einem scherzenden Unterton in der Stimme.

Jackson stellte seine Kaffeetasse auf den Tisch zurück und starrte Belinda entgeistert an.

„Was willst du damit sagen?"

„Frau Stafford-Smyth will mich schon seit einiger Zeit dazu überreden, mit ihr nach Boston zu fahren", antwortete Belinda. „Ich habe mich bisher nicht entschließen können, aber jetzt finde ich eigentlich, daß das eine nette Abwechslung für mich wäre."

Jackson schaute erschrocken drein, doch dann gewann er schnell seine Fassung wieder und rang sich sogar ein Lächeln ab.

„Vielleicht wäre es das tatsächlich", sagte er. „Du fühlst dich hier ein wenig ... nun, ein wenig eingesperrt, nicht wahr? Eine kleine Pause wird dir guttun, und dann, wenn du zurückkommst ..." Jackson ließ das Ende des Satzes offen. „Wie lange wirst du weg sein?" fragte er dann. „Zwei Wochen vielleicht?"

„Frau Stafford-Smyth stellt sich das ein wenig anders vor", sagte Belinda nüchtern. „Sie möchte, daß ich als ihre Privatpflegerin in Boston bleibe."

Ein Schatten huschte über Jacksons Gesicht. Sein Blick verdüsterte sich.

„Daran denkst du doch unmöglich im Ernst ..." begann er.

„Doch", entgegnete Belinda. „Das tue ich."

„Aber ... aber ..." stotterte Jackson, „das ist doch nicht möglich ..."

Belinda ließ sich nicht beirren.

„Warum nicht?“ fragte sie geradeheraus. „Ich habe gestern abend mit Larry darüber gesprochen. Er meint, daß Flora mit der Arbeit in der Praxis zurechtkommt. Er hat gesagt, du hättest ein besonderes Interesse daran, sie auszubilden ...“

„So war es auch“, sagte Jackson unvermittelt. „Mir war ungeheuer viel daran gelegen, dich ein wenig zu entlasten – aber keineswegs deshalb, um dich nach Boston zu schikken. Ich wollte, daß du mehr Zeit hast, um ... nun, um an andere Dinge zu denken.“

Ein betretenes Schweigen folgte. Belinda spielte betreten mit ihrem Löffel. Sie wagte nicht, ihr Gegenüber anzuschauen.

„Wie lange?“ brachte er schließlich heraus.

„Das weiß ich selbst nicht“, antwortete sie aufrichtig. „Es hängt davon ab, wie sich alles entwickelt. Frau Stafford-Smyth hat sogar davon gesprochen, mich als Begleiterin mit auf Reisen zu nehmen. Sie reist gern ins Ausland ...“

Ein leises Stöhnen entfuhr Jackson.

„Nach all den Jahren“, sagte er, „nach all den Jahren des Wartens komme ich hierher zurück, und dann bittest du mich, noch länger zu warten, während du ...“

Belindas Kopf fuhr in die Höhe.

„Nein!“ sagte sie schnell. „Nein, das ist nicht wahr!“

Sie sah Jackson an.

„Ich habe dich nie, nie gebeten, auf mich zu warten, Jackson. Niemals. Das Warten war ... war deine eigene Idee. Tut mir leid, wirklich sehr leid, wenn du dir falsche Hoffnungen gemacht hast, was ... was uns beide betrifft. Du bist mir ein guter Kamerad, Jackson, und ich ... ich mag dich sehr, aber ich will nicht – ich habe nie gewollt, daß du ...“

Sie stockte. Mit aschfahlem Gesicht saß Jackson vor ihr, ohne ein Wort zu sagen. Mit bebender Hand rieb er sich die Stirn. Endlich konnte er den Blick wieder auf Belinda richten.

Auch sie saß wortlos da. Ungebetene Tränen stiegen ihr in die Augen. Sie hatte Jackson nicht verletzen wollen. Das war niemals ihre Absicht gewesen. Nun verspürte sie Gewissensbisse, obgleich sie im Grunde wußte, daß sie keine Schuld traf.

„Es tut mir leid“, flüsterte sie.

Jackson langte über den Tisch hinweg und nahm ihre Hand zärtlich in seine.

„Meine liebe, kleine Belinda!“ sagte er. Es war kaum mehr als Flüstern. „Du hast schon immer versucht, es mir beizubringen, nicht wahr? Und ich habe es einfach nie hören wollen. Habe mich geweigert, die Hoffnung aufzugeben.“ Er hielt inne, um Ordnung in seine verwirrten Gedanken zu bringen. Dann fuhr er leise fort: „Geh nur. Geh nach Boston! Wenn du es je satt werden solltest – oder wenn du es dir anders überlegst, dann ... dann besinn dich auf mich. Ich bin für dich da. Ich warte auf dich.“

„Nein, Jackson, bitte nicht!“ wehrte Belinda ab. „Bitte, bitte warte nicht mehr. Ich ... ich könnt’s nicht ertragen. So viele Jahre deines Lebens hast du schon mit Warten vertan.“

Jacksons Lachen klang gezwungen, doch es löste die Beklemmung zwischen den beiden.

„Das hört sich ja so an, als hieltest du mich für einen alten Greis“, schalt er im Scherz.

Belinda schüttelte verwirrt den Kopf und errötete.

„Das hab’ ich natürlich nicht damit sagen wollen“, beeilte sie sich zu erklären, und entzog ihm sachte ihre Hand. „Ich hab’ nur gemeint, daß ... daß ...“

Jackson nickte. Er wußte recht gut, was sie gemeint hatte. Nun würde er nichts mehr davon erwähnen. Aber was machten schon ein paar Jahre aus? Vielleicht würde Belinda bald genug von Boston haben und nach Hause zurückkehren. Er würde abwarten. Abwarten und Tee trinken ...

Es war nicht weniger schwierig, Randy von ihren Plänen in Kenntnis zu setzen. Am Abend dieses Tages war er mit den versprochenen Bauzeichnungen gekommen. Nachdem Belinda zwei Gläser mit Limonade gefüllt hatte, folgte sie ihm ein wenig widerwillig zu dem Gartentisch unter der großen Ulme. Randy breitete die Zeichnungen auf dem Tisch aus.

„Schau sie dir ganz genau an!“ sagte er mit Begeisterung in der Stimme. „Kreuz dir an, was dir gefällt, und dann machen wir eine neue Zeichnung, in der wir alles kombinieren.“

Belinda holte Luft.

„Du, Randy, ich freu' mich für dich, daß du dir ein Haus bauen kannst“, sagte sie bedächtig, „aber ich weiß wirklich nicht, wie ich dir dabei eine Hilfe sein könnte.“ Auf seinen fragenden Blick hin fuhr sie hastig fort: „Weißt du, Frau Stafford-Smyth ist inzwischen reisefähig, und sie hat mich gebeten, sie nach Boston zu begleiten.“

„Nach Boston?“ wiederholte Randy entgeistert. „Das ist aber eine mächtig lange Strecke, soweit ich weiß. Wie lange braucht man denn bis dahin?“

„Für die Hinfahrt? Das ... das weiß ich nicht genau, aber ...“

Randy hatte begonnen, die Zeichnungen wieder aufzurollen, doch dann besann er sich und breitete sie aufs neue aus.

„Wenn wir uns auf einen Plan einigen, bevor du losfährst“, sagte er, „dann könnte ich mit dem Bau anfangen, und wenn du dann wiederkommst, dann ...“

„Aber Frau Stafford-Smyth möchte mich gern in Boston behalten“, gestand Belinda zögernd.

„In Boston behalten? Wie meinst du das? Für wie lange denn?“

„Unbegrenzt“, murmelte Belinda.

„Aber so was würdest du doch nie im Leben tun, oder?“ fragte Randy ungläubig.

„Nun, also, ich ... ich hab' ihr gesagt, daß ich's mir überlegen würde, aber ich finde eigentlich, daß es ... daß es keine schlechte Idee wäre. Ich würde gern mit ihr fahren", sagte sie hastig. Ihr Kinn hob sich in die Höhe.

„Aber ... aber was wird dann aus uns?" fragte Randy heiser.

„Aus uns?"

„Ja, aus uns und unseren Plänen."

„Randy", sagte Belinda so sanft, wie sie nur konnte, „du und ich, wir haben nie über Pläne gesprochen."

Randy errötete und hantierte mit seinen Zeichnungen.

„Nein, äh... nein, noch nicht", stotterte er. „Es war einfach noch nicht der richtige Zeitpunkt dafür. Zuerst mußte ich genug Geld auf der hohen Kante haben. Aber du wußtest doch .. du wußtest doch, wieviel du mir bedeutest. Daß ich dich, sobald es ging, bitten würde ..."

Belinda schüttelte traurig den Kopf.

„Nein, Randy. Ich fürchte, das hab' ich nicht gewußt. Du warst mir ein lieber Kamerad ..."

„Ein Kamerad?" stieß Randy hervor. Dann stand er zu seiner vollen Größe auf, einen entschlossenen Ausdruck im Gesicht. „Es ist wegen diesem Doktor, stimmt's?" warf er ihr vor. „Ich hab's ja gleich gewußt. Auf den ersten Blick hab' ich gewußt, daß er mir alles verderben würde."

Belinda legte ihm eine Hand auf den Arm.

„Nein!" widersprach sie energisch. „Nein, da irrst du dich." Sie schüttelte den Kopf, und Tränen rannen ihr über das Gesicht. „Jackson hat nichts damit zu tun. Ich ... ich mag dich sehr, Randy. Wenn es überhaupt jemanden gibt, mit dem ich ... mit dem ich ein Haus teilen würde, dann bist du's." Ihre Lippen bebten, während sie sprach. „Aber ich bin noch nicht soweit. Ich ... ich bin einfach noch nicht soweit."

„Deine beiden Nichten sind schon seit zwei Jahren verheiratet", erinnerte Randy sie. Beinahe bitter fügte er hinzu: „Wenn eine Frau in deinem Alter ist, sollte man von ihr erwarten können, daß sie langsam erwachsen ist – und daß sie weiß, was sie will."

Belinda wandte sich ab. Was Randy gesagt hatte, klang unfair, selbst wenn er damit recht hatte. Die meisten jungen Frauen in ihrem Alter waren schon verheiratet. Sie dachte an ihre beiden Nichten. Soweit sie gehört hatte, waren Amy und Melissa beide sehr glücklich. Belinda freute sich für sie. Aber sie war nicht Amy, und sie war auch nicht Melissa. Sie fühlte sich noch immer nicht alt genug zum Heiraten. Oder vielleicht war ihr der richtige Mann noch nicht begegnet. Sie wußte es einfach nicht. Sie war restlos verwirrt. Vielleicht würde sie auch niemals den richtigen Mann zum Heiraten finden. Aber das war auf jeden Fall besser, als den Rest ihres Lebens mit dem falschen Mann verbringen zu müssen. Sie drehte sich wieder zu Randy um.

„Es tut mir leid, furchtbar leid, Randy. Ich hätte dich um nichts in der Welt in die Irre geführt, wenn ich nur geahnt hätte ... Ich ... ich ... ich mag dich wirklich sehr als Kamerad. Es ist nur, daß ich ... daß ich nicht mehr als das für uns möchte."

Randy nahm Belindas Hand in die seine. Er sehnte sich danach, sie in die Arme zu schließen. Bestimmt würde sie ihre Meinung ändern, wenn er ihr nur beweisen könnte, wie sehr er sie liebte. Belinda zog sachte ihre Hand zurück.

„Also schön", gestand er ihr endlich zu, „dann fahr halt nach Boston. Ich kann mir derweil die Zeit mit einem anderen Bauauftrag vertreiben. Aber wenn du wiederkommst, dann reden wir über alles. Ich warte auf dich."

„Randy", widersprach Belinda, „es kann sein, daß ich lange in Boston bleibe – vielleicht sogar mehrere Jahre. Vielleicht komme ich auch überhaupt nicht mehr zurück."

„Das wird sich zeigen", erwiderte Randy mit finsterem Blick und rollte seine Zeichnungen wieder auf. „Bleibt nichts anderes übrig, als abzuwarten und Tee zu trinken."

„Bis wann könnten Sie reisefertig sein?" erkundigte sich Belinda am nächsten Morgen bei Frau Stafford-Smyth.

„Werde isch etwa vor die Tür gesetzt?" gab die Patientin gutgelaunt zurück.

Belinda lachte.

„Aber nein! Ich dachte nur daran, wie eilig Sie es mit der Heimreise hatten, und gestern habe ich Doktor Brown beim Kaffee unten in der Gaststube gefragt, ob Sie nun für die Reise kräftig genug wären. Er hat mir bestätigt, daß es keinen Grund für Sie gibt, auch nur einen Moment länger zu bleiben, als Sie möchten."

Frau Stafford-Smyths Augen leuchteten auf.

„Und Sie fahren mit mir?" fragte sie.

„Ja, ich fahre mit Ihnen", versprach Belinda. Schon allein bei diesen Worten wurde ihr leichter ums Herz.

„Und Sie bleiben bei mir?" fragte die ältere Dame.

„Und ich bleibe bei Ihnen!" antwortete Belinda betont. „Zumindest eine Zeitlang."

„Bestens!" rief Frau Stafford-Smyth. Sie freute sich darauf, Belinda bei sich zu haben. Sie verstand sich gut mit ihr. Eigentlich hatte sie kaum zu hoffen gewagt, das junge Mädchen zu der Reise überreden zu können. Flüchtig runzelte sie die Stirn bei dem Gedanken an die beiden jungen Männer, von denen sie wußte, wie gern diese Belinda hierbehalten würden. Sie fragte sich insgeheim, was nur vorgefallen sein mochte, doch gegen ihre Gewohnheit sprach sie ihre Gedanken diesmal nicht aus. Vielleicht würde sie sich zu einem späteren Zeitpunkt danach erkundigen.

Larry stattete seinen Eltern auf der Farm einen Besuch ab. Beim Anblick seines Gesichts wußte Marty sofort, daß sich etwas Wichtiges ereignet haben mußte, doch erst, als alle bei Kaffee und Waffeln an dem gemütlichen Küchentisch saßen, wagte sie eine Bemerkung.

„Du siehst ja gerade aus, als wärst du eine schwere Last losgeworden", meinte sie.

Larry lächelte.

„Eine zentnerschwere“, erwiderte er.

Martys Blick erhellte sich. Sie wußte, daß ihr Sohn die Vorträge besucht hatte, sooft er nur konnte, und daß er auch zu den Gebetsversammlungen im Anschluß an die Vorträge geblieben war.

„Diese Vorträge waren genau das richtige für mich, um alles wieder im rechten Licht zu sehen“, gestand er.

Marty nickte. Auch sie hatte durch die Botschaften des Evangelisten manche Ermutigung und neue Kraft erhalten. Clark und sie hatten sogar eine ganze Nacht bis in die Morgendämmerung hinein im Gebet verbracht und die Spannungen innerhalb der Familie endgültig in die Hände des allwissenden Gottes gelegt.

„Ich bin unterwegs, um Arnie zu besuchen“, sagte Larry, und Marty warf Clark einen strahlenden Blick zu. Gott schien ihre Gebete tatsächlich zu erhören.

„Um ihm zu sagen, daß du ihm verzeihst?“ fragte sie gespannt.

Larry sah sie überrascht an.

„Verzeihen? Ich habe ihm nichts zu verzeihen. Nein, ganz im Gegenteil, ich will meinen Bruder bitten, mir zu verzeihen“, sagte er. Seine Augen begannen, sich mit Tränen zu füllen.

„Aber ... das versteh' ich nicht“, sagte Marty stockend. „Arnie war dir doch so bitterböse ...“

„Ja, und zwar mit gutem Grund“, erklärte Larry. „Ich hatte kein Recht, ihm zuzusetzen – zu meinen, daß ich wüßte, was für seinen Sohn am besten ist, und von ihm zu verlangen, nach meiner Pfeife zu tanzen.“ Nun rannen ihm die Tränen ungehindert über das Gesicht. „Ich wollte nicht überheblich und ... und selbstgerecht sein, aber genau das bin ich ihm gegenüber gewesen. Ich hoffe und bete nur, daß Arnie die Herzensgüte aufbringen kann, mir zu verzeihen.“

Marty sah ihren Mann an. Auch seine Augen waren tränenfeucht. Er nahm die schmale, starke Doktorhand seines Sohnes in seine und drückte sie sanft. Er fand keine Worte, um seine überwältigenden Gefühle auszudrükken.

Marty wischte sich die Augen und schneuzte sich. Als sie wieder sprechen konnte, nahm sie Larrys andere Hand.

„Wir werden beten", versprach sie. „Vater und ich, wir beten für euch, während ihr beiden miteinander redet."

Nun hatte auch Clark seine Stimme wiedergefunden.

„Ich meine, damit sollten wir auf der Stelle anfangen", sagte er nur, und mit gesenktem Kopf betete Clark für die geplante Unterredung.

Larry und Arnie sprachen später aus ihrer jeweiligen Sicht über diesen Tag. Beide erklärten, daß dieses Gespräch von Bruder zu Bruder die bewegendste Begegnung ihres Lebens war. Nach Larrys Bekenntnis seines Fehlers und seiner Bitte um Verzeihung für sein überhebliches, bestimmendes Verhalten schlug er vor, daß sie gemeinsam beteten. Zuerst wirkte Arnie zögernd und abwehrend, doch als Larry zu beten begann, erkannte auch Arnie, wie dringend er sein Verhältnis zu anderen wiederherstellen mußte – zuerst das zu seinem Gott und dann das zu seiner Familie. Bald schüttete auch er sein Herz voller Reue und Bußbereitschaft vor Gott aus.

Die Arme um die Schultern des anderen gelegt, beteten und weinten sie gemeinsam. Als sie ihre Last vor Gott und voreinander bekannt hatten, fühlten sich beide erschöpft und zugleich innerlich gestärkt. Mit keinem Wort wurde der kleine Andrew erwähnt. Larry wußte, daß es nicht an ihm war, die Entscheidung zu treffen, und sein Bruder hatte erkannt, daß er diese Sache bereinigen mußte.

Arnie schob die Sache mit Andrews Arm nicht lange hinaus. Ihm war klargeworden, daß seit dem Unfall schon zuviel Zeit verstrichen war und daß der Zustand des Jungen sich stetig verschlimmerte. Nachdem er mit Anne darüber gesprochen hatte, rief er den Jungen noch am selben Abend in die Küche, wo er mit Anne am Tisch saß.

Arnie schluckte mühsam. Es fiel ihm nicht leicht, mit seinem Sohn über etwas zu sprechen, was so schmerzlich für ihn war und schon so viel Leid in der Familie verursacht hatte.

„Dein Onkel Larry war hier zu Besuch“, fing er an. Als er zögerte, schaute der Junge mit ängstlichem Blick von seinem Vater zu seiner Mutter. Es kostete seinen Vater große Überwindung fortzufahren: „Er ... er ist ... er macht sich Sorgen um deinen Arm.“

Andrews Blick fiel auf seinen mißgeformten Arm herab, doch nur für kurze Zeit. Arnie bemerkte, wie der Junge den Arm näher an seine Seite zog.

„Genauer gesagt ... also ...“ Arnie kämpfte gegen die Tränen an, die ihm in die Augen steigen und die Stimme ersticken wollten. „Also, wir haben schon lange gewußt, daß der Arm nicht richtig zusammenheilte. Onkel Larry hat versucht, mir's zu sagen, aber ich ... ich wollte nichts davon hören.“ Arnie hielt inne und räusperte sich. „Damals hat er mir gesagt, daß du operiert werden müßtest, damit ... damit der Arm wieder gerade wird, aber ich ... ich ...“

Mit vor Verwunderung großen Augen unterbrach Andrew seinen Vater: „Können die das denn machen?“

Arnie sah den Jungen fragend an. Er wußte nicht, was der Junge meinte.

„Können die's, Papa?“ wiederholte Andrew. Erneut fiel sein Blick auf den gekrümmten Arm. „Können die den Arm wirklich wieder heil machen?“

Arnie nickte langsam und schluckte.

„Larry meint, daß sie's können“, antwortete er aufrichtig. Als er einen Schimmer von Freude in den Augen seines Sohnes aufleuchten sah, fuhr er hastig fort: „Na, vielleicht nicht ... nicht vollkommen, aber wenigstens ... wenigstens können sie ihn viel besser machen – ein bißchen gerader können sie ihn machen, und stärker und ... und beweglicher."

Andrew hörte jedoch nichts von den Warnungen seines Vaters. Er hörte nur Worte der Hoffnung. Mit strahlendem Blick sah er ihn an.

„Wann?" fragte er nur.

Endlich fand Anne Worte. Sie wischte sich die Tränen von den Wangen und legte einen Arm um ihren Sohn.

„Andrew", sagte sie langsam und sanft, „ich ... ich fürchte, du verstehst das alles nicht richtig. Es wird nicht so einfach sein, deinen Arm besser zu machen. Du kannst nicht einfach zu dem Doktor in das Zimmer gehen und erwarten, daß er deinen Arm auf der Stelle heil machen kann. Dazu müßten wir in die Großstadt fahren; Untersuchungen und Entscheidungen wären nötig, und wenn die Ärzte in der Stadt meinen, daß alles gutgehen könnte, dann ... dann müssen sie dich operieren ... deinen Arm noch mal brechen und ... und den Bruch dann neu richten."

„Aber ... aber ..." Andrew stockte, und die Hoffnung in seinem Blick wich einer erneuten Verzweiflung. „Aber du hast doch gesagt, Papa, daß sie mir helfen können ... daß Onkel Larry gesagt hat ..."

Arnie nickte wortlos.

„Ja, dann ... dann ..." Andrew verstummte. Nun traten ihm plötzlich Tränen in die Augen. Arnie glaubte, sein Sohn habe begriffen, wie schmerzhaft die Operation werden würde, doch als der Junge weitersprach, erwähnte er die Schmerzen mit keinem Wort.

„Es ist schrecklich teuer, nicht?"

Diese einfache Frage traf Arnie zutiefst.

„Nein", antwortete er schnell, schüttelte heftig den Kopf und sprang auf. „Nein, mein Junge, das ist nicht der Grund. Wir ... wir ..." Die Stimme versagte ihm, und Anne nahm seine Hand in ihre, um dann an seiner Stelle weiterzusprechen.

„Es waren die Schmerzen, die wir gefürchtet haben –

nicht das Geld. Wir … wir wollten nicht, daß du noch mehr mitmachen mußt, dein Papa und ich. Wir … wir hatten gehofft, daß dein Arm mit der Zeit von selbst heilen würde, aber … aber … jetzt glauben wir nicht, daß er das tut, jedenfalls nicht von allein." Sie hielt inne. Mit der anderen Hand strich sie Andrew über den Kopf.

„Deshalb … deshalb …" fuhr sie zögernd fort, „deshalb ist es wohl an dir, die Entscheidung selbst zu treffen. Jetzt … jetzt weißt du Bescheid … ich meine, wegen der Operation. Was sollen wir tun? Was meinst du?"

Andrew antwortete nicht gleich. Er sah seine Eltern forschend an. Dann fiel sein Blick wieder auf seinen untauglichen Arm. Er schluckte und fuhr sich mit der Zungenspitze über die trockenen Lippen.

„Wenn's euch nichts ausmacht … wenn's nicht … nicht zuviel Geld kostet, dann würde ich's gern versuchen – ich meine, operiert werden. Auch wenn's mir nur ein ganz kleines bißchen helfen würde, wär' ich froh."

Bei diesen Worten strömten Arnie die Tränen über die Wangen. Er zog den Kleinen an sich und preßte sein Gesicht an den schmalen Jungenkörper. Andrew wirkte ein wenig verwirrt, doch trotz seiner Jugend wußte er, daß sein Vater ihn nun brauchte.

„Schon gut, Papa", murmelte er und schlang seine Arme fest um den Hals seines Vaters. „Schon gut. Es tut bestimmt nicht allzu sehr weh!"

„Aber verstehst du denn nicht?" schluchzte Arnie. „Das hätten wir gleich hinter uns bringen sollen. Larry hat versucht, mir's begreiflich zu machen, aber ich wollte einfach nichts davon hören. Es wäre besser gewesen, wenn wir's gleich getan hätten."

Andrew löste sich aus den Armen seines Vaters und sah ihn an.

„War's das, weshalb du so brummig warst?" fragte er geradeheraus. Arnie nickte nur. Wieder schlang der Junge seine Arme fest um seinen Vater.

„Ach Papa!" sagte er mit Tränen in den Augen. „Wir

haben uns ja solche Sorgen gemacht, so furchtbare Sorgen, wir Kinder. Wir hatten Angst, daß du krank wärst und sterben müßtest – und dabei war's nur mein krummer Arm, weiter nichts. Sollst nur sehen, Papa, alles wird wieder gut!" Der Junge klopfte seinem Vater tröstend auf die Schulter. „Und weißt du was? Wenn du mich damals gefragt hättest, ob ich meinen Arm noch mal gebrochen haben wollte, dann wär' ich bestimmt vor Angst davongelaufen und hätte mich im Wald versteckt und ... und gehofft, daß der Arm von selbst wieder heilt. Jetzt wissen wir aber, daß das nicht geht. Ich weiß doch, daß ihr mich liebhabt. Und das mit den Schmerzen ... also, das wird bestimmt nicht zu arg werden."

Vater und Sohn hielten einander umarmt, und Anne flüsterte ein Dankgebet, während sie sich die Tränen abwischte. Nun galt es, der Zukunft mutig entgegenzusehen, denn die Operation sollte vorgenommen werden, sobald Larry alles arrangieren konnte.

Am nächsten Morgen machte sich Arnie auf den Weg zu seinem Bruder. Unterwegs klopfte er bei Luke und seinen Eltern an, um sie um Verzeihung für all das Leid zu bitten, das er ihnen mit seiner Verbitterung zugefügt hatte. Er flehte darum, wieder seinen Platz in der Großfamilie einnehmen zu dürfen, und unter Freudentränen und Dankgebeten wurde er mit liebenden Armen wieder in den Familienkreis freudig aufgenommen.

Boston

„Sitzen Sie bequem?" fagte Belinda Frau Stafford-Smyth besorgt. Nach einem tränenreichen Abschied auf dem Bahnsteig des kleinen Ortes befanden sich die beiden Frauen jetzt in der Eisenbahn nach Boston. Belindas Angehörige hatten sich fast vollzählig eingefunden, um ihr eine gute Reise zu wünschen. Sie war erleichtert, daß weder Randy noch Jackson an der Bahnstation erschienen waren, obgleich jeder der beiden ihr am Vorabend ihrer Abreise eine kurze Notiz hatte zukommen lassen.

„Möge dein Aufenthalt in Boston nett, ohne Zwischenfälle und vor allem recht kurz verlaufen", war auf Jacksons Karte zu lesen, die er in einen Korb mit Vergißmeinnicht gesteckt hatte. Belinda mußte unwillkürlich ein wenig schmunzeln.

Randys Notiz war dagegen etwas persönlicher.

„Bedaure das Mißverständnis", schrieb er. „Wenn du zurückkommst, findest du mich hier am Ort. Dein Randy." Die Notiz war an ein kleines Päckchen mit Bauplänen geheftet, und in einer Ecke stand in Randys Handschrift die knappe Anweisung: „Bei Gelegenheit durchzusehen."

„Der arme Randy!" dachte Belinda im stillen. Er schien sich nicht so leicht entmutigen zu lassen.

Doch nun lag das alles weit hinter ihr. Sie lehnte sich in dem plüschbezogenen Sitz des Pullmanwagens zurück und bemühte sich, Ordnung in ihre wirren Gedanken zu bringen.

„Es ist soweit – ich bin tatsächlich unterwegs. Nach Boston! Kaum zu fassen, daß es wirklich wahr ist!" Sie hatte die Entscheidung zu der Reise getroffen, sich einen Urlaub von ihrem Dienst erbeten, die Abreise arrangiert und ein Telegramm an den Haushalt ihrer neuen Dienstherrin nach Boston geschickt. „Ich glaube, ich werde doch langsam erwachsen", dachte sie mit einem Schmunzeln auf den Lippen. Nun stand sie auf eigenen Füßen; sie reiste in eine Stadt, die Hunderte von Meilen von ihrer Heimat entfernt lag, und ihr Aufenthalt dort war von unbegrenzter Dauer.

Marty hatte ein paar Tränen vergossen. Das hatte Belinda nicht anders erwartet. Sie war ihre Jüngste und das letzte ihrer Kinder, das von daheim auszog. Belinda wußte, daß es nicht einfach für ihre Eltern werden würde, doch sie war unsagbar dankbar dafür, daß die Unstimmigkeiten zwischen Arnie und dem Rest der Familie ausgeräumt worden waren, bevor sie abgereist war. Wieder dankte sie Gott im stillen dafür. Auf dem Bahnsteig am Morgen hatte ihre Mutter um Jahre jünger und viel gelöster gewirkt, obgleich sie ihrer Jüngsten nun unter Tränen Lebewohl sagen mußte.

Einen Moment dachte Belinda mit gerunzelter Stirn an Larrys Arztpraxis. War Flora auch wirklich der Aufgabe gewachsen, die Belinda nach jahrelanger Übung bewältigt hatte? Würde sie bei den einfachen Eingriffen assistieren können, die in der kleinen Praxis durchgeführt wurden? Doch jetzt, wo Jackson da war, würde er Larry vielleicht zur Hand gehen können – oder umgekehrt, je nachdem. Nein, es bestand wirklich kein Grund zur Sorge, dachte Belinda erleichtert und schob den Gedanken an die Praxis endgültig beiseite.

Als nächstes sah Belinda ihre Nichten und Neffen vor Augen. Sie wuchsen so schnell heran! Wenn sie allzulange in Boston blieb, würden die Kinder ohne sie erwachsen werden. Da war der lebhafte kleine Jacob. Es war erst gestern, so schien es ihr, als er noch ein ausgelassener Wildfang war, der gerade das Laufen gelernt hatte, und nun spielte er bereits Räuber und Gendarm und machte seine Schulaufgaben. Auch Larrys drei Kinder wuchsen im Eiltempo heran. Die kleine Ruth hatte längst die ersten Schritte gemacht und plapperte munter in denTag hinein, wenn ihre Worte auch für niemanden außer für sie selbst einen Sinn zu ergeben schienen.

„Wie groß mögen sie alle sein, wenn ich sie wiedersehe?" fragte sie sich in Gedanken. „Sie verändern sich ja so schnell!"

Dann kamen ihr Melissa und Amy in den Sinn. Gerade kürzlich war die Nachricht gekommen, daß Melissa die Mutter eines kleinen Jungen namens Clark Thomas geworden war und daß Amy im November Mutterfreuden entgegensah. Das alles erschien Belinda so unwirklich. Wieder mußte sie an Randys verärgerte Bemerkung denken. Er hatte recht gehabt, gestand Belinda sich ein. „Die meisten Mädchen in meinem Alter wissen ziemlich genau, was sie wollen", dachte sie.

Die Erinnerung an die Begegnung mit Randy trieb ihr für einen Moment die Röte in die Wangen, doch dann straffte sie die Schultern, hob das Kinn in die Höhe und versicherte sich: „Und ich weiß auch genau, was ich will. Ich hab's damals gewußt, und weiß auch heute, daß ich einfach noch nicht zum Heiraten bereit bin – weder Randolph Connel noch Jackson Brown. Es wäre ein riesengroßer Fehler, wenn ich's täte."

Erleichtert darüber, die Angelegenheit geordnet zu haben, richtete Belinda den Blick wieder auf ihre Patientin.

„Hätten Sie gern noch ein Kissen?" fragte sie höflich.

„Hören Sie um Himmels willen auf, so ein Aufhebens um misch zu machen!" protestierte Frau Stafford-Smyth gutgelaunt. „Wenn mir etwas fehlt, dann sage isch Ihnen Bescheid. Das ist Ihre erste Bahnreise. Genießen Sie sie! Schauen Sie mal dort zum Fenster hinaus. Sehen Sie den verschlafenen, winzigen Ort? Das ganze Land ist voll von solschen Orten, einer nach dem anderen. Isch frage misch wirklisch, wie die Leute sie nur auseinanderhalten!" Sie lächelte. „Außerdem frage isch misch, wie oft es passiert, daß jemand an der falschen Station aussteigt und denkt, er wäre daheim", sann sie weiter.

Belinda lächelte, doch sie war überzeugt, daß kein Heimkehrer sich je in der Bahnstation seines Heimatortes irren würde. Gewiß war selbst ihr eigener Heimatort in Frau Stafford-Smyths Augen nichts als nur ein winziges Glied einer endlos langen Kette, die sich quer durch den riesigen Kontinent erstreckte. Belinda selbst jedoch wußte genau, daß ihre Heimatstadt bei ihrer Rückkehr wie keine andere auf der Welt vor ihr liegen würde.

Sie beschloß, sich ein letztes Mal bei ihrer Patientin zu vergewissern: „Versprechen Sie mir, daß Sie mir's auch ganz bestimmt sagen, wenn Sie was möchten?"

„Ja, isch verspreche es", lachte die Frau.

Belinda räumte ihr Handgepäck aus dem Weg, um sich dichter an das Fenster zu setzen.

„Nun, in dem Fall", sagte sie munter, „nehme ich Ihre Einladung gern an und schau mir die Gegend an. Soweit bin ich nämlich noch nie von daheim fort gewesen." Damit machte sie es sich am Fenster bequem und genoß den Anblick der sich beständig verändernden Landschaft, während die Eisenbahn über die unebenen Gleise in Richtung Osten ratterte und rumpelte.

Bald nahm die Landschaft ein völlig anderes Gesicht an. Die Bäume wurden größer und die Wälder dichter. Die Farmen waren anders als die daheim. Auf kleine Orte folgten immer größere Städte. Hin und wieder durchquerten sie sogar eine wahre Metropole. Diese Großstädte zogen Belindas besonderes Interesse auf sich. Sie konnte sich kaum satt sehen an den Leuten, die auf den Bahnsteigen warteten oder auf den Straßen gingen. „Das ist ja eine ganz andere Welt als die, in der ich aufgewachsen bin", staunte sie im stillen, wenn das Fensterglas sie auch davon trennte.

Zweimal mußten sie in eine andere Bahn umsteigen. Belinda sorgte sich, daß die Prozedur ihre Patientin zu sehr anstrengen könnte, doch Frau Stafford-Smyth schien das Umsteigen nichts auszumachen. Dienstbeflissene Gepäckträger trugen die Koffer und Truhen zu dem anderen Bahnwaggon; sie schienen ein großzügiges Trinkgeld aus der Hand der älteren Dame zu ahnen.

Am dritten Tag der Reise bemerkte Belinda, wie Frau Stafford-Smyth unruhig wurde und sich immer häufiger auf ihrem Platz vorbeugte. Zuerst befürchtete Belinda, daß ihre Patientin sich nicht recht wohl fühlte oder Schmerzen litt, doch dann sah sie ein Leuchten in ihren Augen und ein warmes Glühen auf ihren Wangen.

„Bis zum Tee dürften wir in Boston sein", sagte Frau Stafford-Smyth strahlend, und Belinda begriff den Grund ihrer Aufregung. Sie versuchte, sich das Haus ihrer neuen Dienstherrin auszumalen. Immer, wenn sie sie danach gefragt hatte, hatte sie die bedächtige Antwort erhalten: „Das werden Sie zur reschten Zeit schon mit eigenen Augen sehen." So war Belinda nichts anderes übriggeblieben, als voller Ungeduld abzuwarten. Jetzt, wo das Ziel ihrer Reise nicht mehr fern war, spürte auch sie die Spannung in sich immer größer werden.

Wie Frau Stafford-Smyth angekündigt hatte, sah Belinda gegen zwei Uhr immer mehr Gebäude zu beiden Seiten der Gleise. Das schrille Pfeifen der Lokomotive deutete darauf hin, daß der Zug bald in einen größeren Bahnhof einlaufen würde. Der Schaffner ging durch alle Waggons, um den Passagieren anzusagen: „Boston. Boston! Nächste Haltestelle Boston!" Voller Ungeduld zupfte Frau Stafford-Smyth sich die Frisur zurecht und glättete sich die Röcke.

Auch Belinda konnte ihre Hände kaum ruhig halten. Sie starrte aus dem Fenster, solange sie es nur wagen konnte, und bemühte sich, die neue Umgebung der geschäftigen Großstadtstraßen zu mustern.

„Das hier ist die schäbige Vorstadt", erklärte Frau Stafford-Smyth ihr mit einer wegwerfenden Handbewegung. „Das richtige Boston sehen wir später."

Belinda schaute sich um. Was sie draußen sah, wirkte tatsächlich ein wenig heruntergekommen, doch das hätte sie ihrer Patientin niemals gestanden. Sie wußte, wie sehr Frau Stafford-Smyth ihre Heimatstadt liebte.

Der Zug verlangsamte seine Fahrt, und Belinda begann, die Taschen und Pakete einzusammeln. Sie nahm den Hut, den sie abgelegt hatte, und setzte ihn sich sorgfältig wieder auf die goldbraunen Locken, um ihn mit Hutnadeln festzustecken. Dann half sie Frau Stafford-Smyth, das graue Haar zu ordnen und den Hut mit dem Schleier auf ihrem Kopf zu befestigen.

„Was tun wir, wenn wir ausgestiegen sind?" fragte sie dabei.

„Windsor wird uns mit der Kutsche abholen", antwortete die ältere Dame.

„Möchten Sie sich in der Kutsche hinlegen?" erkundigte sich Belinda, um alles für ihre Patientin vorbereiten zu können.

„Um nischts in der Welt!" gab die Frau energisch zurück. „Isch will aufrecht sitzend dursch meine Stadt gefahren werden." Dann fügte sie etwas umgänglicher hinzu: „Isch weiß nischt, ob isch misch überhaupt jemals im Leben wieder hinlegen will. Es kommt mir vor, als hätte isch jahrelang nischts anderes getan, als nur im Bett zu liegen."

„In Wirklichkeit war es aber nur monatelang", berichtigte Belinda sie mit einem sanften Lächeln.

Wie Frau Stafford-Smyth gesagt hatte, stand Windsor tatsächlich bei ihrer Ankunft auf dem Bahnsteig, um sie in Empfang zu nehmen. Er kam in den Waggon und half Belinda, seine Dienstherrin von der Eisenbahn in die reich mit Beschlägen verzierte Kutsche zu geleiten. Belinda war so sehr damit beschäftigt, sich überall umzuschauen, daß sie sich nur mit Mühe auf die notwendigen Handgriffe besinnen konnte. Endlich war alles zur Abfahrt bereit. Von mehreren Kissen gestützt, saß Frau Stafford Smyth auf ihrem Platz, und Belinda saß ihr gegenüber neben dem Butler Windsor. Der Kutscher erhielt das Signal zur Abfahrt, die Peitsche knallte, und die ungeduldigen Pferde trabten los, um die Kutsche durch die geschäftigen Straßen der Innenstadt zu ziehen.

Belinda hätte sich am liebsten aus dem Fenster gebeugt, um ja nichts von dem, was draußen an ihnen vorüberzog, zu verpassen, doch sie wußte, daß das kaum den Regeln des Anstands entsprach. Statt dessen saß sie still da, während Windsor sich nach dem Verlauf der Reise erkundigte.

„Und war die Bahnfahrt sehr anstrengend, Madam?“ fragte er.

Frau Stafford-Smyth seufzte.

„Allerdings“, sagte sie, „rescht anstrengend. Aber es wäre viel schlimmer gewesen, wenn Belinda nischt bei mir gewesen wäre. Sie hat misch glänzend versorgt.“

Der Butler wandte sich nicht zu Belinda um, doch sie konnte ihm anmerken, wie erleichtert er darüber war, daß sie seiner Dienstherrin die Reise so angenehm wie möglich gemacht hatte.

„Und wie steht es daheim, Windsor?“ erkundigte sich Frau Stafford-Smyth.

„Wir haben unser Bestes in Madams Abwesenheit getan“, sagte er nur, und sie nickte befriedigt.

Belinda wandte den Kopf fast unmerklich zur Seite, um aus dem kleinen Kutschenfenster zu schauen. Würde sie jemals die Gelegenheit haben, diese fesselnde Stadt, durch die sie nun so eilig gefahren wurden, eingehend zu erforschen? Ihre Begleiterin und Windsor schienen von den Gebäuden und Denkmälern da draußen keinerlei Notiz zu nehmen.

„Die Köchin bittet um Anweisungen“, sagte Windsor gerade zu seiner Herrin. „Sie läßt fragen, welsche Diät Madam wünscht.“

„Madam hält keine Diät“, erklärte Frau Stafford-

Smyth mit Bestimmtheit. „Das fade Hotelessen bin isch gründlisch leid. Isch freue misch auf die herzhafte Kost aus meiner eigenen Küche. Sagen Sie der Köchin, sie soll das Gewohnte auf den Tisch bringen, und zwar reischlisch davon, weil isch die Absischt habe, kräftisch zuzulangen."

Das Gesicht des Butlers verbarg nur mühsam seine Belustigung.

„Nun gut, Madam", sagte er. „Und wo möschte Madam die Mahlzeiten einnehmen? In Ihren privaten Räumen vielleischt?"

„Den Tee nehme isch im Salon, sobald wir den Fuß über die Schwelle gesetzt haben", sagte Frau Stafford-Smyth. „Anschließend wünsche isch meinen Rosengarten zu sehen. Isch habe ihn schrecklisch vermißt. Und dann …"

„Aber Madam sollte sisch nach einer so langen, anstrengenden Reise ein wenig ausruhen", widersprach Windsor mit dem notwendigen Respekt und der Freiheit eines langjährigen, ergebenen Butlers.

Zu Belindas Überraschung gab Frau Stafford-Smyth nach.

„Vielleischt haben Sie rescht. Nun gut, isch ruhe misch ein Stündschen oder zwei aus."

„Und wünscht Madam, daß Fräulein Davis die Omberg-Suite bewohnt?"

„Nein, sie soll in die Suite neben meiner ziehen."

„Die Rosenholz-Suite?"

„Die Rosenholz-Suite."

Belinda schaute verwundert drein. Das alles klang so sonderbar! Anstatt von Zimmern hatten sie von „Suiten" gesprochen, und anstatt nach ihrer Lage waren diese nach Eigennamen benannt. Omberg-Suite. Rosenholz-Suite. Das klang geheimnisvoll – und so elegant!

Als Belinda die Villa erblickte, die Frau Stafford-Smyth ihr Zuhause nannte, verschlug es ihr die Sprache. Nun begriff sie auch, warum die Zimmer Namen hatten. Andernfalls hätte man sich niemals zurechtgefunden. Belinda hatte noch nie so viele Zimmer unter einem Dach gesehen – nicht einmal im Hotel „Zum Rosenpalast".

Das Haus war aus Ziegeln und Natursteinen erbaut. Seine Flügel, Giebel und Anbauten schienen sich geradezu ins Endlose zu erstrecken. „Nur gut, daß ich gleich neben Frau Stafford-Smyth wohnen soll", dachte Belinda. Wie leicht würde sie sich sonst in dem weitläufigen Gebäude verirren!

Die Villa war von gepflegten Rasenflächen und Blumenbeeten voller Malven, Margareten und Begonien umgeben. Die Auffahrt aus roten Pflastersteinen beschrieb einen weiten Kreis bis zur Haustür, wo eine gemauerte Überdachung den Ankömmling vor Wind und Wetter schützte.

Frau Stafford-Smyths Freude über ihre Heimkehr war unverhohlen, wenn sie auch nichts von der überwältigten Ehrfurcht zeigte, die Belinda angesichts des eindrücklichen Bauwerks empfand.

„Herzlisch willkommen auf Gut Marschall", sagte die ältere Dame und lächelte Belinda zu.

„Oh!" flüsterte Belinda nur. Ihr war zumute, als habe sie soeben ein Märchenland betreten. Sie war froh, daß Windsor geistesgegenwärtiger als sie war und Frau Stafford-Smyth beim Aussteigen aus der Kutsche behilflich war.

Am Fuß der Treppe vor dem Haus standen zwei Dienstmädchen bereit. Windsor gab dem ersten die Anweisung: „Madam möschte ihren Tee im Salon einnehmen", und das Mädchen eilte unverzüglich ins Haus zurück. Dann wandte Windsor sich an das zweite Mädchen.

„Fräulein Davis bezieht die Rosenholz-Suite. Zeig ihr den Weg, damit sie sich zum Tee frischmachen kann. Anschließend bringst du sie in den Salon zurück."

Das Mädchen nickte Belinda zu und ging durch den Eingang voraus, um sie auf der langen, kreisförmigen Treppe in das obere Stockwerk zu begleiten. Noch immer schaute Belinda sich voller Verwunderung um und bestaunte das hochpolierte Holzwerk, die glitzernden Kronleuchter und das blinkende Kristall. In ihren kühnsten Träumen hätte sie niemals für möglich gehalten, daß ein solches Gebäude überhaupt existieren könnte. Kein Wunder, daß Frau Stafford-Smyth es kaum erwarten konnte, nach Hause zu kommen! Es war einfach überwältigend.

Erste Bekanntschaft

Auch die Rosenholz-Suite war ein wahrer Traum. Anstatt des hübschen kleinen Zimmers in sanften Rosatönen, das Belinda erwartet hatte, fand sie mehrere, miteinander verbundene Räume mit kostbarer Holztäfelung, blauen Samtpolstern und weißer Spitze vor. Noch nie hatte sie eine derartig erlesene Ausstattung gesehen, nicht einmal in den Büchern, die Melissa ihr während ihrer gemeinsamen Schulzeit geliehen hatte.

Ein großes Bett mit einer blauen, spitzenbesetzten Tagesdecke stand an einer Wand des geräumigen Schlafzimmers. Die Vorhänge am Fenster waren ebenfalls aus blauem Samt und weißer Spitze gearbeitet. An der gegenüberliegenden Wand waren ein Kamin aus Marmor und ein paar weich gepolsterte Sessel vor einem niedrigen, hochpolierten Holztisch. Darauf stand eine Zierlampe auf einem Spitzendeckchen. Am Fenster stand eine Sitzbank, deren blaues Samtpolster unter den blaubedruckten, spitzenbesetzten Kissen fast verschwand. Die Kommode und der hohe Kleiderschrank waren aus dem gleichen Holz wie das Bett gearbeitet. Die Teile der Wand, die nicht getäfelt waren, zierte eine wunderhübsche, blaugrundige Tapete.

Belinda stand da und konnte sich kaum satt sehen. „Mama würde ihre helle Freude haben“, dachte sie. Sie wußte, wie sehr ihre Mutter hübsche Einrichtungsgegenstände liebte.

„Diese Tür hier führt ins Bad“, teilte das Dienstmädchen ihr mit und deutete auf eine Tür zu ihrer Rechten. Ihre Worte brachten Belinda in die Gegenwart zurück.

Natürlich! Sie hatte sich zum Teetrinken frischzumachen. Errötend eilte sie in die angezeigte Richtung.

„Isch warte auf dem Flur auf Sie“, sagte das Dienstmädchen.

Belinda wagte es nicht, ihre Betrachtung der neuen Unterkunft fortzusetzen, so gern sie es auch getan hätte. Sie warf einen flüchtigen Blick um sich und nahm sich vor, alles später eingehend zu untersuchen. Hastig betrat sie das kleine Nebenzimmer, das sich an ihr Schlafzimmer anschloß.

Auch das Badezimmer war vorwiegend in Blau gehalten, doch anstelle von Weiß wie im Schlafzimmer waren Rosa und Elfenbein als Akzentfarben gewählt worden. Der Effekt war wunderhübsch, und Belinda wünschte sich, nicht zum Tee erscheinen zu müssen, um sich die Räume in aller Ruhe anschauen zu können.

Sie schüttete Wasser aus dem Krug in die Waschschüssel und sah sich suchend nach einem Waschlappen um. Das einzige Paar, das sie entdecken konnte, sah so nagelneu und reich verziert aus, als sei es eher als Raumschmuck gedacht. Da sich jedoch kein anderes Tuch fand, nahm sie einen der Waschlappen behutsam vom Haken, tauchte ihn in das warme Wasser und wusch sich das Gesicht. Erschrocken über den Reisestaub, der nun deutlich sichtbar an dem Waschlappen haftete, wusch ihn Belinda, so gut es nur gehen wollte, wieder aus und hängte ihn an seinen Platz zurück. Eilig glättete sie sich die Frisur und ging zu dem Dienstmädchen auf den Korridor hinaus.

Das Mädchen führte sie über einen langen Flur, an vielen Türen vorüber, eine lange, sich windende Treppe hinab, über einen zweiten Flur und endlich in einen Raum, wo hell ein Feuer im Kamin brannte. Auch hier bestand die reichhaltige Ausstattung aus erlesenen Möbelstücken. Inmitten weicher Kissen saß Frau Stafford-Smyth. Windsor saß ihr gegenüber, und eine ältere Dame stand ein paar Schritte abseits, um Madams Bericht von der plötzlichen Erkrankung und dem notgedrungenen

Aufenthalt in der Kleinstadt im Westen zuzuhören. Einen Moment lang zögerte Belinda. Erst jetzt wurde ihr bewußt, wie groß der Unterschied zwischen dem für Frau Stafford-Smyth selbstverständlichen Komfort und dem, was man ihr in dem kleinen Ort bieten konnte, in Wirklichkeit war.

„Nur hereinspaziert, meine Liebe, nur hereinspaziert!" begrüßte Frau Stafford-Smyth sie und bedeutete ihr mit einem Wink näherzutreten.

Plötzlich wurde Belinda von Befangenheit überwältigt. Unbehaglich schaute sie an ihrem von der Reise zerknitterten, nicht mehr sehr modischen Kleid hinunter. Es paßte ganz und gar nicht in diese Umgebung – oder war sie es selbst, die hier unpassend wirkte?

„Würden Sie den Tee einschenken, meine Liebe?" bat Frau Stafford-Smyth. Belindas Erscheinung schien sie nicht im geringsten aus dem Konzept zu bringen. Dann wandte sie sich zu dem Butler und der älteren Dame um. „Belinda hat misch schrecklisch verwöhnt, fürschte isch. Sie hat misch während meiner Krankheit gepflegt. Hin und wieder ist sie von anderen abgelöst worden, versteht sisch, aber es war Belinda, die in erster Linie für meine Pflege verantwortlisch war. Isch weiß wirklisch nischt, was isch ohne sie nur getan hätte. Sie weiß haargenau, wie isch meinen Tee am liebsten nehme, wie viele Kissen isch möschte, und sogar, wie sie misch zum Lachen bringen kann, wenn mir einmal eine Laus über die Leber gelaufen ist."

Frau Stafford-Smyth warf Belinda ein anerkennendes Lächeln zu und wartete auf ihren „haargenau rischtigen" Tee.

„Hat Ella Ihnen Ihre Suite gezeigt?" fragte sie, als sie ihre Tasse entgegennahm.

Belindas Augen leuchteten auf.

„Sie ist wunderschön", sagte sie mit unverhohlener Bewunderung in der Stimme.

„Gut! Dann haben Sie einen Grund weniger, wieder zu

einem von diesen jungen Männern zurückzulaufen, die daheim auf Sie warten."

Belinda spürte, wie ihr eine warme Glut in die Wangen stieg. Sie füllte eine zweite Tasse mit Tee und reichte sie der Dame, die noch immer hinter dem Teetablett stand, doch diese geriet sichtlich ein wenig aus der Fassung und bedeutete ihr nervös, daß die Tasse nicht für sie bestimmt war. Belinda war verwirrt.

„Frau Potter nimmt ihren Tee nischt im Salon", erklärte Frau Stafford-Smyth geradeheraus. „Sie trinkt in de Küche Tee."

Nun war es an Belinda, um ihre Fassung verlegen zu werden. Ihr Blick wanderte zu Windsor. Frau Stafford-Smyth schien ihre Gedanken erraten zu haben.

„Windsor nimmt seinen Tee auch nischt mit uns – bis auf die wenigen Gelegenheiten, wenn isch ihn dazu überreden kann."

„Ach so", murmelte Belinda.

Frau Potter trat ein paar Schritte näher, um Frau Stafford-Smyth einige der appetitlich belegten, winzigen Brotscheiben zu servieren. Dann zögerte sie, als wisse sie nicht, was sie als nächstes zu tun habe.

„Reischen Sie Fräulein Davis auch einen Teller", wies Frau Stafford-Smyth die Frau an. „Sie wird täglich mit mir Tee trinken."

Ohne eine Erwiderung trat Frau Potter mit dem Tablett auf Belinda zu. Diese begriff, daß das Geschehen für alle Anwesenden ungewöhnlich war, doch sie konnte sich beim besten Willen nicht vorstellen, wie das Teetrinken hier gewöhnlich verlief.

Nachdem Frau Potter die belegten Brotscheiben serviert und Belinda die Teetassen neu gefüllt hatte, wurde Süßgebäck gereicht. Belinda hielt es für ihre Pflicht, höflich abzulehnen, doch nach drei Tagen trockener Kost in der Eisenbahn konnte sie nicht widerstehen. „Ich werde es später schon irgendwie abarbeiten", nahm sie sich vor, doch dann fragte sie sich, welche Arbeit wohl von ihr erwartet wurde. Während Frau Stafford-Smyth sich ausruhte, würde sie nichts zu tun haben, es sei denn, man brauchte ihre Hilfe in der Küche.

Als Frau Stafford-Smyth erklärte, keinen einzigen Bissen mehr essen zu können, bot Windsor ihr den Arm.

„Sie wünschten, ihren Rosengarten zu besischtigen, Madam?“ fragte er mit dem für seine Stellung angemessenen Respekt.

„Und ob, Windsor, sehr gern!“ gab sie zur Antwort und ließ sich gemächlichen Schrittes aus einer anderen Tür aus dem Salon führen.

Belinda stand auf, stellte ihre Teetasse behutsam auf das Tablett zurück und begann, Frau Potter beim Abräumen des Teegeschirrs zu helfen. Ein finsterer, abwehrender Blick ließ sie erstarren. Belinda war sich keiner Schuld bewußt; sie zog den Arm zurück und senkte den Blick.

„Tut mir leid“, stotterte sie. „Ich … ich gehe bestimmt vorsichtig mit dem Geschirr um.“

„Die Krankenschwester braucht sich nischt um das Aufräumen zu kümmern“, war die kurz angebundene Anwort. „Wir wissen alle, was wir hier zu tun haben.“

Belinda legte die Stirn in Falten. Wie sonderbar! In einem Raum voller Menschen bekamen nur ausgewählte Personen Tee serviert. Es gab Arbeit zu tun, doch nur diejenigen, die dazu eigens eingestellt waren, durften es wagen, diese Arbeit zu erledigen. Belinda hatte noch niemals von einer solch seltsamen Lebensweise gehört.

„Und was ist meine Aufgabe?“ wagte sie zu fragen.

„Sie bekommen Ihre Anweisungen von Madam.“

„Aber … aber sie hat mir noch keine gegeben“, erinnerte Belinda die Frau.

„Dann werden Sie wohl am besten abwarten, bis sie es tut“, gab die Frau über ihre Schulter hinweg zurück und trug das Tablett durch die Seitentür aus dem Salon.

Belinda war allein im Raum. Sie wußte nicht recht, ob sie durch die Tür, die Windsor mit Frau Stafford-Smyth gewählt hatte, gehen sollte, um den Weg zu ihrer Suite zu suchen, oder ob es von ihr erwartet wurde, hier im Salon zu warten. Alles war so verwirrend!

Langsam ging sie in dem Salon umher, um jedes Möbelstück und jedes kostbar gerahmte Gemälde eingehend zu bewundern. Ihr Blick wanderte über jede Einzelheit und nahm die Schönheit der Ausstattung staunend wahr.

„Ich hätte mir nie im Leben träumen lassen, daß es so was überhaupt gibt“, dachte sie. „Ich könnte einfach Stunden mit Anschauen verbringen!“ Zwar wünschte sie sich, sie könnte diese Momente gemeinsam mit ihrer Familie erleben, dennoch war sie von Abenteuerlust und Begeisterung erfüllt. „Es wird mir bestimmt kein bißchen schwerfallen hierzubleiben“, sagte sie sich im stillen. „Es ist ja geradezu, als wäre ein Märchen Wirklichkeit geworden!“ Dann ging sie ein zweites Mal durch den weitläufigen Salon, um sich davon zu überzeugen, daß sie keins der kostbaren Möbelstücke in ihrer Betrachtung ausgelassen hatte.

In den Tagen, die nun folgten, machte Belinda sich vertrauter mit ihrer neuen Umgebung. Zu der Suite, die sie bewohnte, gehörte auch ein angrenzendes Wohnzimmer. Dieses war ebenfalls vornehmlich in Blau gehalten; ein Rosenmuster und kleine Tupfer von Blattgrün waren als Akzente gewählt worden. Belinda konnte kaum genug bekommen von der Harmonie der Farben. Glänzend poliertes Holz und der Komfort eines zweiten Kamins aus Marmor vollendeten die gediegene Ausstattung.

Von Belindas Wohnzimmer aus führte eine Tür zu Frau Stafford-Smyths Suite. Ein Klingelknopf, den die Dame des Hauses auf ihrer Nachtkonsole bedienen konnte, war mit einer Glocke in Belindas Suite verbunden. Belinda entdeckte bald, daß es derartige Klingelanlagen im ganzen Haus verteilt gab. Die Klingel in der Diele rief das Dienstmädchen herbei. Vom Salon aus konnte man den Butler benachrichtigen. Der Wintergarten war durch eine Klingelschnur mit der Küche verbunden. Belinda gewann den Eindruck, daß Frau Stafford-Smyth jederzeit einen Klingelknopf in erreichbarer Nähe hatte.

Belinda fand Gefallen an den Klingeln. Diese ermöglichten es ihr, ihrer Herrin jederzeit zur Verfügung zu stehen, ohne sich ständig in ihrer Gegenwart aufhalten zu müssen. Sie erkundigte sich arglos nach anderen Arbeiten im Haus, die sie erledigen könnte, doch nur, um von allen verständnislos angestarrt zu werden.

„Denken sie denn, ich tauge zu rein gar nichts außer zur Krankenpflege?" dachte Belinda achselzuckend und ging in ihre Zimmer zurück. Frau Stafford-Smyth klingelte schließlich nicht ständig nach ihr; daher hatte Belinda viel freie Zeit, in der sie zu gern jemand anderem Arbeit abgenommen hätte.

Es war Frau Stafford-Smyth selbst, die zumindest teilweise für Abhilfe sorgte, indem sie Belinda in die Bibliothek schickte, um ihr ein paar Bücher zu holen. Sie wies Belinda an, in den Salon zu gehen und Windsor durch die Klingel herbeizubitten. Er sollte ihr den Weg zur Bibliothek zeigen und ihr einige Bücher mitgeben, zu deren Lektüre Frau Stafford-Smyth bisher noch keine Gelegenheit gehabt hatte.

Belinda tat, wie ihr geheißen, und Windsor führte sie in einen Raum mit hoher Deckentäfelung und zahllosen Büchern, die in den Regalen aufgereiht standen. Belinda war sprachlos. Windsor wählte einige Bücher aus einem Stapel aus, den er eigens für Frau Stafford-Smyth ausgesondert zu haben schien, und Belinda brachte sie ihrer neuen Dienstherrin.

„Ich muß gestehen", sagte sie, als sie den Salon betrat, „daß ich noch nie im Leben so viele Bücher auf einmal gesehen habe. Gehören sie alle Ihnen?"

Die Dame lächelte.

„Natürlisch. Wenn Sie möschten, tun wir so, als wäre es

eine Leihbibliothek. Sie dürfen sisch gern bedienen, sooft Ihnen nach Lesen zumute ist.“

„Oh, wirklich?“ Belinda konnte ihr Glück kaum fassen.

„Ein kleiner Hinweis: Stellen Sie niemals ein Buch ins Regal zurück. Legen Sie's lieber auf den großen Eischentisch, der in der Mitte der Bibliothek steht. Windsor ist felsenfest davon überzeugt, daß er der einzige im Haus – auf der ganzen Welt, möschte isch meinen – ist, der den rischtigen Platz für jedes Buch kennt.“

Das klang ein wenig sonderbar, fand Belinda, die sich vorgenommen hatte, viele der Bücher zu lesen, doch sie widersprach nicht. Sie würde Frau Stafford-Smyths Anweisungen gewissenhaft befolgen. Als diese sie entließ, ging sie geradewegs in die Bibliothek, um sich unter den Büchern umzuschauen.

Es fiel ihr schwer, aus der Vielzahl der gesammelten Bände eine Auswahl zu treffen, doch dann entschloß sie sich für drei Bücher, die sie mit in ihre Zimmer nahm. Der Rest des Tages verging wie im Flug, während Belinda sich in einen Roman von Charles Dickens vertiefte. Auch das Buch über die Geschichte Amerikas und ein hübscher Gedichtband waren verlockend. Belinda sorgte sich nun nicht mehr um die müßigen Stunden, in denen sie nichts zu tun hatte. Diese Zeit würde sie zum Lesen nutzen.

„Wäre es nicht prima“, dachte sie im stillen, „wenn ich alle Bücher in der Bibliothek lesen könnte, bevor ich wieder nach Hause fahre?“ Doch sie wußte, daß es viele Jahre dauern würde, um den Inhalt der hohen Regale zu bewältigen.

Belinda nahm eine gewisse Mißstimmung innerhalb des Haushalts wahr. Obwohl sie nicht wußte, was die Ursache war, hatte sie das unbestimmte Gefühl, als habe alles etwas mit ihrer Gegenwart zu tun. Sie war sich keinerlei Schuld bewußt, doch der Mißton im Haus war deutlich zu spüren.

Eines Nachmittags, als Belinda mit Frau Stafford-Smyth im Ostflügel des Hauses Tee trank, betrat Frau Potter den Salon.

„Hat Madam entschieden, wann das Festessen stattfinden soll?“ erkundigte sie sich.

Frau Stafford-Smyth überlegte.

„Bringen Sie mir einen Kalender, Frau Potter“, bat sie dann, und die Frau machte sich unverzüglich auf den Weg.

Als Frau Potter den Salon verlassen hatte, wandte Frau Stafford-Smyth sich an Belinda.

„Isch will ein paar von meinen alten Freunden zum Diner einladen“, erklärte sie. „Nischt allzu viele – nur ein paar meiner engsten Bekannten. Isch habe sie lange nischt gesehen, und es ist höchste Zeit, daß isch über das Neueste in der Bostoner Gesellschaft im Bilde bin.“

Sie saß einige Augenblicke schweigend da und fuhr dann wie zu sich selbst fort: „Am Montag sind wir angekommen. Heute ist Samstag. Bis morgen schaffen wir's niemals, ein Festessen für Gäste herzurischten. – Was schlagen Sie vor, meine Liebe?“

Belinda wußte nicht recht, was sie sagen sollte.

„Wie lange ... wieviel Zeit braucht Ihr Personal denn für ...?“ begann sie ratlos. Sie hatte gelernt, alle Bediensteten des Hauses als „Personal“ zu bezeichnen.

„Windsor erledigt die Einladungen. Das Küchenpersonal könnte alles in zwei bis drei Tagen hergerischtet haben.“

„Dann vielleicht Mittwoch abend“, schlug Belinda vor. Im selben Moment kehrte Frau Potter auch schon mit dem Kalender in den Salon zurück. Belinda spürte die kühlen Augen der Frau auf sich gerichtet. Sie wußte nicht, womit sie sie verstimmt haben konnte. Brauchte das Personal womöglich mehr Zeit als bis zum kommenden Mittwoch?

„Oder Donnerstag ... oder auch Freitag“, fügte sie stotternd hinzu und erhoffte sich dadurch, die Gunst der Frau zurückzugewinnen.

Doch nichts dergleichen geschah. Die Frau wandte lediglich ihren Blick von Belinda ab, um sich mit Frau Stafford-Smyth zu beraten.

„WelschenTag hatten Sie im Sinn, Madam?“ fragte sie.

„Mittwoch“, erklärte Frau Stafford-Smyth mit Bestimmtheit.

„Sehr wohl, Madam“, erwiderte Frau Potter. „Und haben Sie einen besonderen Wunsch, was das Menü betrifft?“

„Das überlasse isch Ihnen und Windsor“, sagte Frau Stafford-Smyth. „Sie wissen, wie mir solsche Dinge Kopfzerbreschen bereiten.“

„Sehr wohl, Madam“, antwortete die Frau.

„Windsor soll kommen. Klingeln Sie ihm doch bitte, meine Liebe!“ bat Frau Stafford-Smyth, und Belinda drückte auf den Klingelknopf. Bald stand Windsor vor ihnen.

„Windsor, wir planen ein kleines Festessen für Mittwoch abend“, erklärte Frau Stafford-Smyth ihm.

„Sehr wohl, Madam“, antwortete er höflich. „Und wie viele Gedecke soll isch vorbereiten?“

„Also, laden Sie mir doch Frau Prescott ein, und die Richter Allenbys, und … wollen mal sehen … nein, diesmal nischt die Forsyths. Die sparen wir uns für später auf. Herr Walsh. Celia plaudert für ihr Leben gern mit Herrn Walsh. Und dann noch ein Ehepaar, denke isch. Die Whitleys vielleischt. Ja, das wird ausreischen. Eine perfekte Tischrunde, finde isch. Acht Gedecke also.“

„Aber Madam haben nur sechs Gäste genannt. Mit Madam macht das nur sieben.“

Ein wenig ungeduldig zählte Frau Stafford-Smyth auf: „Die Allenbys, die Whitleys, Celia Prescott, Herr Walsh, isch selbst und Belinda. Das macht acht“, berichtigte sie Windsor.

Bei der Erwähnung ihres Namens hatte Belinda einen Funken von Überraschung in den Augen des Butlers bemerkt, wenn seine Miene auch unbeweglich blieb. Der

Ausdruck in Frau Potters Gesicht dagegen war eindeutig widerstrebend.

Belinda hatte es nicht als sonderbar empfunden, zu der Tischrunde beim Festessen gerechnet zu werden; sie war es gewöhnt, alle Mahlzeiten mit Frau Stafford-Smyth gemeinsam einzunehmen, doch als sie die Ablehnung in den Gesichtern der beiden Bediensteten sah, begann sie, unsicher zu werden. Lag hier womöglich die Ursache der Feindseligkeit, die ihr in diesem Haus begegnete?

Als sie wieder mit Frau Stafford-Smyth allein war, wagte sie es, ihrer Herrin einige Fragen zu stellen.

„Hat Ihre alte Pflegerin – den Namen hab' ich vergessen – hat sie mit Ihnen gemeinsam gegessen?"

„Natürlisch nischt", entgegnete Frau Stafford-Smyth geradeheraus. „Sie aß in der Küche oder in ihren Zimmern. Die meisten Mahlzeiten hat sie sisch aufs Zimmer bringen lassen, glaube isch."

Belinda überlegte einen Moment lang.

„Meinen Sie, daß es vielleicht klüger wäre, wenn ich auch in meiner Suite essen würde?" fragte sie leise.

Frau Stafford-Smyth sah überrascht auf.

„Mögen Sie meine Gesellschaft beim Essen etwa nischt?" fragte sie.

„Aber natürlich esse ich gern mit Ihnen. Es ist nur … also, ich hab' den Eindruck, als sähe es ihr Personal nicht gern, weiter nichts."

„Unsinn!" sagte die ältere Dame forsch. „Sie sind hier in meinem Haus, und ich habe das Sagen hier." Belinda konnte ihr ansehen, daß sie das Thema für abgeschlossen hielt.

„Aber ich bin doch auch nur eine Bedienstete", sagte Belinda schüchtern.

Frau Stafford-Smyth sah von ihrer Stickerei auf.

„Sie sind mir wie die Tochter, die isch mir immer gewünscht habe", sagte sie sanft, und Belinda war bewegt. Was sollte sie darauf erwidern?

Frau Stafford-Smyth hatte Belindas Pflegedienste während der Monate im Westen großzügig vergütet, und Belinda hatte das meiste ihres Verdienstes gespart. Beim Gedanken an den kommenden Sonntag und an das festliche Diner überlegte sie sich jedoch, daß es an der Zeit wä sich von einem Teil ihrer kostbaren Ersparnisse zu trennen. Sie betrat die Diele, die zu Frau Stafford-Smyths Zimmern führte. Dabei ging sie auf leisen Sohlen, um ihre Dienstherrin nur nicht aufzuwecken, falls diese sich gerade ausruhen sollte. Als sie sachte an die Tür klopfte, erklang jedoch ein munteres „Herein!“.

„Ich hoffe, ich störe nicht“, sagte sie hastig, „aber ich hätte ein paar Einkäufe zu erledigen. Gibt es in der Nähe ein Bekleidungsgeschäft, das ich aufsuchen könnte? Meine Kleider sind nämlich schrecklich unmodisch und unpassend für diese Umgebung, und wo doch morgen Gottesdienst ist und das Essen am Mittwoch, dachte ich mir, vielleicht könnte ich ...“

„Liebe Güte“, unterbrach Frau Stafford-Smyth sie, „eigentlisch hatte isch misch darauf gefreut, selbst mit Ihnen einkaufen zu gehen – aber Sie haben natürlisch rescht. In etwas Neuem fühlen Sie sisch morgen bestimmt schon viel heimischer hier. Isch hätte selbst an den Gottesdienst denken sollen. Daß isch ihn nischt besuchen werde, bedeutet schließlisch noch längst nischt, daß auch Sie daheim bleiben müßten. Selbstverständlisch sollen Sie ein neues Kleid bekommen – und einen Hut und ein Schultertuch dazu, finde isch. Und dann natürlisch ein Paar elegante Schnürschuhe und einen Parasol ...“

Belinda wollte protestieren. Sie hatte nicht die Absicht, Unsummen auszugeben, doch Frau Stafford-Smyth ließ sich nicht beirren.

„Windsor wird die Kutsche holen lassen und mit Ihnen zu LeSoud fahren“, bestimmte sie. „Das ist das Geschäft, das isch eigentlisch selbst mit Ihnen aufsuchen wollte. Schade drum ... isch wäre zu gern mitgefahren, aber das holen wir vielleischt später einmal nach. Reischen Sie mir doch bitte mein Notizheft, ja? Isch gebe Ihnen geschwind ein paar Zeilen an Madame Tilley mit."

Damit setzte sich Frau Stafford-Smyth auf ihren Kissen zurecht. Belinda blieb keine andere Wahl, als ihr Notizheft, Federhalter und Tinte zu reichen und zu warten, bis der Brief an die Dame namens Madame Tilley beendet war. Belinda wurde von wachsender Unruhe erfüllt, je länger das Kratzen des Federhalters auf dem Papier zu hören war. Sie begann zu befürchten, daß die gute Frau Stafford-Smyth nicht davor zurückscheute, Belindas mühsam verdiente Ersparnisse bis auf den letzten Groschen auszugeben. Nun, wenn sie erst in dem Geschäft war, würde sie energisch Einhalt gebieten, wenn sie es für nötig halten sollte. Da Frau Stafford-Smyth daheim bleiben würde, konnte sie ihr dort zum Glück keine Befehle erteilen.

Belinda wurde zu ihrer Suite geschickt, um sich umzuziehen, und nachdem auch Windsor seine Anweisungen erhalten hatte, ließ er die Kutsche bereitstellen. Belinda wußte kaum, wie ihr geschah, als sie wenig später in Windsors Begleitung die baumgesäumte Allee entlang zu dem Bekleidungsgeschäft kutschiert wurde.

Diesmal ließ sie sich jedoch durch nichts davon abbringen, aus dem Kutschenfenster nach draußen zu schauen. Sie wollte sich nichts von den prächtigen Wohnhäusern, den gepflegten Rasenflächen, den Rosenhecken und den eleganten Kutschen da draußen entgehen lassen. „Es ist wirklich fast wie im Märchen", dachte sie. „Kein Wunder, daß Frau Stafford-Smyth ihr geliebtes Boston so sehr vermißt hat!"

Eine fremde Welt

Ein Geschäft wie LeSoud hatte Belinda noch nie gesehen. Edle Vorhänge und Kronleuchter aus Kristall gaben ihm eher das Aussehen eines Salons als das eines Bekleidungsgeschäfts. Reich verzierte, elfenbeinfarbene Brokatstühle standen um niedrige Tische, auf denen mit Konfekt gefüllte Silberschalen zum Genuß verlockten.

Windsor trat näher und überreichte Madame Tilley die langen Anweisungen aus Frau Stafford-Smyths Feder, um ihr anschließend Belinda vorzustellen. Madame Tilley bedeutete Windsor, auf einem der Stühle Platz zu nehmen, und bat Belinda, ihr zu folgen.

Sie gingen in einen anderen Raum, der kleiner als der erste, aber genau wie dieser ausgestattet war. Belinda schaute sich verwundert um. Nirgends konnte sie auch nur ein einziges Kleid entdecken.

Madame Tilley wies ihr einen Stuhl zu und rief ein junges Mädchen herbei, das ein elegantes schwarzes Kleid trug, unaufdringlich in seinem schlichten Zuschnitt und zugleich sehr wirkungsvoll durch den weiten, schwingenden Rock. Die beiden Frauen berieten sich leise; dann verließ das Mädchen, das mit Yvonne angeredet worden war, das Zimmer, um wenig später mit drei Kleidern zurückzukehren.

Von nun an geschah alles mit rasender Geschwindigkeit. Belinda wurde gebeten, sich aufrecht zu stellen, sich zu setzen, die Arme zu heben und sich ein Kleid nach dem anderen anprobieren zu lassen, bis ihr der Kopf nur so brummte. Sie hatte keine Ahnung, welche Entschlüsse bezüglich ihres Einkaufs getroffen wurden, da die beiden Damen Französisch miteinander sprachen. „Hmmmm“, und „aha, aha“, murmelte Madame, und Yvonne meinte: „Oh!“ und „Ah!“, während Belinda sich mit erhobenen Armen ein Kleid nach dem anderen über den Kopf streifen ließ.

Als nächstes wurden Schuhe anprobiert, Handschuhe herbeigeholt und Schultertücher und Mäntel angehalten, bis Belinda völlig benommen war. Trotz ihrer Verwirrung hatte sie jedoch ein Kleid entdeckt, das ihr zusagte. Es war aus pastellgrünem, zarten Baumwollstoff geschneidert und schmeichelte ihrer schmalen Gestalt. Trotz seiner aufwendigen Verarbeitung wirkte es nicht übertrieben elegant. Ein solches Kleid würde auch ihre Mutter für den Kirchgang durchaus angemessen finden.

Doch auch dieses Kleid entschwand ihren Blicken, ohne daß sie wußte, wie ihr geschah. Sie fragte sich verwirrt, woher die Kleider nur kamen und wohin sie nach der Anprobe wieder gebracht wurden. Als sie sich danach erkundigen wollte, verlor ihre Stimme sich in dem angeregten Gespräch zwischen Madame und Yvonne.

Endlich trug Belinda wieder ihr eigenes Kleid, ihre Handschuhe und ihren Hut. Sie schaute ratlos um sich. Sie war gekommen, um ein Kleid zu kaufen, und der Brief, den Frau Stafford-Smyth ihr mitgegeben hatte, hatte sie befürchten lassen, sich gegen eine Vielzahl von Käufen, die sie nicht beabsichtigte, zur Wehr setzen zu müssen. Nun begann sie sich zu fragen, ob man ihr auch nur den Kauf des einen Kleides gestatten würde, das ihr zusagt e. Sie warf Madame einen fragenden Blick zu.

„Aber das Kleid ... das grüne mit der Lochspitze ... ich würde es gern kaufen ...“

„Es hat Ihnen gefallen, nischt wahr?“ fragte Madame erfreut.

„Ja, doch, das hat es“, sagte Belinda. „Sehr sogar.“

„Es wird Ihnen heute abend geliefert werden“, antwortete die Frau.

Belinda war erleichtert. Irgendwie schien es ihr gelungen zu sein, den beiden Damen ihre Absichten bezüglich des Kleides begreiflich zu machen. Es würde ihr also noch am selben Abend gebracht werden.

Nur wünschte sich Belinda, die Gelegenheit gefunden zu haben, auch ein leichtes Schultertuch und vielleicht ein Paar feine Schuhe zu erstehen. Nun, das würde sie halt beim nächsten Mal nachholen müssen, tröstete sie sich. Wenigstens hatte sie ein Kleid gefunden, das ihr gefiel. Dafür war sie dankbar.

Madame und Yvonne ordneten noch immer emsig die Kleider, Schuhe und Handtaschen, die im Raum verstreut lagen.

Belinda stand zögernd da.

„Kann isch Ihnen mit noch etwas behilflisch sein, Fräulein Belinda?“ fragte Madame endlich, als sie ihr Zögern bemerkt hatte.

Belinda errötete und griff in ihre Handtasche.

„Die Rechnung“, stotterte sie. „Die Rechnung … Ich habe noch nicht bezahlt.“

Madame sah sie überrascht an.

„Für die Rechnung ist längst gesorgt“, sagte sie und hob die Augenbrauen dabei. „Alles geht zu Lasten von Frau Stafford-Smyths Konto bei uns.“

„Oh, das muß aber ein Mißverständnis sein“, protestierte Belinda. „Das Kleid ist für mich privat.“

Madame Tilley hob den Brief mit den langen Anweisungen, den Windsor ihr gegeben hatte, von dem Tisch auf.

„Hier steht es schwarz auf weiß“, erklärte sie. „Madame ’at ausdrücklich bestimmt, daß Ihr Einkauf unter ihrem Namen verrechnet wird, und wir ’ier bei LeSoud richten uns strengstens nach Madame Stafford-Smyths Wünschen.“

Belinda wollte abwehren, besann sich dann aber eines anderen. Sie verstand zwar nicht recht, was in dieser fremden Welt nur vor sich ging, doch womöglich hielt Frau Stafford-Smyth es für einfacher, Belindas Einkäufe zu ihren eigenen aufschreiben zu lassen; Belinda würde ihr dann später den Betrag zurückerstatten. Noch immer ein wenig verunsichert, folgte sie Madame Tilley in den großen Raum, wo Windsor auf sie wartete.

Auf dem Rückweg zu Gut Marschall dachte Belinda wieder an das pastellgrüne Kleid, das sie gekauft hatte. Sie war sehr zufrieden mit ihrer Wahl. Das Kleid stand ihr gut und eignete sich glänzend für Gottesdienstbesuche. Eigentlich hatte sie sich vorgenommen, ein zweites, blumigeres Kleid für festliche Gelegenheiten wie das Diner am Mittwoch zu erstehen, doch es war ihr offensichtlich nicht gelungen, Madame Tilley ihren Wunsch verständlich zu machen. Nun, das grüne würde wohl oder übel auch für das Diner herhalten müssen.

„Sind Sie bei LeSoud zureschtgekommen?“ erkundigte sich Frau Stafford-Smyth beim Tee.

„Meine Güte“, sagte Belinda, „so viele hübsche Sachen habe ich noch nie gesehen. Es war ein Kunststück, mich zu entscheiden. Schließlich habe ich aber ein Kleid gefunden. Es soll heute abend geliefert werden.“ Belinda warf ihr über den Rand ihrer Teetasse einen Blick zu. „Aber jetzt schulde ich Ihnen den Betrag für das Kleid. In dem Geschäft wollten sie mich einfach nicht bezahlen lassen. Ich weiß ja nicht mal, wieviel das Kleid kostet. Nirgendwo hab' ich ein Preisschild entdecken können.“

„Nein“, erklärte Frau Stafford-Smyth. „Bei LeSoud sind die Preise nur auf Nachfrage zu erfahren.“

Das kam Belinda sonderbar vor, doch sie sagte nichts. In Boston gab es viele sonderbare Bräuche, schien ihr.

„Und was die Reschnung betrifft“, fuhr Frau Stafford-Smyth geradeheraus fort, „so wird Ihnen Ihre Garderobe gewissermaßen als ‚Arbeitskleidung‘ gestellt.“

„Aber …“, wollte Belinda widersprechen.

„Kein Aber“, fiel die Dame ihr mit erhobener Hand ins Wort. „Ich weiß, Ihre Stellung ist ein wenig anders als die des übrigen Personals. Sie sind nischt nur meine Pflegerin, so wie Frau Potter meine Haushälterin ist, sondern auch meine Gesellschafterin – und isch erwarte von Ihnen als meiner Gefährtin, daß Sie misch zu gesellschaftlischen

Ereignissen begleiten, mit mir zu Tisch sitzen und meine Gäste begrüßen. Aus diesem Grund brauchen Sie eine etwas ... nun, eine etwas reischhaltigere Garderobe, und isch würde niemals von Ihnen erwarten, selbst für die Kosten aufzukommen. Das wäre ungerescht. Verstehen Sie, meine Liebe?"

Belinda glaubte, daß sie recht gut begriffen hatte, obwohl das alles ein wenig sonderbar klang.

„So, und würden Sie mir nun noch eine Tasse Tee einschenken?" fuhr die Gutsfrau fort, und Belinda füllte ihre Tasse aufs neue.

Am selben Abend traf das grüne Sonntagskleid ein. Mit ihm wurden geradezu Berge von weiteren Schachteln geliefert. Erschrocken stellte Belinda fest, daß der Inhalt aus zahllosen Kleidungsstücken und modischem Zubehör bestand. Es mußte sich um einen gewaltigen Irrtum handeln. Belinda mußte auf der Stelle mit Frau Stafford-Smyth sprechen, bevor der Laufbursche sich auf den Rückweg zu dem Geschäft machte. Die meisten der Dinge, die in ihrem Zimmer aufgestapelt lagen, mußte er unbedingt wieder mitnehmen.

Belinda wollte gerade in die angrenzende Suite laufen, als sie um ein Haar mit Frau Stafford-Smyth, die auf dem Weg zu ihr war, zusammenstieß. Die ältere Dame schien von freudiger Erwartung erfüllt zu sein.

„Sind sie angekommen?" erkundigte sie sich bei Belinda. „Mir war so, als hätte isch etwas gehört."

„Ja, schon, aber ein Irrtum ist passiert, ein furchtbarer Irrtum. Das grüne Kleid habe ich ja bestellt, aber ich glaube, Madame Tilley hat sämtliche Kleidungsstücke geschickt, die ich anprobiert habe." Belinda befürchtete, Frau Stafford-Smyth könnte den Eindruck gewinnen, als habe sie ihre Großzügigkeit schamlos ausgenutzt und eine lange Bestellung aufgegeben.

„Isch liebe es, neue Kleider anzuschauen, Sie nischt

auch, meine Liebe?" lächelte die Frau. „Wäre es Ihnen rescht, wenn isch Ihnen beim Auspacken Ihrer Schachteln zuschaue?"

„Aber Sie verstehen nicht", widersprach Belinda. „Frau Tilley hat mir Sachen geschickt, die ich gar nicht bestellt hatte!"

„Isch habe sie aber bestellt", sagte Frau Stafford-Smyth.

„Aber ... aber ...", wollte Belinda aufbegehren.

„Isch dachte, isch hätte Ihnen alles erklärt", fiel ihr die Dame ein wenig ungeduldig ins Wort. „Isch wünsche, daß Sie misch zu öffentlischen Anlässen begleiten – sobald isch dazu in der Lage bin, heißt das – und daß Sie entsprechend gekleidet sind."

Zum ersten Mal begriff Belinda die volle Wahrheit. Sie hatte sich selbst noch nie mit den Augen ihrer Dienstherrin betrachtet. Gewiß konnten sich ihre abgetragenen, praktischen Hauskleider kaum mit Frau Stafford-Smyths eigener Garderobe messen. Belindas Blick fiel auf das Kleid, das sie trug. Es war ihr bestes. Dennoch wirkte es neben dem kostbaren Kleid, das ihre Herrin trug, erbärmlich minderwertig.

„So, nun lassen Sie uns einmal schauen, was Sie da Neues bekommen haben!" schlug Frau Stafford-Smyth vor.

Belinda wandte sich wieder den Schachteln zu, doch dabei war ihr bei weitem nicht so freudig zumute wie ihrer Dienstherrin.

Aus den Schachteln kamen viele hübsche Dinge zum Vorschein. Belinda konnte nicht umhin, jedes Teil in seiner exquisiten Verarbeitung zu bewundern. Ihre Hand fuhr über die weichen Seidenstoffe, den schweren Satin, die zierlichen Lochspitzen. Alles war wunderhübsch. „Aber ich werde das Gefühl niemals loswerden, daß ich geborgte Kleider trage", seufzte sie im stillen.

Staunend packte sie Hüte und Schals aus, einen langen Mantel aus feinster blauer Wolle, Parasols, Handschuhe,

Taschen, spitzenverzierte Unterwäsche und Nachthemden. In ihrem ganzen Leben hatte Belinda noch nie so viel kostbare Wäsche gesehen. Das Auspacken wäre ein wahres Freudenfest für sie gewesen, wenn all diese Dinge ihr persönliches Eigentum gewesen wären.

Ein ums andere Mal murmelte sie einen Dank an Frau Stafford-Smyth, die ihre Verlegenheit nicht im geringsten zu bemerken schien, sondern vor Freude über die neue Ausstaffierung geradezu strahlte.

„Sie werden das hübscheste junge Mädschen in ganz Boston sein", triumphierte sie, während Belinda sich im stillen fragte, was daran nur so beneidenswert wäre.

Als die letzte Schachtel geöffnet war und alle Kleidungsstücke mit Sorgfalt in dem Schrank und der Kommode untergebracht waren, wandte sich Frau Stafford-Smyth mit einem fröhlichen Blitzen in den Augen an Belinda.

„Am Mittwoch abend tragen Sie das blaue Seidenkleid", bestimmte sie. „Und machen Sie sisch die Frisur ein bißchen lockerer zurescht. Ella wird Ihnen dabei helfen. Sie versteht sisch auf Frisuren."

Belinda nickte nur. Nun mußte sie sich also vorschreiben lassen, wie sie sich zu kleiden hatte – sie, die schon so manche kritische Entscheidung selbständig hatte treffen müssen, von der das Leben eines Patienten abhängen konnte.

Sie sah ihre Herrin an und nickte nochmals wortlos.

Windsor begleitete Belinda am nächsten Morgen zur Kirche. Die ganze Woche schon hatte sie sich darauf gefreut, sich am Sonntag mit den Gläubigen der Stadt zum Gottesdienst zu versammeln. Gewiß, sie begegnete ihrem Gott täglich in der Stille, wenn sie in ihrer Bibel las und betete, doch der Sonntag war seit jeher ein besondererTag für sie gewesen. Der Gottesdienst mit den gemeinsamen Liedern, dem Verlesen eines Bibelabschnitts und der Predigt war ihr immer eine rechte Erquickung gewesen. Belinda dachte an ihre Familie, die sich heute in der kleinen Landkirche daheim einfinden würde, und ein Funke von Heimweh stieg in ihr auf.

Doch die Bostoner Kirche glich der kleinen Landkirche zu Hause kaum. Sie war ein prächtiges, hohes Gebäude aus Stein, dessen Turmspitze bis an den Himmel zu reichen schien. Belinda stand voller Ehrfurcht vor dem Eingang und konnte sich kaum satt sehen, doch dann schob Windsor sie auch schon mit sanfter Hand weiter.

Von innen wirkte das Bauwerk noch stattlicher. Die Gottesdienstbesucher, die auf den Bänken aus poliertem Holz Platz nahmen, machten im Vergleich dazu einen winzigen, unbedeutenden Eindruck.

Anstelle eines einzigen Predigers setzten sich mehrere Männer auf die der Gemeinde zugewandten Bänke hinter dem Altar. Sie trugen lange, fließende Gewänder in den prächtigsten Farben. Belinda mußte unwillkürlich lächeln. „Und ich hatte schon befürchtet, in meinem Pastellgrünen ein wenig zu auffallend gekleidet zu sein", dachte sie belustigt.

Während weitere Gottesdienstbesucher eintrafen, erfüllten berauschende Orgelklänge das Kirchenschiff, die schließlich in einem sanften, ruhigen Largo endeten. Belinda sah sich um und entdeckte ganze Galerien von Orgelpfeifen in unterschiedlichen Größen und Längen. Sie hatte noch nie eine richtige Orgel gesehen. Der Anblick und die Musik beeindruckten sie tief.

Ihr Blick wanderte durch das Kirchenschiff, um ein jedes der Buntglasfenster zu bestaunen. Die Morgensonne ließ die Farben aufleuchten und erfüllte die künstlerische Darstellung des Guten Hirten, der seine Hand nach dem verlorenen Schaf ausstreckte, des sterbenden Erlösers am Kreuz und des sanftmütigen Lehrers, der ein Kind auf den Knien hielt, mit Leben und Wärme.

Belinda schlug das Herz vor Freude. Die Schönheit und Erhabenheit dieses Gotteshauses waren überwältigend. Welch ein Genuß mußte es sein, Gott in einem solchen Bauwerk anzubeten! Wie gut es doch die Bostoner Stadtbewohner hatten, miteinander in solch majestätischen Bauwerken Sonntag für Sonntag den Gottesdienst zu feiern!

Belindas Herz war erfüllt von Dankbarkeit und Lob für Gottes große Güte. Wie gern hätte sie diese Momente an der Seite ihrer Eltern und Geschwister erlebt! Sie blickte sich in der versammelten Gemeinde um. Die Bänke waren nur zu einem kleinen Teil gefüllt, und inmitten der wenigen, die sich zum Gottesdienst eingefunden hatten, konnte Belinda kein einziges frohes Augenpaar entdekken. Unbewegte, steinerne Gesichter starrten ausdruckslos nach vorn. Belinda konnte es kaum fassen, daß niemand auch nur eine Spur von Begeisterung über einen so erhabenen Ort der Anbetung zeigte. Ein kühles Frösteln durchwehte ihr Herz, und sie bemühte sich, ihre Dankbarkeit und Freude zurückzugewinnen. Sie richtete ihren Blick auf den Altar. Die Männer in ihren feierlichen Gewändern waren so weit entfernt, daß sie kaum den Ausdruck auf ihren Gesichtern erkennen konnte. Ihre Stimmen erreichten sie nur als ein Widerhall, und sie folgte mit Mühe den Worten, die aus der großen, aufgeschlagenen Bibel auf dem Altar verlesen wurden.

Die Worte waren ihr vertraut. Es war Gottes Wort, und es erquickte ihre Seele. Doch das herrliche, große Kirchenschiff mit der hohen Deckenwölbung erschien ihr noch immer kalt und unnahbar, und die Menschen hier wirkten wie steinerne Statuen. Niemand hieß sie willkommen oder nickte ihr freundlich zu. Belinda fragte sich, was sie nur falsch gemacht haben könnte, und sah auf ihr pastellgrünes Kleid hinab. Nein, das Kleid traf gewiß keine Schuld. Es war den Kleidern der übrigen Frauen durchaus ähnlich.

„Das Kleid kann's nicht sein", dachte Belinda bei sich. „Es muß an mir selbst liegen. Die Leute haben mir bestimmt angesehen, daß ich aus der Prärie komme." Sie fühlte sich einsam und ausgestoßen von der Menge der Gottesdienstbesucher.

Ein unerwarteter Gast

Trotz der wohlbestückten Bibliothek hatte Belinda mehr freie Stunden, als sie auszufüllen wußte. Jetzt, da Frau Stafford-Smyth wieder zu Hause war und jederzeit die Hilfe von Windsor, der Haushälterin, Frau Potter, den beiden Dienstmädchen und der Köchin in Anspruch nehmen konnte, kam sich Belinda ein wenig überflüssig vor. Die einzige Pflicht, die sie Tag für Tag versah, war das Ausschenken von Frau Stafford-Smyths Tee, und das, fand sie, hätte im Grunde jeder tun können.

So bemühte sich Belinda, eine Beschäftigung zu finden. Obwohl sie täglich mehrere Stunden lang las, blieb ihr noch immer reichlich Zeit zu ungewohnter Muße. Sie überlegte, daß ihr Bewegung guttun würde, und erwähnte dies ihrer Herrin gegenüber.

„Aber natürlisch, meine Liebe", sagte die ältere Dame. „Ein gesundes junges Mädchen wie Sie gehört an die frische Luft. Isch hätte längst selbst auf die Idee kommen sollen. Nur weil isch tagein, tagaus in der Stube sitze, müssen Sie es mir nischt nachtun. Würden Sie gern reiten? Es gibt einen berühmten Reitclub ..."

Doch Belinda schüttelte nur den Kopf. Sie konnte sich nicht vorstellen, in einem vornehmen Club Reitsport zu betreiben. Unwillkürlich mußte sie an ihren treuen, alten Copper denken, den sie daheim zurückgelassen hatte. Die Vorstellung von Copper in einem Dressurring ließ sie beinahe auflachen.

„Oder Tennis? Wir haben gute Tennisplätze hinter dem Haus – aber Tennis kann man kaum ohne einen Partner spielen."

„Ach, ich glaube, ich würd' gern einfach mal durch die Straßen gehen", antwortete Belinda.

„Liebe Güte", sagte Frau Stafford-Smyth, „gehen Sie nur, soviel Sie möschten. Die Straßen gehören schließlisch allen und sind rescht ungefährlisch."

Am Mittwoch vormittag machte sich Belinda also auf den Weg durch die erstaunlich unbelebten Straßen. Sie gewann den Eindruck, als bewege man sich in Boston allenfalls per Kutsche fort, niemals jedoch zu Fuß. Sie hatte sich vorgenommen, eine halbe Stunde lang zügig durch die Straßen zu gehen, doch unterwegs gab es so viel zu sehen, daß sie ihre Schritte immer wieder verlangsamte, um alles genau zu betrachten.

Belebt und hungrig kehrte Belinda von ihrem Spaziergang zurück und freute sich auf das Mittagessen, das die Köchin zubereitet hatte. Sie machte sich frisch, um zu Frau Stafford-Smyth in den Salon zu gehen.

„Nun? Hat Ihnen der Spaziergang gefallen?" erkundigte sich ihre Herrin und fügte dann, ohne eine Antwort abzuwarten, hinzu: „Und ob! Das kann man Ihnen auf den ersten Blick ansehen. Ihnen glühen die Wangen ja nur so, und Ihre Augen strahlen rischtig!"

„Es war einfach wundervoll!" schwärmte Belinda. „Schade, daß Sie nicht mit mir spazierengehen können!"

Frau Stafford-Smyth schmunzelte.

„Es hat Zeiten gegeben, als isch um nischts in der Welt daheimgeblieben wäre – aber heute ist das anders", sagte sie gutmütig.

Bei ihrem gemeinsamen Mittagessen unterhielten sich die beiden Frauen angeregt miteinander, und Frau Stafford-Smyth wurde aufs neue an den Grund ihrer eindringlichen Einladung an Belinda erinnert, mit ihr nach Boston zu reisen. Das junge Mädchen war so springlebendig und voller Wärme, daß man in ihrer Gegenwart einfach aufblühte. Frau Stafford-Smyth hing sehr an ihrem vornehmen Haus und an Boston; sollten unvorhergesehende Umstände ihr das eine oder auch das andere rauben, so würde sie gewiß untröstlich sein. Sie fühlte sich wohl daheim, wo Dienstmädchen ihr zu Gebot standen und die Köchin, die Haushälterin und der gute Windsor ihr jeden Wunsch von den Augen ablasen. Doch in dem weitläufigen Haus befiel sie zu leicht die Einsamkeit. Das Personal konnte ihr eine Gesellschafterin, eine Freundin nicht ersetzen. Seltsamerweise sah Frau Stafford-Smyth in Belinda eine solche Gesellschafterin.

Zwar wußte sie, daß Frau Potter mit ihren strengen Anstandsregeln keineswegs mit der Sonderstellung des jungen Mädchens einverstanden war. Frau Potter war davon überzeugt, daß Bedienstete kein Recht hatten, mit Angehörigen der höheren Stände Tee zu trinken. Vor nicht allzulanger Zeit hätte Frau Stafford-Smyth ihr sogar recht gegeben, doch damals hatte sie Belinda noch nicht gekannt – diese Belinda, die sie so zartfühlend und sachkundig wieder gesund gepflegt hatte.

In der unscheinbaren kleinen Präriestadt hatte Frau Stafford-Smyth eine neue Lebensweisheit entdeckt: die Weisheit des Überlebens. Dort gab es keine gehobene Gesellschaftsschicht, keine Klassenunterschiede, und an Belinda hatte Frau Stafford-Smyth ein junges Mädchen gefunden, das offen, aufrichtig und klardenkend war und das sie willig an ihren Gedanken, ihren Gefühlen und sogar ihrer Lebensfreude teilhaben ließ. Zu ihrer eigenen Überraschung mußte die ältere Dame feststellen, daß sie das Zusammensein mit Belinda liebte. Jetzt, wo sie wieder in Boston war, hatte sie keinerlei Absicht, auf das, was sie zu schätzen gelernt hatte, zu verzichten.

Sie wußte, daß ihre Großzügigkeit dem jungen Mädchen ein Rätsel sein mußte. Darüber hinaus ahnte sie, daß ihr Hauspersonal sich über ihre Art, das unbedarfte Mädchen aus dem Westen, eine bloße Angestellte, wie eine Tochter aus vornehmem Hause zu behandeln, sehr wunderte. In ihrem eigenen Haus jedoch hatte niemand außer ihr selbst das Sagen. „Sollen sie sisch doch den Mund zerreißen“, sagte sie sich im stillen. Mit der Zeit würden sie sich schon an die neue Hausbewohnerin gewöhnen.

Sie richtete ihren Blick wieder auf das hübsche Gesicht am anderen Ende des Eßtischs.

„Das blaue Seidenkleid wird Ihnen blendend stehen!“ rief sie aus. Ihre Begeisterung und der plötzliche Wechsel des Gesprächs überraschten Belinda. Soeben hatten die beiden noch über eine neue Erzählung aus der Bibliothek gesprochen.

Belinda zog die Stirn in Falten.

„Wissen Sie“, sagte sie, „in dem ... nun, in diesem Kleidergeschäft ist alles so schrecklich schnell passiert, daß mir ganz schwindlig wurde. Ich kann mich nicht mal an ein blaues Seidenkleid erinnern, das ich anprobiert haben soll.“

Frau Stafford-Smyth lächelte nur wissend. Höchstwahrscheinlich hatte Belinda dieses Kleid tatsächlich nicht anprobiert. Madame Tilley war eine erfahrene Frau. Ohne Zweifel war sie über Belindas Maße genauestens im Bilde, nachdem diese einige Kleider übergestreift hatte. Das blaue Seidenkleid war eine besondere Bestellung von Frau Stafford-Smyth. Das Kleid war zu teuer, zu elegant, um von möglichen Kundinnen in den Verkaufsräumen ausprobiert zu werden, selbst in einem so exklusiven Geschäft wie LeSoud.

„Um wieviel Uhr findet das Essen statt?“ erkundigte sich Belinda.

„Um sieben Uhr dreißisch“, antwortete Frau Stafford-Smyth, „aber die Gäste werden gegen sieben Uhr eintreffen. Isch möschte, daß Sie pünktlisch um sieben zu mir in den Salon kommen.“

Belinda nickte.

„Und isch denke, wir nehmen unseren Tee heute nachmittag in meiner Suite. Wir werden uns beide ein wenisch ausruhen und für den Abend herrischten wollen.“

Erneut nickte Belinda, wenn sie sich auch nicht im geringsten ruhebedürftig fühlte.

„Ich dachte, vielleicht könnte ich mich mit einem Buch ein wenig in den Garten setzen", sagte Belinda. „Heute ist ein herrlicher Tag, und die Blumen draußen sind so hübsch!"

„Thomas macht seine Sache hervorragend", bestätigte Frau Stafford-Smyth. „Er ist ein guter Gärtner – schon seit fünfunddreißisch Jahren in unseren Diensten. Isch weiß wirklisch nischt, was isch ohne ihn anfangen werde, wenn er in Pension geht."

Belinda holte ihr Buch und ging in den Garten, doch ihr Blick wanderte immer wieder weg von ihrer Lektüre. Der Tag war so strahlend, die Bienen so emsig und die Blumen so verlockend, daß es Belinda nicht gelang, ihre Aufmerksamkeit auf ihr Buch zu richten. Sie verträumte den Nachmittag und freute sich an der Farbenpracht und den Blumendüften des Gartens.

„Ich glaube, ich hatte noch nicht das Vergnügen, Ihre Bekanntschaft zu machen", sagte plötzlich eine männliche Stimme hinter Belinda. Sie schrak auf und wandte sich um.

Ein junger Mann mit tiefliegenden Augen und einem gepflegten, dunklen Schnurrbart stand vor ihr und sah sie an. Seine Kleidung war modisch; jedes Teil war mit Sorgfalt ausgewählt, und dennoch gab der junge Mann sich betont lässig.

Erst jetzt erkannte Belinda ihn als einen von Frau Stafford-Smyths Enkelsöhnen, dessen Porträt in ihrer Suite hing. Hin und wieder hatte diese ihr von den beiden Jungen erzählt. Belinda begrüßte den jungen Mann mit einem Lächeln.

„Ich hab' ja gar nicht gewußt, daß man Sie heute erwartet", sagte sie freundlich.

„Psst!" sagte der junge Mann und legte einen Finger auf die Lippen. „Ich habe mich auch gar nicht angemeldet. Ich wollte Großmutter überraschen."

Belinda lachte leise.

„Das wird Ihnen auch gelingen – sehr sogar!“ Dann wurde sie ernster. „Aber vielleicht sollten wir sie doch ein wenig vorbereiten“, fuhr sie fort. „Sie ist ernstlich krank gewesen, müssen Sie wissen, und ein Schreck, selbst wenn er freudiger Natur ist, könnte ihr schaden.“

„Sie ist es von uns gewöhnt, daß wir kommen und gehen“, sagte der junge Mann achselzuckend. „Ich glaube kaum, daß ihr diese Überraschung zusetzen wird.“

Belinda bemerkte einen fremdartig klingenden Tonfall in seinen Worten. Gewiß war dies die Folge seiner langen Aufenthalte im Ausland. Belinda fand ihn faszinierend. Der junge Mann hatte etwas Geheimnisvolles und Fesselndes an sich.

Er warf seine Jacke lässig neben Belindas Stuhl auf den samtweichen grünen Rasen und setzte sich darauf.

„Sie haben mir immer noch nicht verraten, wie Sie heißen“, sagte er mit einem verschmitzten Schmunzeln.

„Belinda. Belinda Davis“, antwortete sie.

„Fräulein Belinda Davis?“ fragte er.

„Ja. Fräulein“, gab Belinda zurück und spürte, wie sich ihre Wangen unter dem forschenden Blick des Mannes röteten.

Ein paar Sekunden schwiegen beide; dann sagte Belinda: „Sie haben mir noch nicht gesagt, ob Sie Peter oder Fred sind.“

Er lachte.

„Die gute alte Großmutter! Sie besteht darauf, uns bei unserem amerikanischen Namen zu rufen. In Wirklichkeit heiße ich Pierre – aber nennen Sie mich nur Peter, wenn Sie mögen. Das macht mir nichts aus.“

„Ich nenne Sie gern Pierre, wenn Ihnen das lieber ist“, sagte sie.

Er lächelte.

„Nun gut, Pierre also. Das wäre mir tatsächlich lieber.“ Dann wechselte er das Thema. „Windsor, dieser Wachhund, hat mich gewarnt, daß ‚Madam ruht und nicht gestört werden darf.'" Er ahmte Windsors Stimme dabei nach, und Belinda konnte ihr Schmunzeln nicht verbergen. „Wie geht's Großmutter eigentlich?"

„Es geht ihr glänzend."

Das schien Pierre mit Erleichterung aufzunehmen.

„Und was hat sie als nächstes vor? Reist sie über den Winter wieder ins Ausland wie gewöhnlich? Hat sie überhaupt darüber gesprochen?"

Belinda schüttelte den Kopf.

„Ich weiß rein gar nichts über ihre Pläne – abgesehen von dem Essen, zu dem sie für heute abend Gäste eingeladen hat", sagte sie.

„Ein Essen für Gäste? Liebe Zeit! Wie ich Großmutters Festessen verabscheue! Sterbenslangweilig geht's dort zu, mit all den Tattergreisen, die sie immer einlädt. Haben Sie die Gästeliste gesehen?"

Belinda mußte sich eingestehen, daß sie die Begegnung genoß. Im Grunde ihres Herzens teilte sie die Meinung dieses jungen Mannes, wenn sie es auch niemals gewagt hätte, etwas Ähnliches zu sagen.

„Ich habe gehört, wer eingeladen worden ist, aber ich kann mich nicht an alle Namen erinnern. Moment mal – da ist eine Frau Prescott, glaube ich."

„Natürlich. Tante Celia. Sie ist immer dabei."

„Tante Celia?" fragte Belinda überrascht. „Ich wußte nicht, daß es Verwandte ..."

„Nein, nein, sie ist keine richtige Tante. Wir nennen sie nur seit unserer Kindheit so. Sie ist eine von Großmutters engsten Jugendfreundinnen."

„Ach so", nickte Belinda.

„Und wer kommt noch?" fragte er weiter.

„Ein Mann, der Tante Celia unterhalten soll", schmunzelte Belinda. „Ein Herr ... Herr Walls?"

„Walsh heißt er", korrigierte Pierre lachend. „Die beiden liebäugeln schon seit dreißig Jahren miteinander. Ich begreife nicht, warum sie nicht schon längst Nägel mit Köpfen gemacht haben."

Belindas blaue Augen weiteten sich vor Erstaunen über seine unverblümte Ausdrucksweise.

„Und wer noch?“ drängte er.

„Zwei andere Ehepaare; einer ist ein Richter ... an das andere Paar kann ich mich nicht mehr erinnern.“

„Keine jungen Leute?“

„Ich ... ich kenne keinen von den Gästen. Ich habe keine Ahnung, wie alt sie sind“, sagte Belinda.

„Ich versichere Ihnen“, sagte er und erhob sich vom Gras, um sich die frisch gebügelten Hosen glattzustreichen, „daß keiner der Gäste unter hundertundfünf Jahre alt ist.“

Belindas Augen funkelten vor Belustigung.

„Am liebsten würde ich mich davonschleichen, bevor Großmutter mich entdeckt“, fuhr er fort. Dann sah er Belinda an. „Werden Sie heute abend dabeisein?“

Sie nickte.

„Dann wird der Abend wenigstens nicht so todlangweilig werden!“ sagte er mit einem zufriedenen Grinsen. Er nickte ihr zum Abschied zu und machte sich wieder auf den Weg.

Belinda sah ihm nach. Was würde Frau Stafford-Smyth dazu sagen, ihren Enkelsohn zu Besuch zu haben? Was für ein Mensch mochte er sein? Gewiß hatte er die Bemerkung über die „sterbenslangweiligen“ Tischrunden seiner Großmutter nur im Scherz gemacht. In diesem Bostoner Haus mußte man sich einfach wohl fühlen. Vielleicht würden sich die kommenden Tage als höchst unterhaltsam erweisen, dachte sie und schlug das ungelesene Buch wieder zu. Es war beinahe Zeit zum Tee, und Frau Stafford-Smyth würde sie bald erwarten.

Belinda schenkte gerade den Tee aus, als sie ein überraschtes „Ach!“ hörte. Frau Stafford-Smyth hielt sich ein spitzenumsäumtes Taschentuch an die Lippen. Belinda folgte ihrem Blick und wandte sich um. In der Tür stand der junge Mann mit einem ungelenken Lächeln.

„Guten Tag, Großmutter“, sagte er. „Ich höre, du bist krank gewesen?“

Belinda wandte sich wieder zu ihrer Patientin um. Sie befürchtete, daß Pierres plötzliches Auftauchen sie zu sehr erschreckt haben könnte. Nach der anfänglichen Überraschung gewann sie ihre Fassung jedoch schnell zurück.

„Peter!“ rief sie und streckte die Arme aus. „Peter, mein lieber Junge!“

Er kam näher und kniete vor ihr. Sie strich ihm über das Gesicht, und er klopfte ihr liebevoll auf den Arm. Belinda fand den Anblick bewegend.

„Wie gut, disch zu sehen, mein Lieber. Meine Güte, aus dir ist ja ein rischtiger Mann geworden“, sagte die Großmutter voller Stolz.

Pierre nickte nur.

„Und wo ist Fred?“

„Noch in Frankreich“, antwortete Pierre. „Er hat ein Mädchen, weißt du. Ist bis über beide Ohren verliebt, fürchte ich. Er läßt dich grüßen.“

„Setz disch, mein Junge. Erzähl uns, wie es dir ergangen ist“, drängte Frau Stafford-Smyth den Jungen und wandte sich dann zu Belinda um.

„Peter, isch möschte dir Belinda vorstellen“, erklärte sie hastig.

Der junge Mann nickte lächelnd.

„Ich habe schon im Garten mit Fräulein Belinda Bekanntschaft gemacht“, sagte er.

„Bestens!“ strahlte die ältere Dame und richtete ihre Augen wieder auf ihren Enkelsohn. „Isch bin froh, daß du gekommen bist. Es tut gut, disch nach so langer Zeit wiederzusehen – und außerdem hat Belinda jemand im Haus gefehlt, der in ihrem Alter ist. Du kannst bei Tisch neben ihr sitzen. Wir haben Gäste heute. Nur ein paar alte Freunde, aber Belinda wird sisch über einen jüngeren Tischnachbarn freuen. Isch gehe noch nischt aus. Sie hat bislang kaum etwas von Boston gesehen, und isch möschte, daß sie unsere Stadt ein wenig kennenlernt. Wir sind zwar erst vor einer guten Woche hier angekommen, aber es wäre doch nett, wenn ..."

Der junge Mann lachte und legte seiner Großmutter eine Hand auf den Arm.

„Schon gut, Großmutter, ich verspreche, daß ich lange genug in Boston bleibe, um Fräulein Belinda die ganze Stadt zu zeigen. Und zum Abendessen komme ich auch. Und ich mache mich auch nicht ohne gebührende Warnung wieder aus dem Staub. – So, und bekomme ich jetzt auch etwas Tee? Ich habe heute das Mittagessen übersprungen und bin dem Verhungern nahe!"

Frau Stafford-Smyth drückte den Klingelknopf. Aus der kurzen Zeit, innerhalb der Windsor den Salon betrat, schloß Belinda, daß er draußen im Korridor gewartet haben mußte.

„Bringen Sie noch eine Tasse und mehr Tee, Windsor, und sagen Sie der Köchin, sie soll Peter ein paar belegte Brote rischten", ordnete sie munter an und wandte sich dann wieder an ihren Enkelsohn, um ihn mit Fragen zu überhäufen und ihm von ihren eigenen Erlebnissen der vergangenen Monate zu berichten. Belinda hatte sie noch nie so freudig erregt gesehen.

„Peters Besuch tut ihr gut", dachte sie im stillen. „Ich bin froh, daß er gekommen ist. Sie muß ihn arg vermißt haben."

Nachdem sie der Höflichkeit halber eine Weile bei den beiden geblieben war, zog sie sich zurück. „Großmutter und Enkel brauchen Zeit zum Erzählen", sagte sie sich.

Voller Vorfreude holte Belinda das blaue Seidenkleid behutsam aus ihrem Schrank und legte es auf das Bett. Ein solches Kleid hatte sie noch nie getragen. Sie strich über den kühlen, schimmernden Stoff und hielt sich eine weiche Stoffbahn an die Wange. Doch Eile war geboten. Ella konnte jederzeit anklopfen, um sie zu frisieren. Sie hatte keine Zeit zu verlieren. Immerhin wollte sie pünktlich fertig sein. Frau Stafford-Smyth hatte gewünscht, daß sie mit ihr gemeinsam die Gäste empfangen sollte.

Und dann dachte Belinda wieder an Pierre. Vielleicht würde seine Ankunft die Pläne ein wenig ändern, überlegte sie. Vielleicht würde Frau Stafford-Smyth lieber ihn an Belindas Stelle neben sich haben. Nun, sobald sie spürte, daß sie im Weg war, würde sie unauffällig in den Garten gehen. Vorsorglich würde sie dennoch rechtzeitig für die Gäste bereit sein.

Belinda hob das Seidenkleid und ließ es sich über den Kopf gleiten, bis es auf ihren Schultern saß. Sie machte allerhand Verrenkungen, um es zurechtzuziehen. Irgend etwas stimmte nicht. Das Kleid paßte nicht richtig. Belinda hob es an den Schulternähten in der Annahme, daß es sich irgendwo verhakt hatte. Nein, daran konnte es nicht liegen. Sie war ratlos. Suchend blickte sie sich auf dem Bett um. Vielleicht fehlte ein Teil des Kleides. Gewiß gehörte ein Halsstück oder ein zusätzliches Schultertuch dazu. Doch an dem satinbezogenen Kleiderbügel fand sich nichts dergleichen. Belinda war noch verwirrt, als Ella das Zimmer betrat.

„Welsch ein hübsches Kleid, Fräulein!“ rief das Dienstmädchen begeistert.

Belinda rang sich ein Lächeln ab, doch sie war nach wie vor ratlos.

„Aber ... aber es paßt mir gar nicht. Sehen Sie nur. Hier vorne. Der Ausschnitt ist ja viel zu tief!“

„So ist es doch zugeschnitten“, erklärte Ella. „Es ist mit Absicht so genäht worden.“

Belinda war erstaunt. Sie wollte protestieren.

„Alle Mädchen tragen solche Kleider“, sagte Ella.

„Ich aber nicht. Niemals!“ sagte Belinda entschlossen. „So lasse ich mich nicht zu Tisch blicken. Das Kleid ist ja geradezu ... geradezu unsittlich!“

Belinda wußte nicht, daß ihr Kleid im Vergleich zu der Bostoner Mode recht zurückhaltend war.

Ella lächelte.

„Es steht Ihnen gut, Fräulein. Madam wird zufrieden sein."

Madam? Ja, für dieses Kleid trug Madam die Verantwortung. Sie hatte es bestellt. Belinda hatte es nicht zuvor anprobiert. Ein solch – nun, ein solch gewagtes Kleid wäre ihr mit Sicherheit in Erinnerung geblieben. Sie fühlte sich gar nicht wohl darin. Warum hatte Frau Stafford-Smyth nur ausgerechnet ein solches Kleid bestellt? Gewiß ahnte sie nicht, wie spärlich es zugeschnitten war.

Ja, so mußte es gewesen sein. Belinda mußte dringend mit ihrer Dienstherrin sprechen, und zwar auf der Stelle. Sie eilte über den kurzen Korridor, der zu den Gemächern ihrer Herrin führte. Keinesfalls hegte sie die Absicht, in einem derart gewagten Kleid zu Tisch zu erscheinen, und sie war gewiß, daß auch Frau Stafford-Smyth ihre Meinung teilen würde.

Sie klopfte an die Tür und trat ein. Frau Stafford-Smyth ließ gerade von Sarah einige letzte Vorbereitungen treffen.

Ohne ein Wort stellte sich Belinda vor die ältere Dame und drehte sich vor ihren Augen um, damit sie sehen konnte, wie gewagt der Ausschnitt auch im Rückenteil war.

Sie hatte einen Ausruf des Entsetzens erwartet, doch statt dessen hörte sie zu ihrer grenzenlosen Überraschung ein anerkennendes „Aha! Wunderhübsch, einfach entzückend! Das Kleid ist wie für Sie geschaffen. Madame Tilley wußte genau, was isch mir vorgestellt hatte."

Belinda fuhr auf dem Absatz herum, um ein leuchtendes Augenpaar und ein erfreutes Lächeln vor sich zu sehen.

„Aber ... aber ...", stotterte sie, doch dann begriff sie, daß sie mit ihren Bedenken weder auf Verständnis noch auf Zustimmung hoffen konnte. „Sie wird mich für ein dummes Präriemädchen halten, das nichts von Mode versteht", dachte Belinda mit brennenden Wangen.

„Nun aber beeilen Sie sich, meine Liebe!" drängte Frau Stafford-Smyth. „Peter erwartet uns schon. Er hilft uns, die Gäste zu empfangen." Sie war sichtlich bei bester Laune.

Ohne ein weiteres Wort ging Belinda in ihr Zimmer zurück, um sich von Ella frisieren zu lassen. Sie hoffte, daß der Abend schnell vorübergehen würde.

Pierre

Belinda stahl sich die Treppe hinab und hoffte dabei inständig, von niemandem bemerkt zu werden. „Aber was bleibt mir schon übrig?“ sagte sie sich im stillen. „Meine Dienstherrin hat das Kleid für mich bestellt, es bezahlt und angeordnet, daß ich es heute abend tragen soll!“ Sie hätte sich einen Schal borgen können, überlegte sie, doch dazu war es nun zu spät. Vielleicht würde sie sich in dem Aufruhr um die erwarteten Gäste unbemerkt in den Salon schleichen können, ohne die Aufmerksamkeit von Frau Stafford-Smyth und ihrem Enkelsohn auf sich zu lenken.

Doch es sollte anders kommen. Kaum hatte das Rauschen ihres Seidenkleids ihre Ankunft an der Tür des großen Salons verraten, als Frau Stafford-Smyth sich zu ihr umwandte. Ihr Lächeln war noch ausdrucksvoller als ihre Worte. Sie streckte Belinda ihre Arme entgegen und bedeutete ihr, näher zu kommen.

„Wie hübsch!“ sagte sie und weidete sich an dem Anblick Belindas in dem blauen Kleid. „Glänzend steht es Ihnen. Die Farbe paßt vorzüglisch zu Ihren blauen Augen. Und Ihre Frisur – einfach unübertrefflisch! Ella versteht sisch auf solsche Dinge.“

Pierre ließ zwar keine Bemerkung fallen, wofür Belinda dankbar war, doch er betrachtete sie eingehend. Belinda war äußerst unbehaglich zumute. „Bei der enormen Saumbreite hätte man doch erwarten können, daß sie genug Stoff zur Hand gehabt hätten, um das Oberteil ein wenig höher zu schließen“, dachte sie beunruhigt und begann, Punschgläser zu füllen. Dadurch hoffte sie, den Blicken der Anwesenden zu entkommen.

„Darf ich Ihnen ein Glas reichen?" fragte sie Frau Stafford-Smyth.

„Das ist nett von Ihnen, meine Liebe", antwortete ihre Herrin und nahm in einem der grünen Brokatsessel gegenüber dem Saloneingang Platz, um die eintreffenden Gäste begrüßen zu können.

Als erste kamen die Allenbys. Herr Allenby war ein ehrwürdiger älterer Herr, dessen Auftreten ein gebührender Ausdruck seiner gehobenen Position war. Frau Allenby war eine kleine Frau mit messerscharfem Verstand, zusammengepreßten Lippen und tiefliegenden Augen, denen nichts entging. Belinda wäre am liebsten vor dem unverhohlen neugierigen Blick der Frau davongelaufen. Wenig später sollte sie feststellen, daß Frau Allenbys Zunge genauso spitz war wie ihr Blick.

„Und wer ist das dort?" hörte Belinda sie zu Frau Stafford-Smyth sagen, als man sich begrüßt hatte. Belinda ging in einen anderen Teil des Salons, um nicht mit anhören zu müssen, wie ihre Dienstherrin der Besucherin den Grund ihres Hierseins auseinandersetzte.

Kurz darauf traf Herr Walsh ein. Er lachte amüsiert über irgendeine lustige Begebenheit, die er jedoch für sich behielt. Den ganzen Abend lang lachte er belustigt über allerhand Dinge, ohne den Grund seiner Heiterkeit zum besten zu geben. Belinda fand seinen Sinn für Humor zwar etwas eigenartig, doch ansonsten schien er ein recht angenehmer Zeitgenosse zu sein.

Um halb acht, der Zeitpunkt, an dem das Essen serviert werden sollte, meldete Windsor die Ankunft des Ehepaars Whitley. Herr Whitley tat allseits kund, daß er das Geplauder vor dem Essen für die reinste Zeitverschwendung hielt. Traf man sich nicht schließlich zum Essen, um während der Mahlzeit zu plaudern anstatt davor? Seine Frau blieb stumm; die lautstarken Erklärungen ihres Mannes schienen sie ein wenig in Verlegenheit zu bringen.

Langsam verstrichen die Minuten, ohne daß zum Eßzimmer gebeten wurde. Die Gäste ahnten, daß noch jemand erwartet wurde. Mehrmals holte Herr Whitley seine goldene Taschenuhr hervor, um sie mit prüfendem Blick zu studieren.

Inzwischen hatte Windsor das Ausschenken des Punschs übernommen. Belinda wußte, daß es nun ihre Aufgabe war, den Regeln des gehobenen Anstands ihren Lauf zu lassen, und zog sich auf einen der grünen Brokatstühle zurück.

Pierre bahnte sich einen Weg zu der befangenen Belinda.

„Nun, ist das nicht ein lustiger Abend?“ flüsterte er und deutete mit einem fast unmerklichen Kopfnicken auf die älteren Gäste, die sich über das Wetter und über allerlei Gesundheitsstörungen, unter denen sie litten, unterhielten.

Belinda lächelte nur.

„Wir könnten uns im Garten die Füße ein wenig vertreten“, schlug er vor.

„Aber sie wird doch jeden Moment eintreffen“, widersprach Belinda.

Pierre lachte.

„Tante Celia? Die kommt doch nie pünktlich. Wenn sie für halb acht erwartet wird, weiß man nie, ob sie gegen acht oder erst um zehn Uhr eintrudelt.“

Belinda sah ihn überrascht an.

„Warten Sie's nur ab!“ sagte er herausfordernd, doch im nächsten Moment läutete auch schon die Türglocke.

„Aha“, sagte er und zog seine Taschenuhr hervor. „Sie kommt heute früher als gewöhnlich. Wir haben erst zehn Minuten vor acht.“

Mit einem Schwall aufgeregter Begrüßungen und wortreicher Entschuldigungen betrat Frau Celia Prescott den Salon. Sie umarmte Frau Stafford-Smyth herzlich, und allerhand muntere Bemerkungen wurden unter den Anwesenden ausgetauscht. Herr Walsh schien eine jede davon unglaublich lustig zu finden, und Frau Celia Prescott tippelte tänzerisch auf ihn zu. Pierre warf Belinda einen vielsagenden Blick zu, so daß sie Mühe hatte, nicht laut loszulachen.

„Sie kennen ja meinen Peter", sagte Frau Stafford-Smyth, und Pierre verbeugte sich vor der älteren Frau.

„Und das hier ist Fräulein Belinda Davis", stellte Frau Stafford-Smyth vor. Alle Augen hefteten sich auf Belinda.

„Kein Wunder, daß du disch so lange versteckt gehalten hast, junger Mann", scherzte Tante Celia augenzwinkernd. „In welschem entlegenen Winkel Europas hast du sie nur aufgetrieben?"

Bevor Belinda oder Pierre antworten konnte, beeilte sich Frau Stafford-Smyth zu erklären: „Belinda ist Amerikanerin."

„Dann werden wir zukünftisch vielleischt mehr von Ihrem Herrn Enkel zu sehen bekommen", bemerkte Herr Walsh und brach in ein erneutes Gelächter aus.

Wieder spürte Belinda Frau Allenbys messerscharfen Blick auf sich gerichtet. Sie wünschte sich von ganzem Herzen, ein wenig tiefer in ihr blaues Seidenkleid versinken zu können. Zu ihrer großen Erleichterung blieb Frau Allenby jedoch stumm.

Tante Celia klopfte Pierre zärtlich auf die Wange.

„Isch bewundere deinen Geschmack, mein Lieber", rief sie überschwenglich aus. „Isch habe immer schon gewußt, daß für disch das Beste gerade gut genug ist."

Belinda öffnete den Mund, um zu widersprechen, doch als sie Pierres Kopfschütteln sah, schloß sie ihn unverrichteter Dinge wieder. Alle waren einem lächerlichen Irrtum erlegen. Würde denn niemand den wahren Sachverhalt erklären? Resigniert zuckte sie mit den Schultern und ließ sich von Pierre zu Tisch führen.

Im Verlauf der Mahlzeit mußte Belinda sich eingestehen, daß sie dankbar für Pierres Gegenwart war. Es hatte ihr noch nie Schwierigkeiten gemacht, mit älteren Leuten zu plaudern, doch die Unterhaltung bei Tisch war ihr so fremd, daß sie ihr kaum folgen konnte. Man sprach über Leute, die sie nicht kannte, Orte, die sie noch nie gesehen hatte, und Begebenheiten, die Jahre zurücklagen.

Pierre ließ sie plaudern und brachte die Sprache auf Dinge, von denen er sich erhoffte, daß sie Belinda interessieren würden. Er fand das Mädchen bezaubernd und bildhübsch. Am liebsten hätte er ihr allerhand persönliche Fragen gestellt, doch er hielt sich zurück. Wo hatte seine Großmutter nur solch ein nettes Mädchen gefunden, und wie kam es, daß Belinda bereit war, einer älteren Dame Gesellschaft zu leisten?

Es kam ihm flüchtig in den Sinn, daß seine Großmutter eine sehr wohlhabende Frau war und daß Belinda sich womöglich Hoffnung auf einen Teil ihres Reichtums machen könnte, doch dann schob selbst der von Natur aus mißtrauische Pierre diesen Gedanken von sich. Belinda machte einen aufrichtigen Eindruck – oder beherrschte sie die Kunst der Hinterlist so vollkommen, daß sie alle Anwesenden hinters Licht führte?

Nach dem Essen zogen sich die Männer zu einem Brandy und einer Zigarre in die Bibliothek zurück, während die Frauen im Salon einen Mokka trinken wollten. Belinda sorgte sich, daß der Zigarrenrauch die kostbaren Bücher beschädigen könnte. „Sie werden die ganze Bibliothek mit ihrem Qualm füllen", protestierte sie im stillen, doch dann sagte sie sich, daß Frau Stafford-Smyth hier die Hausherrin war und nicht sie selbst.

Gewiß erwartete man von ihr, daß sie sich den Damen anschloß, wenn sie auch nicht die geringste Lust dazu verspürte. Sie warf Pierre einen resignierten Blick zu und erhob sich dann, um den Damen zu folgen.

„Würde es dir etwas ausmachen, wenn Belinda und ich im Garten spazierengingen?" fragte Pierre seine Großmutter.

Belinda atmete erleichtert auf.

„Geht nur, ihr beiden!" antwortete Frau Stafford-Smyth mit einem stahlenden Lächeln, als wäre der Vorschlag von ihr selbst gekommen. Wenn sie es auch nicht ausdrücklich sagen wollte, so war sie von Peters Interesse an Belinda höchst angenehm überrascht. Vielleicht würde sie ihren Enkelsohn auf diese Weise tatsächlich, wie Herr Walsh schon im Scherz gesagt hatte, in Amerika behalten können. „Jawohl", dachte die wohlhabende Dame bei sich, „die Dinge könnten sich besser entwickeln, als isch je zu hoffen gewagt hätte." Mit einem stillen Lächeln auf den Lippen ging sie dann den Damen in den Salon voraus.

Belinda holte sich geschwind ein Schultertuch, obwohl der Abend noch warm war; sie wußte, daß sie sich mit einem Schal ein wenig angemessener gekleidet fühlen würde. Sie holte tief Luft und trat auf die Terrasse hinaus.

„Danke vielmals!" flüsterte sie Pierre zu, und er nickte verstehend zurück.

„Sie meinen, an dem Geschwätz der alten Frauen lag Ihnen genausowenig wie mir an dem Geruch qualmender Zigarren?" fragte er, und Belinda mußte wider Willen schmunzeln.

„Um ehrlich zu sein", sagte er, nachdem die beiden ein paar Schritte nebeneinander hergegangen waren, „wollte ich gar nicht den Helden spielen, sondern nur ein hübsches Mädchen für mich allein haben."

Er beobachtete Belinda. Sie wirkte keinesfalls verlegen. „Sie ist an Komplimente gewöhnt", dachte er, doch sie schien sich nicht allzuviel aus seinem zu machen.

„Jetzt habe ich aber genug von mir selbst erzählt", fuhr er nach einer Weile fort. „Nun sind Sie an der Reihe."

Sie wandte sich zu ihm und lächelte spitzbübisch.

„Ich habe längst nicht so viel Aufregendes zu berichten", sagte sie. „Ich bin in einer kleinen Stadt in der Prärie geboren und aufgewachsen. Das ist auch schon meine ganze Lebensgeschichte."

Er lachte.

„Mir scheint, ich höre da eine bescheidene Untertreibung", meinte er gutgelaunt.

„Nein, ganz und gar nicht", versicherte ihm Belinda.

„Sie sind nicht gereist?“

„Kein bißchen, bis ich nach Boston kam.“

„Keine besonderen Interessen?“

„Oh, ich habe viele Steckenpferde, aber nicht die notwendigen Mittel dazu.“ Sie sprach aufrichtig und ohne Befangenheit. Er zog die Augenbrauen hoch. Vielleicht hatte er am Ende doch nicht unrecht gehabt. Vielleicht hatte dieses Mädchen es tatsächlich auf das Geld seiner Großmutter abgesehen.

„Wo haben Sie meine Großmutter kennengelernt?“ erkundigte er sich.

„Sie war auf einer Reise nach San Francisco.“

„Und Sie waren zufällig in derselben Eisenbahn?“

„Aber nein!“ bemühte sich Belinda klarzustellen. „Unterwegs wurde sie plötzlich krank und mußte in unserem Ort eine Genesungspause einlegen.“

„Gestern hat Großmutter mich gebeten, Ihnen Boston zu zeigen“, fuhr er fort. „Wären Sie daran interessiert?“

Belindas Augen leuchteten auf.

„Und ob!“ sagte sie.

„Es wäre auch mir ein Vergnügen“, versicherte er ihr. „Wo möchten Sie gern anfangen?“

„Ich ... ich weiß rein gar nichts über Boston. Das Aussuchen überlasse ich Ihnen. Sie wissen bestimmt genau, was hier sehenswert ist.“

Er lächelte.

„Also schön“, sagte er. „Dann sollen Sie gleich morgen früh Ihre erste Lektion bekommen.“

Belinda erwiderte sein Lächeln. Sie freute sich darauf, mehr von dieser schönen Stadt zu sehen zu bekommen und etwas über ihre Vergangenheit zu erfahren.

„Um neun Uhr kann's losgehen“, versprach sie und fügte dann spitzbübisch hinzu: „Nicht nach Tante Celias Zeitrechnung, sondern pünktlich um neun!“

Pierre lachte. Es würde ein großer Spaß werden, ihr Boston zu zeigen.

„Planen Sie einen ... einen längeren Aufenthalt bei Großmutter?"

Belinda wurde wieder ernst.

„Es gefällt mir gut hier", gestand sie. „Ich bin erst seit einer Woche hier, und ich finde es märchenhaft schön auf Gut Marschall – genau, wie Ihre Großmutter es vorausgesagt hat. Wie lange ich aber bleibe, das kommt darauf an", sagte sie mit einem Achselzucken.

„Das kommt darauf an? Auf was denn?"

„Auf Ihre Großmutter. Auf mich selbst. Darauf, wie wir miteinander auskommen."

„Aha", sagte er langsam.

„Und Sie? Werden Sie lange bleiben?" fragte sie ihn ihrerseits.

Ihre Worte ließen ihn aufmerken. Galt für ihn nicht dieselbe Antwort? Es kam halt darauf an. Auch in seinem Fall kam es darauf an, wie er mit Großmutter auskam. Genau hier lag auch der Grund seines Kommens. Pierre vermutete, daß seine Großmutter noch kein endgültiges Testament gemacht hatte. Sie hatte ihre Enkelsöhne zuerst auf die Probe stellen wollen. Nun, wo Frederic kurz davor stand, mit seiner Verlobten einen eigenen Hausstand in Frankreich zu gründen, witterte Pierre eine glänzende Gelegenheit, um sich bei seiner Großmutter beliebt zu machen. Warum sollte dieses stattliche Haus, dieses Landgut von beträchtlichem Wert, in die Hände eines Fremden fallen? Großmutter war jedoch eine recht eigenwillige, beinahe exzentrische Frau. Es war durchaus möglich, daß sie haargenau so verfügen würde, wenn keiner ihrer Enkel Interesse an dem Gut zeigte – oder an ihr selbst.

So hatte Pierre also den Entschluß gefaßt, sein süßes Nichtstun in Europa zu unterbrechen, um seine Großmutter für sich zu gewinnen. Die ganze Wahrheit hatte er zwar noch niemandem eingestanden, nicht einmal sich selbst, doch als Belinda ihre Frage gestellt hatte, war dem jungen Mann plötzlich klargeworden, was die Triebfeder seines

Handelns letztendlich war. Er war hier, um so viel wie möglich von dem Reichtum seiner Großmutter zu profitieren. „Vielleicht haben wir doch einige Dinge gemeinsam“, dachte er mit einem Seitenblick auf das hübsche Mädchen an seiner Seite. Der einzige Vorteil, den er ihr voraushatte, war die Tatsache, daß er zur Familie gehörte.

Belinda schien sein Zögern bemerkt zu haben, ohne zu ahnen, was in dem jungen Mann vorging. Schließlich wandte er sich wieder zu ihr um, lächelte und zuckte wie sie mit den Achseln.

„Das kommt wohl auch darauf an“, sagte er.

In der folgenden Nacht konnte Pierre nicht einschlafen. Er mußte sich eingestehen, daß Belinda ihm außerordentlich gut gefiel. Sie wirkte so aufrichtig, so offen, so ... so unverschroben. Dennoch schien sie selbst seine scharfsinnige Großmutter hinters Licht geführt zu haben. Sie mußte die Kunst des Betrugs meisterhaft beherrschen, dachte er.

Doch was sollte er nur tun? Daß seine Großmutter das Mädchen ins Herz geschlossen hatte, war offensichtlich. Wenn er Belindas Redlichkeit anzweifelte, würde sie ihm das womöglich übelnehmen. Wäre es vielleicht besser, wenn er die Wahrscheinlichkeit, daß Belinda es auf das Geld der älteren Dame abgesehen hatte, einfach außer acht ließ, um sich das Wohlwollen seiner Großmutter nicht zu verscherzen? War ihm wirklich so sehr an dem Erbe des Landguts gelegen, daß er einen Bruch mit seiner Großmutter riskieren würde? Immerhin würden beim gegenwärtigen Stand der Dinge sowohl er als auch sein Bruder zumindest einen Teil ihres Vermögens erben. Vielleicht sollte er sich einfach damit zufriedengeben.

Dann dachte Pierre wieder an Belinda. Was, wenn sie die Haupterbin würde? Gab es womöglich einen anderen Weg zu dem Nachlaß seiner Großmutter? Belinda war schließlich durchaus hübsch und unterhaltsam. Dazu schien sie seinem Charme nicht abgeneigt zu sein. Doch bei diesem Gedanken war Pierre nicht ganz wohl zumute.

Wenn Belinda schon so hinterhältig war, sich die Gunst seiner Großmutter nur um ihres Vermögens willen zu erwerben, wie konnte man ihr dann als Ehefrau über den Weg trauen? War sie überhaupt vertrauenswürdig? Und hatte er nicht eine seltsame Spannung zwischen ihr und dem Personal verspürt? Wußte das Personal etwa Einzelheiten über Belinda, von denen seine Großmutter nichts ahnte?

Pierre wälzte sich auf seinem Bett hin und her und suchte verzweifelt eine Antwort, doch ohne Erfolg.

Endlich kam er zu dem Entschluß, ein offenes Gespräch mit seiner Großmutter zu führen. Das war zwar gewagt, doch es blieb ihm keine andere Wahl. Mit diesem Gedanken sank er in einen kurzen, traumlosen Schlaf.

Da er sich für neun Uhr mit Belinda verabredet hatte, klopfte er gegen acht an die Tür seiner Großmutter. Frau Stafford-Smyth saß schon an ihrem kleinen Ecktisch. Ihr Frühstückstablett stand unangetastet neben ihrem Bett.

Sie begrüßte ihn mit einem Lächeln, als sie ihn erblickt hatte, und lehnte sich zurück, um sich von ihm auf die Wange küssen zu lassen.

„Guten Morgen!“ sagte sie munter. „Belinda hat mir gesagt, daß du heute morgen ihr Reiseführer sein wirst.“

Er zwang sich zu einem Lächeln. Da ihm nicht viel Zeit blieb, beschloß er, geradewegs zum Thema zu kommen.

„Gerade über sie muß ich mit dir reden, Großmutter“, erklärte er seine Absicht.

Sie lächelte ihn an.

„Ihr beiden scheint euch ganz gut zu verstehen“, strahlte sie. „Sie ist ein nettes Mädschen, nischt wahr?“

Er beantwortete ihre Frage nicht.

„Wo hast du sie kennengelernt, Großmutter?“

„Isch dachte, das wüßtest du. Isch war per Eisenbahn im Westen unterwegs, und auf dem Heimweg wurde isch plötzlisch sehr krank. Schlaganfall, hieß es. Ohne die vorzügliche Pflege hätte isch die Krankheit nischt überlebt.“

„Nicht überlebt?“ Pierre hielt die Darstellung seiner Großmutter für eine Übertreibung.

„Belinda und ihr Bruder, der Arzt ist – und ein erstklassiger dazu –, haben misch in den ersten paar Wochen Tag und Nacht versorgt. Dann hat Belinda für die nächsten Monate meine Krankenpflege übernommen."

Pierre fand die Zuneigung seiner Großmutter zu Belinda in diesem Licht durchaus verständlich, doch etwas an der Sache erschien ihm nach wie vor rätselhaft.

„Und aus Dankbarkeit hast du sie als deinen Gast nach Boston eingeladen?" fragte er.

„Du meinst Belinda? Aber nein! Sie ist mit mir hierher gereist, um misch unterwegs zu versorgen, falls isch einen Rückfall erleiden und eine Krankenschwester brauchen sollte. Isch war noch immer rescht schwach. Bin es auch jetzt noch." Sie hielt inne und lachte leise. „Sie besteht ja immer noch darauf, daß isch genug Ruhe bekomme und mir nischt zuviel zumute – heute morgen war sie sogar schon bei mir, um nach dem Reschten zu sehen."

„Krankenschwester?" fragte Pierre. Er begriff noch immer nicht.

„Ja, Krankenschwester", gab seine Großmutter zurück. Als sie seine in Falten gelegte Stirn bemerkte, erklärte sie ihm: „Nischt alle Krankenschwestern sind alte Mütterschen mit Häubschen auf dem Kopf, weißt du."

„Du willst mir weismachen, daß Belinda Davis Krankenschwester ist?"

„Genau das. Wußtest du das nischt? Isch habe die ganze Zeit versucht, dir das begreiflisch zu machen."

„Dann ist sie also eine von deinen Angestellten?" Schon allein der Gedanke war ihm unfaßbar.

Frau Stafford-Smyth legte ihre Schreibfeder auf den Tisch und sah ihrem Enkel offen ins Gesicht.

„Was in aller Welt hast du nur dagegen einzuwenden?" fragte sie ihn. „Bist du vielleischt genauso spießig und engstirnig wie Frau Potter und Windsor? Willst du mir etwa auch vorschreiben, daß Belinda als meine private Pflegerin nischt auch meine Gesellschafterin sein kann? Wenn isch möschte, daß ..."

Doch Pierre unterbrach sie: „Aber ihr Platz als Gast beim Essen? Das ... das teure Kleid? Eine Angestellte wird sich doch kaum ..."

„Isch habe dir doch gerade gesagt", unterbrach ihn Frau Stafford-Smyth, „daß Belinda viel mehr als nur eine Krankenschwester ist. Sie ist ein liebenswerter Mensch."

„Und du hast ihr das Kleid gekauft?"

Frau Stafford-Smyth ordnete verärgert ihre Briefbögen.

„Haargenau", gab sie zur Antwort. „Das Kleid habe isch ihr höchstpersönlisch gekauft. Isch wollte nischt, daß sie sisch inmitten unserer Gäste unpassend gekleidet fühlt. Sie ist ein empfindsames junges Ding. Der kühle Ton des Personals macht ihr ohnehin schon zu schaffen. Das Personal meint, daß sie wie eine Bedienstete behandelt werden sollte."

„Aber genau das ist sie doch: eine Bedienstete! Eine vom Personal! Deine Pflegerin!"

„Ja, das stimmt", gab die ältere Dame zu.

„Aber ... aber du hast mir doch gesagt, daß sie dein Gast ist!"

„Davon habe isch kein Wort gesagt", widersprach Frau Stafford-Smyth. „Zu dem Schluß bist du selbst gekommen."

„Aber du ... du hast mich doch gebeten, ihr die Stadt zu zeigen."

Das dunkle, vor Entschlossenheit blitzende Augenpaar der älteren Dame richtete sich auf das Gesicht ihres Enkels.

„Das habe isch", sagte sie. „Und du solltest es mir danken! Belinda ist ein kluges, unabhängiges, empfindsames und hübsches Mädchen – etwas, das dir in deinem ganzen Leben noch nie begegnet ist, möschte isch wetten. Wenn es disch so stört, daß sie keine vornehme Villa und keinen Erbschmuck besitzt, dann bist du nischt die Sorte von Mann, für die isch disch gehalten hatte."

Pierre trat einen Schritt zurück. Er wußte, daß er nicht

gut daran tun würde, seine Großmutter in einer solchen Stimmung herauszufordern.

„Und du möchtest allen Ernstes, daß ich …?"

„Jawohl!" lautete die messerscharfe Antwort. „Jawohl, isch möschte, daß du sie als die Dame behandelst, die sie ist. Belinda soll Boston zu sehen bekommen und sisch vergnügen. Und du, junger Mann, solltest disch glücklisch schätzen, sie dabei begleiten zu dürfen."

Ihre dunklen Augen verrieten ihre innere Erregung. Pierre biß die Lippen aufeinander und schluckte die Bemerkung hinunter, die ihm auf der Zunge lag. Zwei Augenpaare maßen einander, und dann holte Pierre tief Luft und zuckte mit den Achseln.

„Also schön", gab er sich geschlagen. „Also schön, Großmutter, ich spiele dein kleines Spielchen mit. Aber wenn es erst an die Öffentlichkeit dringt, daß dein Enkel mit einer von deinen Bediensteten ausgeht, dann wirst du dir bald die Spötteleien deiner Freunde gefallen lassen müssen."

„Wenn das so ist, dann haben sie kein Rescht, sisch meine Freunde zu nennen", gab sie zurück, und Pierre wußte, daß er damit aus ihrer Gegenwart entlassen war. Diese Runde hatte er haushoch verloren.

Neue Horizonte

Wie Pierre es versprochen hatte, zeigte er Belinda Boston. Er führte sie zu allen Parkanlagen, Museen und historischen Bauwerken. Gemeinsam besuchten sie Theaterstücke und Musikaufführungen. An den Sonntagen begleitete er sie sogar in die Kirche. Belinda genoß alles sehr. Sie fühlte sich wohl in Pierres Gesellschaft, und hin und wieder hatte sie den Eindruck, als sei auch er recht glücklich in ihrer Gegenwart. Dennoch konnte sie sich nicht des Gefühls erwehren, daß sein Verhalten zuweilen recht unnahbar war.

Frau Stafford-Smyth war höchst zufrieden. Die beiden jungen Leute schienen sich tatsächlich glänzend zu verstehen. Die Dame hoffte, daß sich die Kameradschaft der beiden recht bald zu etwas Tieferem entwickeln würde. Sie drängte die beiden, das Bostoner Leben recht zu genießen, und steckte Pierre ein großzügiges Taschengeld zu, mit dem er Belinda in die feudalsten Restaurants ausführen sollte.

Pierre war innerlich zerrissen. Er genoß die gemeinsamen Unternehmungen mit Belinda sehr. Längst hatte er die Sorge aufgegeben, das Geld seiner Großmutter könnte ein Anreiz für sie sein. Belinda war ein so treuherziger, grundehrlicher Mensch, daß sie kaum den Wert von größeren Geldnoten einschätzen konnte. Für sie war Geld etwas, das man dem Zeitungsjungen an der Ecke gab oder in den Kollektenteller der Kirche legte. Nein, Belinda war nicht aus selbstsüchtigen Gründen nach Boston gekommen.

Dennoch gab sie ihm manches Rätsel auf. Würde sich diese junge Frau jemals in das Leben der gesellschaftlichen Elite einfügen? Sie war so unverdorben, so natürlich und arglos, und er wußte sehr wohl, wie unverständlich ihr die sozialen Unterschiede ihrer neuen Umgebung waren. Nein, überlegte Pierre, Belinda kam aus einer anderen Welt als die, in der er aufgewachsen war. Er beschloß, die Unternehmungen mit Belinda und ihre Freundschaft einfach zu genießen, ohne ihr Herz für sich gewinnen zu wollen, obgleich er ahnte, daß man in den gehobenen Kreisen der Bostoner Gesellschaft längst von einer zukünftigen Verbindung zwischen Frau Stafford-Smyths Enkelsohn und der hübschen jungen Dame aus dem Westen sprach.

Frau Stafford-Smyth ruhte sich gerade aus, als jemand sachte an die Tür klopfte.

„Herein!“ rief sie. „Herein!“

Windsor betrat ihr Zimmer.

„Frau Celia Prescott ist gekommen, um Sie zu sprechen, Madam.“ Dann fügte er vertraulich flüsternd hinzu: „Isch muß sagen, sie scheint vor Aufregung ganz aus dem Häuschen zu sein!“

Frau Stafford-Smyth lächelte. Ihre Freundin Celia regte sich leicht über allerhand Nebensächliches auf.

„Bitten Sie sie in den Salon, Windsor, und Frau Potter soll uns Tee kochen. Isch komme sofort.“

„Jawohl, Madam“, antwortete Windsor und schlug die Absätze zusammen. Frau Stafford-Smyth schmunzelte. Der arme Windsor! Trotz all der Jahre, die ihn mit ihr verbanden, bestand er noch immer auf steifen Umgangsformen.

Als Frau Stafford-Smyth wenig später den Salon betrat, fand sie Celia Prescott vor dem Kamin auf- und abschreitend vor. In den Händen zupfte und zerrte sie erregt an einem Spitzentaschentuch.

„Celia! Welsche Überraschung! Bitte nimm doch Platz!“ begrüßte sie ihre Freundin.

„Virginia, du errätst niemals, was man munkelt", kam Frau Prescott ohne Umschweife zum Thema. „Üble Gerüschte, sage isch, üble Gerüschte. Eine Verleumdung! Du mußt allem ein Ende machen, und zwar sofort."

„Von was in aller Welt sprichst du?" fragte Frau Stafford-Smyth verwundert. Sie begann zu befürchten, daß ihr in Frankreich lebender Enkelsohn womöglich für Neuigkeiten gesorgt hatte, von denen sie nichts ahnte.

„Fräulein Belinda, das nette Mädschen, das hier bei dir wohnt, also ..."

„Ja? Was ist mit ihr?" sagte Frau Stafford-Smyth zögernd. Hoffentlich hatte Peter keine Dummheit angerichtet und Unwahrheiten über Belinda verbeitet.

„Man munkelt ..."

„Wer munkelt?" fiel Frau Stafford-Smyth ihrer Freundin ins Wort. Wenn sie sich schon gegen Gerüchte zur Wehr setzen mußte, wollte sie haargenau wissen, mit wem sie es zu tun hatte.

Celia Prescott warf die Hände in die Luft.

„Isch habe keine Ahnung, wer es gesagt hat", antwortete sie abwehrend. „Isch habe es von Alvira Allenby, und die wiederum hat es von ...ach, isch weiß nischt, woher sie's hat."

„Und was munkelt man? Nur heraus mit der Sprache."

„Nun, man sagt, daß dieses junge Mädschen, Fräulein Davis, eine ... eine Angestellte von dir ist", gestand Celia flüsternd.

„Genau das ist sie auch", antwortete Frau Stafford-Smyth gelassen.

„Also, du mußt dafür sorgen, daß das Gerede aufhört. Der Name deines Enkelsohns und deine ... Was sagst du da?" kreischte Celia Prescott, als ihr der Sinn des soeben Gehörten klarwurde.

„Belinda ist meine Krankenpflegerin, und eine hervorragende dazu. Gibt es daran vielleischt etwas auszusetzen, Celia?"

„Also, isch ... nun, dein Enkel ist überall in Boston in

ihrer Begleitung gesehen worden, und man nimmt an, daß er deinen Segen hätte, und ..."

„Das hat er auch. Isch kenne keine einzige junge Dame, in deren Begleitung isch meinen Enkel lieber wissen würde", sagte Frau Stafford-Smyth herausfordernd.

Frau Celia Prescott war sprachlos.

„Ach", sagte Frau Stafford-Smyth, „da ist unser Tee. Frau Potter, würden Sie uns bitte den Tee einschenken?"

Frau Celia Prescott ließ sich auf den Stuhl gegenüber von Frau Stafford-Smyth sinken und fächerte sich mit ihrem Spitzentaschentuch kühle Luft zu. Sie hatte einen beträchtlichen Schock erlitten. Zuerst war ihr das lachhafte Gerücht zu Ohren gekommen, daß Frau Stafford-Smyths Enkelsohn angeblich eine gewöhnliche Hausangestellte zu allerhand gesellschaftlichen Ereignissen begleitete. Und nun, wo sie Virginia davon in Kenntnis gesetzt hatte, hatte diese in aller Ruhe bekannt, daß die Geschichte tatsächlich stimmte, und obendrein wirkte sie kein bißchen besorgt um den guten Ruf ihrer Familie.

Frau Potter schenkte den Tee aus und zog sich dann diskret zurück. Virginia Stafford-Smyth setzte das Gespräch fort.

„Belinda war diejenige, die misch wieder gesundpflegte, als isch sterbenskrank war", stellte sie nüchtern fest. „Isch liebe das Mädschen wie meine eigene Tochter. Habe sogar oft daran gedacht, sie zu adoptieren." Sie hielt inne und schien in Gedanken zu versinken. „Das würde isch auch auf der Stelle tun, wenn isch wüßte, daß sie damit einverstanden wäre." Dann wandte sie sich wieder ihrem Gast zu. „Isch habe einige von den jungen Damen kennengelernt, an denen meine beiden Enkelsöhne Interesse hatten", vertraute sie ihrer Freundin an. „Vermögende Familien mit dem einzigen Bestreben, ihr Vermögen noch mehr zu vergrößern. Schaufensterpuppen ohne eine Spur von Grips in ihren hohlen Köpfen. Plaudertaschen! Oh, der Familienstammbaum läßt sisch natürlisch fast bis Adam zurückverfolgen. Aber oberfläschlisch sind sie, selbstsüchtisch und –" sie zögerte und suchte nach einem passenden Ausdruck – „dumm", stieß sie dann verächtlich hervor. „Hübsche, juwelenbehängte Dummköpfe, weiter nischts."

„Nun, Celia", fuhr sie nach einer Pause fort, „was misch betrifft, so sähe isch es lieber, wenn mein Enkelsohn eine kluge, aber unvermögende Frau heiratet als eine blasierte Schaufensterpuppe."

Frau Celia Prescott stockte der Atem vor Entsetzen. Gewiß hatte die ernste Erkrankung ihrer Freundin deren Gehirn angegriffen.

„So, genug davon! Jetzt kennst du meine Meinung zu diesem Thema", sagte Frau Stafford-Smyth und begann dann eine Unterhaltung über das neue Theaterstück, das zur Zeit in Boston gegeben wurde.

Als der Sommer zu Ende ging und der Herbst einzog, freute sich Belinda an dem kräftigen Wind und dem bunten Ahornlaub. Noch nie hatte sie solch leuchtende Herbstfarben gesehen. Das Gold und Braun daheim konnte sich nicht daran messen, fand sie. Pierre nahm oft ein Pferdegespann und die kleine Kutsche, um mit Belinda durch die baumgesäumten Alleen und zuweilen sogar bis in die Umgebung außerhalb der Stadt zu fahren. Hin und wieder spürte Belinda Gewissensbisse. Schließlich war sie nach Boston gekommen, um Frau Stafford-Smyth zu pflegen.

Selbstverständlich war sie sehr dankbar dafür, daß die Gesundheit ihrer Herrin sich gebessert hatte und sie keiner ständigen Pflege mehr bedurfte; dennoch fand Belinda, daß sie als bezahlte Kraft eine Leistung zu erbringen hatte.

Doch es war Frau Stafford-Smyth selbst, die immer neue Ausflüge vorschlug. Es machte ihr große Freude, daß Belinda ihre schöne Heimatstadt und deren Umgebung kennenlernte. Abend für Abend bat sie Belinda um einen ausführlichen Bericht aller Sehenswürdigkeiten, die sie und Pierre tagsüber besucht hatten.

Belinda ahnte nichts von den geheimen Hoffnungen ihrer Dienstherrin. Frau Stafford-Smyth war seit Jahren einsam gewesen. Sie konnte den Gedanken kaum ertragen, daß Pierre erneut von der Wanderlust ergriffen werden und ins Ausland reisen würde. Noch bedrückender war die Befürchtung für sie, Belinda könnte sich in dem alten Gutshaus unwohl fühlen und entweder wieder in ihre Heimat zurückkehren oder sich nach einer abwechslungsreicheren Umgebung umschauen. So hielt Frau Stafford-Smyth die beiden jungen Leute dazu an, sich in Boston nach Herzenslust zu vergnügen und sich dabei miteinander anzufreunden.

Je kühler der Herbstwind wurde, desto seltener wurden die Ausfahrten in der offenen Kutsche. Als der erste Schnee fiel, betrachtete Belinda den Kalender eingehend. Ja, es war Winter geworden. Sie konnte es kaum fassen, daß sie nun schon seit mehreren Monaten fern von der Heimat lebte.

Mit jedem Brief ihrer Mutter, den sie erhielt, wuchs ihr Heimweh ein wenig. Sie vermißte ihre Familie sehr. Wenn sie doch nur beides zugleich haben könnte: sowohl ihre Familie als auch Boston! Sie versuchte, ihren Schmerz dadurch zu lindern, indem sie jeden von Frau Stafford-Smyths Vorschlägen voller Begeisterung befolgte. An jedem Tag, so schien es ihr, unternahm sie mit Pierre etwas Neues und Fesselndes. Bald blieb ihnen nicht einmal mehr genug Zeit für den Kirchenbesuch. Statt dessen verbrachten die beiden jungen Leute die Sonntage im Theater oder in Konzerten. In ihrem ganzen Leben hatte Belinda noch nie so viel Unterhaltsames und Spannendes erlebt.

Doch dann wurde Belinda eines Tages plötzlich zu Frau Stafford-Smyth gerufen. Belinda erschrak bei dem Anblick ihrer Herrin, die mit aschfahlem Gesicht und zusammengekniffenen Lippen zu Bett lag. Belinda machte sich heftige Vorwürfe. Was war nur geschehen? Hatte die ältere Dame einen Rückfall erlitten? Warum hatte sie als Krankenpflegerin nicht auf Anzeichen eines drohenden Rückfalls geachtet?

„Was haben Sie nur? Ist es wieder ein Schlaganfall?" fragte sie besorgt und legte der Frau eine Hand auf die Stirn.

„Aber nischt doch! Mir fehlt nischts. Wirklisch nischt. Isch ... isch bin halt nur eine sentimentale alte Oma, weiter nischts."

„Was meinen Sie denn damit?" fragte Belinda verwundert.

„Nun, isch hatte gehofft, ihn diesmal für immer hierbehalten zu können", seufzte Frau Stafford-Smyth müde.

„Hier zu behalten? Aber wen denn?"

„Pierre. Meinen Peter."

Belinda merkte auf.

„Wie meinen Sie das?" fragte sie argwöhnisch.

„Er reist ab. Gerade war er bei mir, um's mir zu sagen. Sagt, er kann die Bostoner Winter nischt vertragen. Er reist wieder nach Frankreisch."

Belinda brachte keinen Ton heraus, um Frau Stafford-Smyth zu antworten. Wortlos stand sie neben ihr und strich ihr sanft über die Stirn und das silberne Haar.

„Isch dachte ... isch hatte gehofft, daß er diesmal glücklischer wäre. Daß er jetzt, wo jemand in seinem Alter hier im Haus wohnt, bei mir bleiben würde."

Noch immer schwieg Belinda.

„Es hat doch keine gebrochenen Herzen zwischen Ihnen beiden gegeben, oder?" fragte Frau Stafford-Smyth.

Nun fand Belinda ihre Stimme wieder.

„Aber nein! Wir ... wir sind doch nur befreundet, nichts weiter. Kameraden!"

Die ältere Dame schaute niedergeschlagen drein.

„Und dabei hatte isch so sehr gehofft ..." sagte sie, ohne den Satz zu beenden.

Belinda wurde es eiskalt ums Herz. Hatte sie nicht insgeheim ebenfalls gehofft, daß Pierre in Boston bleiben würde? Doch das wollte sie ihrer Dienstherrin nicht eingestehen.

„Wann reist er ab?“ fragte sie ruhig.

„Er hat sisch schon die Papiere besorgt. Am Freitag stischt er in See.“

Am Freitag? Bis dahin blieben nur zwei Tage. Das ließ ihm nicht viel Zeit für seinen Abschied. Vielleicht war Pierre das jedoch gerade recht.

Frau Stafford-Smyth seufzte erneut auf.

„Sie begreifen nischt, wie es ist, meine Liebe“, sagte sie. „Mir ist endgültig klargeworden, daß isch ihn niemals hier in Boston halten kann. Niemals. Wenn isch ihn und Fred sehen möschte, dann muß isch sie wohl oder übel in Europa besuchen. Sie werden niemals zu mir heimkehren.“

Belinda nickte. Sie glaubte, die Niedergeschlagenheit der älteren Dame recht gut zu verstehen.

Belinda gab sich große Mühe, um ihre Gefühle nicht zu verraten, als sie sich von Pierre verabschiedete.

„Ich kann Ihnen gar nicht genug dafür danken, daß Sie mir Boston gezeigt haben“, sagte sie. „Durch Sie ist die Stadt für mich erst richtig lebendig geworden.“

Pierre nahm ihre Hand und hielt sie fest in seiner. Auch sie hatte Boston für ihn aufblühen lassen, doch er hütete sich, ihr das zu sagen.

„Ohne Sie wird alles viel ... viel langweiliger werden“, gestand sie. „Ich weiß gar nicht, wie Ihre Großmutter und ich nur ohne Sie auskommen sollen.“

„Sorgen Sie für sie, Belinda!“ sagte er mit aufrichtigem Ernst in der Stimme. „Ich weiß, es steht mir nicht zu, Sie darum zu bitten, weil ich ... weil das eigentlich meine Pflicht wäre. Aber ich kann's nicht. Nicht jetzt. Ich weiß, das werden Sie nicht verstehen können, aber ich bitte Sie, nicht allzu schlecht von mir zu denken.“

„Ich könnte doch nie schlecht von Ihnen denken", widersprach Belinda aufrichtig. „Und was Ihre Großmutter betrifft, will ich's versuchen", versprach sie. „Sie wird Ihnen sehr nachtrauern; das weiß ich. Sie vermißt Frederic. Sie würde ihn zu gern einmal wiedersehen und seine Bekannte ... ich meine, seine ... seine ..." Belinda geriet ins Stocken.

„Seine große Liebe", half Pierre ihr. „Obwohl ich der erste bin, der zugibt, daß Frederic in der Zwischenzeit vielleicht schon zwei oder drei andere ‚große Lieben' gefunden hat. Bei ihm weiß man nie genau, woran man ist, wenn es um die Liebe geht. Diesmal behauptet er allerdings, daß alles anders geworden ist."

Belinda lächelte.

„Gute Reise!" wünschte sie schlicht.

„In Frankreich sagen wir: ‚Bon voyage'", erklärte er ihr.

„Bon voyage", wiederholte sie.

Er nahm sie kurz und brüderlich in die Arme. Dann wandte er sich ab und ging. Belinda stand da und sah der Kutsche nach, bis sie ihrem Blick entschwunden war. Sie schluckte schwer. Sie hatte Pierre gemocht, hatte sogar zuweilen geglaubt, daß sie vielleicht seine Zuneigung gewonnen hatte, doch nun hatte er sich auf dem Absatz umgedreht und sich auf und davon gemacht, als schere er sich nicht im geringsten um sie.

Belinda konnte nicht ahnen, daß der junge Mann auf der Flucht war. Er hatte großen Gefallen an Belinda gefunden, doch im Gegensatz zu seiner Großmutter war er davon überzeugt, daß die Standesunterschiede zwischen ihm und Belinda unüberwindlich waren. Sie kamen aus zwei völlig verschiedenen Welten. Pierre hatte nicht die Absicht, den Lebensstil, an den er gewöhnt war, jemals aufzugeben, und er wollte Belinda nicht bitten, den ihrigen zu ändern. So war Pierre zu dem Schluß gelangt, daß ihm nur ein einziger Ausweg bliebe: zurück in das ferne Europa!

Ein wiedergefundenes Fest

Fröstelnd schaute Belinda in das Schneetreiben hinaus. Der eisige Wind türmte den Schnee zu Schneewehen auf, wo noch vor kurzer Zeit die Begonien geblüht hatten.

„Kein Wunder, daß Pierre abgereist ist", dachte sie im stillen. Auch sie wäre dem Abenteuer einer langen Reise nicht abgeneigt.

„Liebe Ma!" schrieb sie. „Ich vermisse Euch alle ganz schrecklich. Und manchmal weiß ich selbst nicht, wozu ich hier so weit von zu Hause weg bin. Aber Frau Stafford-Smyth braucht jemanden hier, der ihr Gesellschaft leistet – besonders jetzt, wo ihr Enkelsohn wieder nach Frankreich abgereist ist." Martys Mutterherz las zwischen den Zeilen und sehnte sich danach, ihre Jüngste zu trösten. Sie vermutete, daß Belinda mit Pierres Abschied eine große Enttäuschung zu überwinden hatte. Sie betete dafür, daß Belinda zur rechten Zeit wieder heimkehren und in der Zwischenzeit Frau Stafford-Smyth den Beistand leisten konnte, den diese nun so dringend brauchte.

Doch es gab auch sonnigere Tage für Belinda. Wenn kein Schneesturm tobte, zog sie sich warm an und machte Spaziergänge oder ließ sich die Kutsche anspannen, um Weihnachtsgeschenke einzukaufen. Sie freute sich schon darauf, Pakete an ihre Familie daheim zu schicken.

Je näher das Weihnachtsfest rückte, desto häufiger verspürte Belinda einen Hauch von Heimweh. Regelmäßig erhielt sie Briefe von ihrer Mutter, und hin und wieder schrieben auch die übrigen Familienmitglieder.

Larry berichtete ihr aus seiner Praxis. Belinda las zu ihrer Freude, daß Randy mit dem Bau einer neuen, vom Haus getrennten Praxis beauftragt worden war, so daß

Abbies Haushalt nicht mehr durch die Arztpraxis belastet wurde. Das alte Behandlungszimmer wollte Larry dann in ein großes Zimmer für seine beiden Söhne umbauen lassen.

Belinda erfuhr auch, daß der kleine Andrew inzwischen operiert worden war – zweimal sogar – und daß der Arm zwar noch nicht wieder vollständig geheilt sei, aber eine deutliche Verbesserung zeige. „Andrew strahlt nur so, wenn er seinen Arm vorzeigt", las Belinda.

Arnie kam wieder regelmäßig zur Kirche, doch nicht nur als Gottesdienstbesucher. Er nahm wieder rege am Gemeindeleben teil und hatte auch die letzte Spur von Verbitterung endlich überwunden.

Doch nicht alle Neuigkeiten waren erfreulich. In den Nachbarsfamilien hatte es Todesfälle gegeben, und während einer Entbindung war Larry das Kind unter den Händen gestorben. Das hatte Larry noch nie erlebt, und in diesem Fall hatte er auch die Mutter nur um Haaresbreite gerettet. Der Schmerz um diese tragische Erfahrung machte ihm zu schaffen, und Belinda hatte großes Mitleid mit ihrem Bruder.

Die Zusammenarbeit mit Dr. Jackson Brown hatte sich als voller Erfolg erwiesen. Larry, der anfangs zahllose Stunden in seiner Praxis zugebracht hatte, konnte sich nun mehr seiner Frau und seinen heranwachsenden Kindern widmen.

Aus Ruthchens Kindergeplapper war inzwischen verständliche Sprache geworden. Thomas hatte ihr beigebracht, „Tante Belinda" zu sagen, und die kleine Ruth genoß das Spiel unendlich. Larry schrieb, daß es eher wie „Dade Binna" klang. Trotz tränenfeuchter Augen mußte Belinda über die kleine Begebenheit lachen. Es tat so gut, daß man sie daheim nicht vergessen hatte.

Randy und Jackson ihrerseits hatten Belinda ebenfalls geschrieben. Als sie jedoch mit einigen zwar freundlichen, aber knappen Zeilen darauf geantwortet hatte, waren beide zu dem Schluß gekommen, daß es klüger wäre, den Briefwechsel vorerst nicht fortzusetzen. In Larrys Brief hatte es geheißen: „Randy kam am vergangenen Sonnabend und lud Thomas und Aaron zu einem kleinen Angelausflug ein. Die beiden konnten ihr Glück kaum fassen!" Belinda schmunzelte, während sie sich das aufgeregte Stimmengewirr der beiden vorstellte.

Als Belinda ihre Weihnachtseinkäufe erledigt, ihre Geschenke eingewickelt und die Päckchen in die Heimat geschickt hatte, schien ihr nichts mehr zu bleiben, als die Tage bis zum Weihnachtsfest tatenlos verstreichen zu lassen.

Belinda hatte noch nie ein Weihnachten fern von zu Hause verbracht. Sie fragte sich, wie Frau Stafford-Smyth das Fest wohl feiern würde. Gewiß durfte man bei nur zwei Personen im Haus keine allzu großen Feierlichkeiten erwarten.

Außer Pierre hatte Belinda bislang noch immer keine Freunde in ihrem Alter gefunden. Zugegeben, durch ihn hatte sie einige junge Leute kennengelernt, doch jetzt, da Pierre wieder in Frankreich war, hatte sie keinerlei Kontakt mehr zu ihnen. Wenn alles anders verlaufen wäre und sie, wie Frau Potter es für angemessen hielt, unter das Personal eingestuft worden wäre, hätte sie vielleicht Ella und Sarah als Freundinnen gewonnen. Die beiden Dienstmädchen behandelten Belinda zwar höflich, aber untereinander tuschelten und lachten sie nur in ihrer Abwesenheit. Belinda hatte sich oft bemüht, mit den beiden ins Gespräch zu kommen, doch sie galt nicht als eine von ihnen.

Die Gäste, die sich bei Frau Stafford-Smyth zum Nachmittagstee einfanden, waren ausnahmslos ältere Herrschaften. Belinda wurde zwar stets zum Tee erwartet, doch auch dann fühlte sie sich niemals als Teil der Runde.

Zusätzlich zu ihren Lesestunden begann sie zu handarbeiten, und so verstrich langsam ein Tag nach dem anderen.

Täglich verbrachte sie etwas Zeit mit Frau Stafford-

Smyth. Sie wußte, daß ihre Herrin ebenso dringend Gesellschaft brauchte wie sie selbst. Gewöhnlich tranken die beiden Frauen Tee miteinander und plauderten dabei vor dem offenen Kamin, während sie handarbeiteten.

Äußerlich gesehen, schien Belinda zufrieden zu sein, doch im Grunde ihres Herzens wußte sie sehr wohl, daß das Bild trügte. Sie verspürte Rastlosigkeit und Einsamkeit, die sie nicht zu bewältigen wußte.

An einem solchen Tag unterhielten sich die beiden Frauen über allerhand verschiedene Dinge. Frau Stafford-Smyth arbeitete gerade an einer Seidenstickerei, während Belinda ein Paar Kissenbezüge mit einem Stickmuster verzierte.

„Kaum zu fassen, daß nächste Woche schon Weihnachten ist", meinte Belinda. Frau Stafford-Smyth hob nicht einmal den Blick von ihrer Stickarbeit. Zuerst glaubte Belinda, sie habe ihre Bemerkung nicht einmal gehört. Gerade wollte sie fortfahren, als Frau Stafford-Smyth antwortete, ohne den Kopf zu heben.

„Es hat Zeiten gegeben, als zu Weihnachten in diesem Haus ein munteres Treiben herrschte", sagte sie. Dann fügte sie langsam und beinahe matt hinzu: „Aber das hat sisch geändert."

Belinda spürte, wie ihr der Mut sank. Es klang, als messe Frau Stafford-Smyth dem Weihnachtsfest keinerlei Bedeutung zu.

„Wie feiern Sie denn eigentlich Weihnachten?" wagte Belinda sich zu erkundigen.

„Weihnachten ‚feiern'? ‚Verbringen' meinen Sie wohl. Nischt viel anders, als wir den heutigen Tag verbringen, vermute isch."

Belinda hob den Blick von den Kissenbezügen, um ihr Gegenüber eingehend zu mustern. Sie sah gebeugte Schultern und einen Schatten von Hoffnungslosigkeit in den Augen ihrer Dienstherrin.

„Aber ... aber an Weihnachten feiern wir doch die Geburt Jesu!" rief Belinda.

Frau Stafford-Smyth sah Belinda an, und ihre Augen leuchteten kurz auf.

„Natürlisch gehen wir zum Weihnachtsgottesdienst in die Kirsche. Das versteht sisch. Aber die Zeiten der Gabentische, Lamettaschnüre und Weihnachtsbäume sind vorbei."

Belinda faßte einen Entschluß. Sie brauchte Weihnachten. Frau Stafford-Smyth brauchte Weihnachten. Sie legte ihre Handarbeit beiseite und stand auf.

„Lassen Sie's uns doch tun!" rief sie begeistert.

Frau Stafford-Smyths Kopf fuhr in die Höhe. Sie starrte Belinda an, als sei diese von Sinnen.

„Lassen Sie's uns doch einfach tun", sagte Belinda erneut.

„Wie stellen Sie sisch das nur vor ...", wollte Frau Stafford-Smyth protestieren, doch Belinda unterbrach sie mit leuchtenen Augen.

„Lassen Sie uns doch endlich wieder Weihnachten in diesem Haus feiern, Sie und ich! Lassen Sie uns einen Weihnachtsbaum aufstellen und ihn mit Lametta schmükken und Nikolausstrümpfe an den Kamin hängen und einen Gabentisch aufbauen!"

„Aber ... aber ..."

„Kein Aber! Wir brauchen Weihnachten. Ich habe doch noch immer richtig Weihnachten gefeiert. Sonst würde ich mir ja den ganzen Tag lang die Augen aus dem Kopf heulen. Das weiß ich genau! Windsor könnte uns einen Baum besorgen, und ich schmücke ihn dann, und die Köchin macht uns einen Pflaumenpudding oder Königskuchen oder was Sie am liebsten hätten, und dann gibt es eine Bescherung für das Personal und ..."

Die ältere Dame begann leise zu lachen. Belindas Begeisterung schien etwas in ihrer Seele zu wecken. Behutsam legte sie ihre Stickerei beiseite und rieb sich die Hände.

„Nun, wenn's Ihnen so viel bedeutet ..."

„Aber ja, das tut's!" rief Belinda begeistert.

„Dann haben Sie meine Einwilligung. Planen Sie alles so, wie Sie möschten."

„Nein! Nein, doch nicht ich allein. Wir. Wir! Sie brauchen Weihnachten genauso dringend wie ich. Wir machen die Pläne gemeinsam!"

Wieder lachte Frau Stafford-Smyth.

„Wenn Sie sisch einmal etwas in den Kopf gesetzt haben, dann lassen Sie es sisch nischt so leischt ausreden, nischt wahr? Hm, wenn Sie unbedingt möschten, dann sollen Sie ihr Weihnachten bekommen. Klingeln sie nach Windsor und Frau Potter. Das Personal wird misch für vollkommen verrückt halten, aber – lieber ein wenig verrückt als furchtbar einsam", fügte sie mit einem Schmunzeln hinzu.

Die nächsten Tage waren von eifriger, freudiger Geschäftigkeit erfüllt. Von einer Ausfahrt in die ländliche Umgebung kehrte Windsor mit einem prächtigen Nadelbaum zurück. Frau Potter durchsuchte den Speicher und die Abstellkammern des Hauses, bis sie die Kisten mit den alten Girlanden und dem Weihnachtsschmuck gefunden hatte. Belinda staubte alles ab und schmückte den Baum mit Lametta, Girlanden und Kugeln. Aus der Küche verbreitete sich der Duft von Zimt und Anis im ganzen Haus. Frau Stafford-Smyth bestellte sich die Kutsche und kehrte mit allerhand geheimnisvollen Paketen aus der Stadt zurück. Eine freudige Aufregung herrschte in dem Haus, das so viele Jahre still und leer gewesen war. Weihnachten stand vor der Tür!

„Ich meine, wir sollten Gäste zu Weihnachten einladen", schlug Belinda vor.

„Gäste? Aber meine Freunde verbringen Weihnachten daheim bei ihren Familien oder im Ausland", gab Frau Stafford-Smyth zu bedenken.

„Dann brauchen wir halt ein paar neue Freunde", sagte Belinda und überlegte angestrengt.

Frau Stafford-Smyth sah sie verwundert an.

„Ich hab's!" rief Belinda aus. „Ich statte dem Pastor

einen Besuch ab und erkundige mich, ob es irgendwo in Boston Leute gibt, die hier neu sind und keine Verwandten in der Nähe haben. Wie viele sollen wir einladen?"

Frau Stafford-Smyth lachte leise.

„Isch weiß nischt rescht. Laden Sie so viele ein, wie Sie für rischtisch halten. Am Tisch im Salon haben zwölf Personen Platz."

„Dann fehlen uns noch zehn Gäste", stellte Belinda sachlich fest.

Als der Weihnachtstag mit klirrendem Frost und eisigem Wind dämmerte, dachte Belinda besorgt an die Pläne für diesen Tag. Ob sich an einem solchen Tag überhaupt ein einziger Gast auf den Weg hierher machen würde? Sie hatte mit dem Pastor gesprochen, und dieser hatte sich bereit erklärt, ihr zehn Gäste zu schicken. Das kalte Wetter stimmte Belinda skeptisch. Dazu fragte sie sich, was aus Frau Stafford-Smyths Kirchgang werden würde. Ob die ältere Dame bei dem eisigen Schneetreiben überhaupt die Kutschfahrt zum Gottesdienst wagen würde? Vielleicht würde sie heute lieber daheim an ihrem Kamin bleiben.

Doch als Belinda die Treppe hinabstieg, trug Frau Stafford-Smyth schon ihr wärmstes Wollkleid und einen Pelzmantel, um die Fahrt zu der großen Steinkirche anzutreten.

Belinda fand die Musik heute besonders bewegend, als der Kirchenchor die Weihnachtskantate vortrug. Aus allen Nischen hallte der frohe Lobgesang wider. Mit Tränen in den Augen dachte Belinda an ihre kleine Kirche daheim, wo sich heute eine Handvoll Gläubiger versammeln würde, um Weihnachtslieder zu singen und dem biblischen Bericht von der Geburt Jesu zu lauschen.

Die Rückfahrt zu Gut Marschall verlief recht schweigsam. Sowohl Frau Stafford-Smyth als auch Belinda waren mit ihren eigenen Gedanken beschäftigt.

Im Salon wurde der Tee serviert. Das Personal hatte sich vollständig eingefunden. Die Geschenke, die unter dem herrlich geschmückten Weihnachtsbaum lagen, wurden nun unter Ausrufen der Begeisterung und fröhlichem Gelächter verteilt und ausgepackt. Belinda verspürte eine nie gekannte Nähe zu den Bediensteten.

Als die Zeit für das große Festessen immer näher rückte, ging Belinda unruhig im Raum auf und ab und schaute immer wieder auf die Uhr. Draußen wirbelte der Wind die Schneeflocken mit unverminderter Heftigkeit durch die eiskalte Luft. „Wir werden ganz allein bleiben, wenn sich das Wetter nicht bald bessert", dachte sie im stillen. Zehn Minuten vor fünf führte Windsor jedoch ein junges Ehepaar in den Salon, das erst seit wenigen Monaten verheiratet war. Die beiden wohnten noch nicht lange in Boston, und dieses war das erste Weihnachten fern von ihren Angehörigen für sie. Wenig später traf eine dreiköpfige Familie ein. Robert, der kleine Junge, starrte den geschmückten Weihnachtsbaum aus großen, leuchtenden Augen an. Seine Eltern hatten kein Geld für solche Dinge erübrigen können. Dann machten eine junge Lehrerin mit ihrem Vater, ein älteres Ehepaar und eine kürzlich verwitwete Frau die Runde vollständig. Keiner der Gäste kannte Frau Stafford-Smyth persönlich, und auch untereinander kannte man sich nicht. Sie kamen aus unterschiedlichen Verhältnissen, doch alle fühlten sich auf besondere Weise miteinander verbunden. Heute war Weihnachten, und sie waren einsam. Man brauchte einander.

Nach dem festlichen Essen und einem fröhlichen Abend, der auch die Verteilung von kleinen Geschenken an einen jeden einschloß, verabschiedeten sich die Gäste wieder, und Belinda schaute mit tiefer Zufriedenheit in die Winternacht hinaus. Welch ein wunderbares Weihnachtsfest, das nun hinter ihnen lag! Selbst der Wind hatte sich gelegt, so daß die Gäste auf dem Heimweg nicht so arg frieren mußten.

Als Windsor den letzten Gast zur Tür begleitet hatte,

ließen Frau Stafford-Smyth und Belinda sich zu einem Glas heißen Apfelpunsch vor dem Marmorkamin nieder, um Rückschau auf das Weihnachtsfest zu halten.

„Dankeschön", sagte Frau Stafford-Smith leise, und Belinda wandte sich zu ihr um.

„Danke schön für das Weihnachtsfest, das Sie mir bereitet haben", sagte die ältere Dame, und Belinda sah eine Träne in ihren Augen glitzern.

„Oh, ich habe Ihnen dieses Fest nicht geschenkt", berichtigte Belinda sie sanft. „Das hat Gott getan. Wir brauchten es nur aus seiner Hand anzunehmen."

Nachdem der gesamte Weihnachtsschmuck wieder in Kisten verstaut und auf den Speicher befördert worden war, fühlte Belinda sich plötzlich ein wenig leer und enttäuscht. Die gewohnte Stille hielt nun wieder in dem alten Haus Einzug, und nur das Seufzen des Windes und das Ächzen der Fichten war zu hören. Belinda war des Lesens überdrüssig; auch handarbeiten mochte sie nicht mehr, und der Winter selbst war ihr längst verleidet. Frau Stafford-Smyth schien es ebenso zu ergehen.

„Isch habe mir Gedanken gemacht", sagte sie eines Tages, als sie mit Belinda am Kamin saß. „Isch finde, es ist wieder an der Zeit für eine Reise."

Belinda hob den Blick von ihrem Strickzeug.

„Isch fühle misch vollkommen gesund", fuhr Frau Stafford-Smyth fort. „Es besteht kein Grund, weshalb wir Tag für Tag hier in der Stube sitzen und dem Pfeifen des Windes zuhören müßten, wenn wir geradesogut neue Städte und Menschen kennenlernen könnten."

Belindas Herz klopfte schneller. Am liebsten hätte sie laut gejubelt. Statt dessen hielt sie gespannt den Atem an und hörte Frau Stafford-Smyth weiter zu.

„Isch denke an den Süden ... Spanien vielleischt, oder Italien. Dort ist es um diese Jahreszeit immer herrlisch."

Spanien oder Italien? Belinda wagte kaum, ihren Ohren zu trauen. Sie hätte sich niemals träumen lassen, einmal fremde Länder zu bereisen.

„Danach fahren wir nach Frankreisch und besuchen die Jungen. Isch möschte zu gern wissen, ob Fred diese junge Frau inzwischen geheiratet hat. Isch mag Frankreisch im Frühling besonders gern. Vielleischt machen wir auch einen Abstescher nach Deutschland oder Österreisch. Sie sind noch nie in Österreisch gewesen, nischt wahr? Es würde Ihnen gefallen, glaube isch. Die Berge dort sind einfach eindrucksvoll!“

Belinda wollte aufspringen und einen Freudentanz aufführen. Wann? Wann sollte die Reise losgehen? Doch sie zwang sich dazu, Frau Stafford-Smyths Reiseplänen still zuzuhören.

„Ja“, sagte diese schließlich und sah Belinda an. „So machen wir's. Rufen Sie Windsor bitte!“

Belinda hatte Frau Stafford-Smyth noch nie so munter und voller Eifer gesehen. Der bloße Gedanke daran, ins Ausland zu reisen und ihre Enkelsöhne wiederzusehen, hatte Farbe auf ihre Wangen und Beschwingtheit in ihren Gang gezaubert. Windsor, der in solchen Dingen erfahren war, besorgte die Bestellung der Dampferkabinen und der Hotelzimmer.

Bei LeSoud fanden sich mehrere neue Kleidungsstücke für beide Reisenden, und diesmal hütete sich Belinda zu protestieren. Das Reisen war ein neues Erlebnis für sie. Woher sollte sie wissen, was eine junge Dame brauchte, um im Ausland angemessen gekleidet zu sein? Da sie ihre Dienstherrin um keinen Preis in Verlegenheit bringen wollte, beschloß sie, sich in der Wahl ihrer Garderobe nach Frau Stafford-Smyths Wünschen zu richten.

Endlich brach der große Tag der Abreise an, und inmitten von Koffern, Hutschachteln und Handgepäck wurden Frau Stafford-Smyth und Belinda zum Hafen gebracht, wo der Dampfer „Victor“ auf sie wartete. Belinda spürte, wie ihr das Reisefieber in den Adern pochte. „Ich fahre ins Ausland!" Sie sollte tatsächlich Orte zu sehen bekommen, von denen sie bislang nur gelesen und geträumt hatte. Man stelle sich nur vor: Belinda Davis aus einer verschlafenen Prärie-Kleinstadt reiste nach Europa! Wer wußte zu sagen, ob es ihr nicht am Ende wie Pierre und Frederic ergehen würde und sie niemals zurückkehren wollte?

Eine Entdeckung

Belinda und Frau Stafford-Smyth teilten eine Kabine an Bord des Dampfers, doch Belinda hielt es nicht lange dort, wie es so viel auf Deck zu sehen gab und erlesene Mahlzeiten im Speisesaal serviert wurden.

Belinda gab sich keine besondere Mühe, neue Bekanntschaften an Bord zu schließen. Sie wußte, daß sie als „Bedienstete“ galt, und sie wollte nicht anmaßend erscheinen. Sie genoß es jedoch sehr, die wohlhabenden, elegant gekleideten Passagiere an Bord still zu beobachten.

Nach vier Tagen auf See kam eine heftige Brise auf, die viele der Passagiere in ihre Kojen zwang. Belinda stand an der Reling und war wie gebannt von dem ersten Sturm auf hoher See. Sie sorgte sich, daß Frau Stafford-Smyth womöglich seekrank werden könnte, doch dann machte sie sich klar, daß sie schließlich als Privatpflegerin mit auf die Reise gekommen war und auf diese Weise endlich eine Gegenleistung für ihr großzügiges Gehalt erbringen konnte. Letzten Endes war es aber Belinda selbst, die seekrank wurde, und Frau Stafford-Smyth ihrerseits übernahm ihre Pflege.

„Manschen Leuten bereitet der hohe Seegang halt Schwierigkeiten“, sagte die gutmütige Frau belustigt. „Mir hat das noch nie etwas ausgemacht.“ Damit brachte sie Belinda zu Bett und bestellte Arznei für sie beim Schiffsarzt.

Belinda war nur zu dankbar, als die See ruhiger wurde und sie endlich wieder etwas essen konnte. Bald ging sie wieder an Deck, um die frische Seeluft zu genießen und bei Spaziergängen auf den blitzblank gescheuerten Planken ihre Kräfte wiederzugewinnen.

Eine Stadt an der spanischen Küste war ihr Anlaufhafen. Belinda war so darauf gespannt, dieses neue Land kennenzulernen, daß sie sich oft auf Frau Stafford-Smyth besinnen und ihre Schritte mit Rücksicht auf diese verlangsamen mußte. Der spanische Seehafen war einfach fesselnd mit seinen sonnenerhellten Winkeln, seinen fremdländischen Stimmen und exotischen Düften. Frau Stafford-Smyth und Belinda quartierten sich in einer kleinen Villa mit weiß getünchten Wänden und einem roten Ziegeldach ein. Grüne Pflanzen rankten sich um das Haus und verliehen ihm einen Hauch von Geborgenheit. Belinda war begeistert von ihrer Unterkunft. Das Beste an der Villa war jedoch, daß man von dort schnell ans Meer kam, und Belinda unternahm täglich lange Spaziergänge, um die würzige Seeluft einzuatmen und die Wellen zu beobachten.

Die beiden Frauen gingen häufig durch die schmalen Straßen des Städtchens, um die Geschäfte zu besuchen. Belinda genoß es, gemächlich zwischen den Regalen umherzugehen und die weichen Stoffe und die kunstvoll gearbeiteten Metallgegenstände zu bewundern. Sie hielt ihre Einkäufe in Grenzen, doch sie verbrachte manche Stunde damit, die Ware eingehend zu betrachten. „Das würde Mama gut gefallen", dachte sie dabei oft oder: „Diese Farbe würde Abbie fabelhaft stehen."

Schließlich nahmen die beiden Reisegefährtinnen die Eisenbahn nach Barcelona und von dort weiter nach Madrid, Rom, Venedig – eine historische Stadt nach der anderen suchten sie auf, und überall stießen sie auf neue Eindrücke, neue Menschen und Erlebnisse. Oft wußte Belinda nicht auf Anhieb zu sagen, ob es gerade Freitag oder Sonnabend war. Es gab so viel zu sehen und zu unternehmen, daß sie von morgens früh bis abends spät unterwegs war. Frau Stafford-Smyth zog es zuweilen vor, im Hotel zu bleiben, doch sie kannte in den meisten Fällen jemanden in der Stadt, der bereit war, Belinda die

Sehenswürdigkeiten zu zeigen. Belinda ihrerseits gönnte ihrer Reisegefährtin gern einen Tag der Rast.

„Isch glaube, isch würde gern bis Mitte Mai in Frankreisch sein", kündigte Frau Stafford-Smyth eines Abends an, und Belinda nickte. Sie wußte, daß die ältere Dame ohnehin schon mit ihrem Herzen bei ihren beiden Enkelsöhnen war. Frankreich im Mai – dagegen hatte sie nichts einzuwenden. Dennoch faßte sie den Vorsatz, jeden Tag der Reise nach Frankreich in vollen Zügen zu genießen.

Als sich die Tage jedoch zu Wochen hinzogen, befiel Belinda eine seltsame Unruhe. Neue Städte kennenzulernen erschien ihr bei weiten nicht mehr so reizvoll wie zu Anfang. Es gab Tage, an denen sie nicht einmal Lust hatte, durch die Straßen zu schlendern, um die Bauweise der Gegend zu erkunden oder ein Museum zu besuchen. Still saß sie dann in ihrem Zimmer, um auf das Geläut eines fernen Kirchturms zu lauschen, oder lag auf ihrem Bett und starrte die stuckverzierte Decke an.

Sie bemühte sich, sich selbst zu prüfen. Was war nur mit ihr los? Doch sie konnte keinen Grund für ihre Ermattung finden.

Auch Frau Stafford-Smyth hatte die Veränderung an ihr bemerkt.

„Sie sind doch nischt etwa krank, meine Liebe?" fragte sie eines Tages besorgt beim Mittagessen.

„Nein! Nein, mir geht's gut", antwortete Belinda und schob ihren Teller mit dem Rest ihrer Mahlzeit von sich. Frau Stafford-Smyth ließ sich jedoch nicht so leicht überzeugen.

„Vielleischt haben wir uns zuviel zugemutet", überlegte sie. „Vielleischt haben wir einfach zu viele Städte in zu kurzer Zeit besischtigt."

Belinda dachte nach. Es stimmte tatsächlich, daß sie innerhalb weniger Wochen eine Fülle von neuen Eindrükken gesammelt hatten, doch Belinda hätte keine einzige Stadt, die sie besucht hatten, missen mögen.

„Ich ... ich glaube nicht, daß es das ist“, meinte sie. „Jede Stadt hat mir ausgezeichnet gefallen, wirklich!“

„Oder hat Sie die Einsamkeit erwischt?“ fragte Frau Stafford-Smyth. Belinda überlegte. Ja, ihre Lieben zu Hause vermißte sie tatsächlich sehr. Immer wieder dachte sie an sie und wünschte sich, ihre Erlebnisse mit ihren Eltern und Geschwistern teilen zu können. Ihr Tagebuch führte sie aus dem einzigen Grund, um genau das zu tun, sobald sie wieder daheim war. Sie hatte aus jedem Land, das sie besucht hatte, ausführliche Briefe an ihre Familie geschrieben. Sosehr Belinda ihre Angehörigen auch vermißte, so hielt sie das jedoch kaum für den Grund ihrer Abgespanntheit.

„Mir fehlt nichts, ganz bestimmt nicht“, versicherte sie Frau Stafford-Smyth und fügte dann mit einem Lachen hinzu: „Vielleicht ergeht's mir wie Ihnen. Vielleicht kann ich's kaum erwarten, Frankreich endlich zu sehen.“

„Wenn das so ist, dann wollen wir keine Zeit mehr verlieren“, bestimmte Frau Stafford-Smyth. „Es gibt keinen zwingenden Grund, weshalb wir noch bis zum Mai warten müßten. Kommen Sie, wir reisen direkt nach Frankreisch.“

Gesagt, getan. Am letzten Apriltag trafen sie in Paris ein. Belinda lebte wieder auf. Vielleicht war Paris genau das, was ihr gefehlt hatte.

In ihrem Hotelzimmer stand Frau Stafford-Smyth am Fenster und hielt mit einer Hand den Vorhang beiseite, um auf die Stadt, die sich unter ihr ausbreitete, hinauszuschauen.

„Merkwürdig“, sann sie leise. „Paris ist Paris geblieben und hat sisch dennoch sehr verändert. Es ist wie ein guter Freund, den man jahrelang nischt sieht, und wenn er dann zurückkehrt, ist er einem vertraut wie einst und doch zugleisch ein wenig fremd geworden.“

Belinda regte sich unbehaglich. Frau Stafford-Smyths Worte trafen sie auf sonderbare Weise. „Genauso geht's mir mit mir selbst“, dachte sie unruhig. „Als wäre ich mir selbst fremd geworden. Habe ich mich irgendwo unterwegs auf dieser Reise verloren?“ Dann schob Belinda den Gedanken von sich und stellte sich neben ihre Dienstherrin ans Fenster, unter dem sich die glimmernden Lichter der Stadt bis an den Horizont erstreckten.

Von irgendwo auf der Straße unten klang Musik herauf. Belinda hörte Gelächter und Stimmen in einer Sprache, die sie nicht verstehen konnte. Dann bellte ein Hund; ein zorniges Schelten, und das Gebell des Hundes verlor sich in dem Gewirr der Stimmen.

Aus der Ferne erklang Glockengeläut. „Eine Kirche“, dachte Belinda. „Eine Kirche in der Umgebung. Ob wir am Sonntag wohl einen Gottesdienst besuchen könnten?“ Sie wußte nicht einmal zu sagen, wie viele Sonntage seit ihrem letzten Gottesdienst vergangen waren.

Sonntags waren sie oft zwischen zwei Städten unterwegs gewesen, oder sie waren soeben in einem neuen Hotel eingetroffen und ruhebedürftig; oft wußten sie nicht, wo sich eine Kirche am Ort befand. Dazu bereitete ihnen die Landessprache Schwierigkeiten. „Wozu sollen wir in die Kirche gehen, wenn wir kein Wort verstehen?“ hatte Frau Stafford-Smyth gemeint, und obwohl Belinda ihr recht geben mußte, vermißte sie den Kirchgang dennoch. Vielleicht würde das hier in Paris anders werden. Vielleicht konnte Pierre ihr eine Kirche zeigen, die sie besuchen könnte. Belinda lächelte erleichtert.

„Isch möschte gern wissen, ob Fred schon verheiratet ist“, riß Frau Stafford-Smyth sie aus ihren Gedanken. Dann fuhr sie wie zu sich selbst redend fort: „Fred war immer schon ein reschter Frauenheld. Jedes Mal, wenn isch von ihm hörte, hatte er eine neue Freundin. Nun, Peter hat mir versischert, daß jetzt angeblisch alles anders ist. Wer weiß? Vielleischt wird mein Junge tatsäschlisch endlisch erwachsen. Am Ende wird noch ein braver Ehemann aus ihm!“

Doch sie sollten eine Überraschung erleben. Als sie sich am folgenden Nachmittag wie vereinbart mit den beiden Enkelsöhnen trafen, war es Pierre, der ihnen seine junge Frau vorstellte.

„Ich habe dir nach Boston geschrieben", erklärte er seiner Großmutter. „Windsor hat mir mitgeteilt, daß du schon unterwegs nach Europa seist, und ich hatte keine Ahnung, wo ich dich erreichen könnte."

Belinda gratulierte ihm von ganzem Herzen. Nachdem sie ihre gemeinsamen Unternehmungen in Boston in das rechte Licht gesetzt hatte, konnte sie sich aufrichtig für Pierre freuen. Die junge Frau war hübsch, zurückhaltend und ihrem Ehemann voller Bewunderung ergeben. Belinda hütete sich nun, Pierre um seine Begleitung zu einem Gottesdienst zu bitten, um Anne-Marie keinen Anlaß zu Mißverständnissen zu geben. Sie wollte um keinen Preis den Eindruck erwecken, als wolle sie Ansprüche an den frischgebackenen Ehemann stellen.

Im Gegensatz zu seinem Bruder wirkte Frederic vorlaut, draufgängerisch und rücksichtslos. Das Leben war für ihn ein Spiel. Frederic war noch nicht verheiratet, doch die Hochzeit sollte bald stattfinden. Er hatte nur Augen für seine Yvette.

Belinda fand, daß Frau Stafford-Smyth ihr aus der Seele sprach, als sie sagte: „Mir scheint, wenn wir uns ein wenig in Paris umschauen wollen, dann werden wir das wohl allein tun müssen. Meine beiden Herren Enkelsöhne sind vollauf mit ihren eigenen Angelegenheiten beschäftigt."

Belinda tat ihr Bestes, um Paris zu genießen. Sie fand es zwar unterhaltsam, an Frau Stafford-Smyths Seite Museen, Denkmäler und Geschäfte aufzusuchen, doch bald wurde Paris in ihren Augen eine Großstadt wie viele andere. Die Straßen waren voller fremder Gesichter; das Stimmengewirr war Lärm für sie, und das Glockengeläut kam von Bauwerken aus Stein anstatt von Gotteshäusern.

„Daheim ist bestimmt schon der Frühling eingezogen", sagte Belinda eines Tages lustlos in einem Straßencafé.

„Ja, isch denke auch", sagte Frau Stafford-Smyth und hob den Blick von dem französischen Kleingebäck auf ihrem Teller. Belinda entfuhr unwillkürlich ein tiefes Seufzen.

„Isch hoffe, Thomas versorgt meine Gärten auch weiterhin", fuhr Frau Stafford-Smyth fort. „Isch weiß nischt, was isch anfangen soll, wenn er mir seine Dienste kündigt."

„Die Blumen waren so wunderhübsch im letzten Sommer", sagte Belinda versonnen.

Schweigend drehte Frau Stafford-Smyth ihre Lorgnette in den Händen hin und her.

„Sollen wir wieder nach Boston zurückreisen, Belinda?" fragte sie dann unvermittelt. „Vielleischt haben wir lange genug ‚vagabundiert', wie Windsor es nennt."

„Ja, vielleicht haben Sie recht", stimmte Belinda ihr leise zu.

Und so besorgten sie sich Fahrkarten für die Überfahrt, packten ihre Koffer und Kisten und fuhren zur Hafenstadt.

Während der Schiffsreise ging Belinda Tag für Tag rastlos an Deck auf und ab. Nun erweckten die übrigen Passagiere nicht mehr ihre besondere Aufmerksamkeit; sie bemerkte sie sogar kaum noch. Doch jemand anders hatte sie bemerkt. Ein älterer Mann in der Kleidung eines Geistlichen beobachtete, wie Belinda an Deck umherging oder gedankenverloren in die See hinausstarrte. Dann erlaubte er sich schließlich, sich neben sie auf einen der Stühle an Deck zu setzen.

„Ah", sagte er sanft, „das Rauschen der Wogen und das leise Schlagen von Engelsflügeln – welch eine Wohltat für die Menschenseele!"

Belinda wandte sich zu ihm um und lächelte. Sie mochte poetische Wendungen sehr. Er deutete ihre Anerkennung als Erlaubnis fortzufahren.

„Reisen Sie heim oder in die weite Welt hinaus?" fragte er.

Belinda setzte sich auf ihrem Stuhl zurecht.

„Heim", sagte sie nur und wußte nicht, warum das Wort ihr Herz nicht schneller schlagen ließ.

„Für mich geht's in die weite Welt", sagte der Mann. Seinem Akzent nach mußte er aus Irland stammen. „Meine Freunde haben mich schon seit Jahren gedrängt. ‚Komm nach Amerika, Mattie!' haben sie immer wieder geschrieben, doch ich habe gezögert und gezögert. Dann habe ich mir gesagt: ‚Mattie, wenn du nie fährst, dann wirst du auch nie wissen, wie's in Amerika ist.'"

Belinda lächelte.

„Aber zuerst habe ich meine Schwester in Paris besucht", fuhr er fort, als sei Belinda brennend an jeder Einzelheit seiner Reise interessiert. „‚Man kann nie wissen, ob man je zurückkehrt', habe ich mir gesagt."

Belinda nickte und bemühte sich um ein erneutes Lächeln.

„Man braucht viel Mut, um in ein fremdes Land zu reisen", sagte der Mann nüchtern. „Dazu noch in meinem Alter. Hab' mir manche Sorge gemacht, das können Sie mir glauben. Schließlich habe ich mir gesagt: ‚Mattie, wozu die schlaflosen Nächte? Du brauchst Gott doch nicht hier zurücklassen. Du kannst ihn doch mit auf die Reise nehmen!'"

Etwas in den Worten des freundlichen älteren Herrn ließ Belinda aufhorchen. War das nicht genau das, was sie getan hatte? Hatte sie nicht Gott in ihrem Heimatland zurückgelassen? Lag hier vielleicht der Grund, weshalb ihre Reise nach Europa so unbefriedigend, so kläglich verlaufen war? Sie wußte, daß sie die Gottesdienstbesuche während der Reise vernachlässigt hatte, aber hatte sie Gott selbst nicht auch vernachlässigt? Er war schließlich nicht an bestimmte Gebäude gebunden. Sein wahrer Tempel war das Herz des Menschen. Hatte Belinda die Tür zu ihrem Herzen verschlossen, als sie an Bord des Ozeandampfers gegangen war? Wenn Gott tatsächlich während dieser Zeit keinen Raum mehr in ihrem Denken und Empfinden gehabt hatte, dann war es nicht verwunderlich, daß sie sich so elend fühlte.

Nein, der Anbruch der Reise war gar nicht der kritische Zeitpunkt gewesen, wurde ihr plötzlich klar. Sie hatte Gott schon aus ihrem Leben ausgesperrt, bevor sie Boston verlassen hatte. Vielleicht hatte alles seinen Anfang genommen, bevor sie aus ihrer kleinen Heimatstadt weggezogen war. Vielleicht hatte es mit ihrer unerklärlichen Rastlosigkeit angefangen. War diese Rastlosigkeit womöglich die Folge ihrer beständigen Krankenpflege an Frau Stafford-Smyths Bett? Damals hatte sie sich wegen der langen Dienststunden keine Zeit mehr zum Gebet und Bibellesen genommen. „Und dabei habe ich Randy und Jackson die Schuld an meiner inneren Unruhe zugeschoben!" dachte sie nun kopfschüttelnd.

Während der bewegten Zeit in Boston mit Pierre als ihrem Reiseführer war alles noch schlimmer geworden. Sie waren so sehr mit Besichtigungen und anderen Unternehmungen beschäftigt gewesen, daß Belinda immer häufiger auf den Kirchgang verzichtet hatte. Allmählich, ohne es selbst zu bemerken, hatte sie Gott aus ihrem Leben ausgeschlossen.

Staunend schaute sie den älteren Herrn neben ihr an. Sie wollte nicht unhöflich erscheinen, doch sie mußte dringend allein sein. Nein, nicht allein, sondern allein mit Gott. Sie hatte sich elend gefühlt, ohne den Grund zu ahnen.

„Bitte entschuldigen Sie mich!" sagte sie. „Es war nett, Sie kennenzulernen, aber ich ... ich muß in meine Kabine zurück."

Belinda war dankbar, Frau Stafford-Smyth nicht in der Kabine vorzufinden. Sie brauchte die Stille. Mit fliegenden Händen durchsuchte sie ihr Gepäck, das unter ihrer Koje verstaut war. Wo war ihre Bibel? Sie, die sie einst täglich gewissenhaft darin gelesen hatte, hatte sie nun schon seit Wochen nicht mehr in die Hand genommen.

Endlich fand sie sie zuunterst in ihrem Koffer. Tränen strömten ihr über die Wangen, als sie das Buch umklammerte.

„Ach, mein Gott!“ flüsterte sie. „Mein Gott, es tut mir so leid! Vergib mir, bitte! Vergib mir, daß ich dich vernachlässigt habe. Ich ... ich bin so einsam gewesen, und in meiner Torheit habe ich nicht mal gewußt warum.“ Belinda fiel auf ihre Knie und schüttete vor ihrem Vater im Himmel ihr Herz aus.

Es dauerte einige Zeit, bis sich ihre aufgewühlte Seele beruhigt und sie wieder Frieden gefunden hatte. Sie erhob sich, setzte sich auf ihre Koje und schlug ihre Bibel auf. Sie las vertraute Abschnitte der Heiligen Schrift und nahm die Worte dankbar in sich auf. Wie hatte sie den Umgang mit der Bibel nur so vernachlässigen können?

Sie war in einer Familie aufgewachsen, in der regelmäßig die Bibel gelesen wurde. Zu ihren frühesten Kindheitserinnerungen gehörte, wie sie auf ihres Vaters Schoß saß, während er der Familie aus der Bibel vorlas. Schon als Kind war ihr bewußt gewesen, wie wichtig es ist, in der Bibel zu lesen und zu beten. Sie wußte es. Sie wußte es ganz genau. Sie hatte es längst begriffen. Als kleines Mädchen hatte sie bereits Gott ihr Leben anvertraut und war ihm von da an nachgefolgt. Wie hatte sie es nur zulassen können, daß weltliche Vergnügungen und der oberflächliche Lebenswandel in Reichtum und Müßiggang sie so weit von dem wahren Lebensinhalt abgelenkt hatten? Wie war es möglich geworden, daß Satan sie so unbemerkt und listig von der Quelle ihrer geistlichen Kraft abhalten konnte? So ganz allmählich war sie vom Kurs abgekommen, daß Belinda sich kaum der Gefahr bewußt geworden war.

„Gott will mir ja nicht versagen, mich an schönen Dingen zu erfreuen und fremde Länder kennenzulernen“, sagte sie sich. „Aber er möchte, daß ich all das mit ihm tue, nicht ohne ihn." Mit dankbarem Herzen, daß Gott sie durch die freundlichen Worte des älteren Herrn wieder auf den rechten Weg gebracht hatte, las sie voller Eifer weiter in der Bibel. Es war wie ein warmer Sommerregen nach einer langen Trockenheit.

Schließlich legte sie das Buch auf die Kommode zurück. Sie fühlte sich innerlich erquickt und gestärkt. Leise lächelte sie vor sich hin und freute sich darauf, Frau Stafford-Smyth von ihrer Entdeckung zu berichten. Sie war ihrer Herrin bei weitem nicht das Zeugnis gewesen, das sie hätte sein sollen. Sie betete, Gott möge ihr helfen, daß es anders würde. Belinda wußte, daß sie einem gnädigen und barmherzigen Gott diente. Gewiß würde er ihr in Zukunft manche Gelegenheit schenken, ihren Glauben freimütig zu bekennen.

In Zukunft. Plötzlich gewann das Wort eine neue Bedeutung für sie. Es gab so viel, dem sie erwartungsvoll entgegensehen konnte, so viele Entscheidungen, die sie noch zu treffen hatte. Doch jetzt fühlte sie sich nicht mehr bedrängt. Nicht einmal der Gedanke an Jackson oder Randy versetzte sie in Unruhe. Endlich fühlte sie sich in der Lage, mit beiden eine aufrichtige Kameradschaft zu halten. Eine Kameradschaft, weiter nichts – zumindest vorläufig nicht, sagte sie sich und verspürte keinerlei Schuldgefühle im Hinblick auf diesen Entschluß. Erneut lächelte sie. Sie war überaus dankbar für den Frieden, der nun ihr Herz erfüllte.

Der Gedanke an die Zukunft erfüllte sie nicht mit Unruhe. Vielleicht war es in Gottes Plan, ihr eines Tages eine eigene Familie und ein neues Zuhause zu schenken. Sie würde sich darüber freuen, doch sie war bereit, im Vertrauen auf Gottes Führung den Weg zu gehen, den er für sie vorgesehen hatte.

Eine Welle von Heimweh ergriff sie. Sie sehnte sich danach, ihre Familie wiederzusehen – von den starken Armen ihres Vaters umarmt zu werden, mit ihrer Mutter bei einer Tasse Tee ein vertrautes Gespräch zu führen, Larrys geübter Hand dabei zuzuschauen, wie sie eine Injektionsnadel führte; ach, sie konnte es nun kaum erwarten, mit ihren Lieben daheim zu plaudern, zu lachen und zu weinen.

Doch dann mußte Belinda wieder an Frau Stafford-Smyth denken, die wohlhabende Dame, die in Wirklichkeit so arm war. Belinda verspürte ein tiefes Mitleid mit dieser Frau. Zum ersten Mal in ihrem jungen Leben begriff sie, was es bedeutet, einsam zu sein. Der Gedanke war ernüchternd. Sie wollte mehr für ihre Herrin tun, mußte ihr rücksichtsvoller und liebevoller begegnen. Mitteilsamer und freigebiger. Die einsame Frau brauchte sie, und zwar nicht so sehr als Krankenpflegerin, sondern als Freundin. Belinda wußte, daß sie sie zumindest vorläufig nicht verlassen wollte und durfte.

„Vater im Himmel“, betete sie flüsternd, „ich brauche deine Führung. Ich möchte das tun, was richtig ist – und ich vertraue darauf, daß du mir zeigst, was ich tun soll. Schritt für Schritt will ich dir vertrauen. Hilf mir, mit dem zufrieden zu sein, was du für mich vorgesehen hast – und hilf mir, da anzupacken, wo du mir das Zeichen dazu gibst. Laß nicht zu, daß ich falsche Wege gehe, sondern hilf mir, Tag für Tag auf dich zu sehen und dir zu vertrauen.“ Belinda atmete auf. „Und ich danke dir, mein Gott, für die Zukunft – und für das Wissen, daß sie in deinen Händen liegt.“

Belinda strich sich das Kleid glatt und ordnete sich die Frisur. Dann machte sie den ersten Schritt auf dem neuen Weg, den sie jetzt wieder mit Gott gehen wollte.

„Ich muß ihn unbedingt suchen und ihm alles erzählen“, dachte sie lächelnd. „Ein seltsamer Mann ist er, aber was er gesagt hat, hat mein Leben verändert. Ich muß es ihm sagen – und ihn dann in Amerika willkommen heißen. ‚Mattie‘, heißt er. Aber so kann ich ihn nicht anreden. Das würde sich nicht gehören. Ich muß ihn fragen, wie er mit Nachnamen heißt.“ Belinda öffnete die Kabinentür und trat in den hellen Sonnenschein und die würzige Seeluft hinaus.

Barcelona, Rom, Paris, Atlantik-Überfahrt, Boston … Was zählt das alles schon? Der freundliche Geistliche an Bord des Dampfers hat es so ausgedrückt: „Man braucht Gott nicht daheim zurückzulassen." Wohin der Weg auch führen mag, überall läßt Gott sich finden. Und bei ihm ist das unruhige Herz zur Ruhe gekommen.